Collection Fiction

SANJUAN, Agathe. *La Maison enchantée*

ISBN : 978-2373051216
Dépôt légal : 1re édition, mars 2022

Couverture : Elena Vieillard
www.elenavieillard.fr

Couverture intérieure partie gauche : lithographie de Rodolphe Bresdin, *La Maison enchantée*, 1er état, passage en bleu de l'estampe imprimée en noir. Collection particulière.

Couverture intérieure partie droite : lithographie de Rodolphe Bresdin, *La Maison enchantée*, 2e état, passage en bleu de l'estampe imprimée en noir. Collection particulière.

Les Éditions Aux forges de Vulcain
1 rue de la Montagne
77600 Bussy-Saint-Martin
www.auxforgesdevulcain.fr

La Maison enchantée

Agathe Sanjuan

Les Éditions Aux forges de Vulcain

À mes amours

1

Tard dans la nuit, Zoé marchait, la cheville souple, le soulier claquant sur la chaussée. Le pied était couvert d'un escarpin presque fermé, tenu par des lanières recouvrant la cambrure, épousant la finesse des attaches, ajusté tel un chausson de danseuse. La silhouette fluide du tailleur en tissu de crêpe suivait le rythme imprimé par le pas, transmis au corps. L'allant de la démarche, trop rapide pour être naturel, scandait le silence avec vigueur. Elle filait droit devant elle. L'heure était trop avancée pour que quiconque surprît et perturbât ce cheminement régulier. Elle le savait et avançait, sûre de sa puissance, de son règne sur cette partie du monde endormi. Seuls quelques insomniaques pourraient l'apercevoir, jetant un coup d'œil derrière le rideau de leurs chambres sans sommeil. La constance du pas leur donnerait envie de compter les accents de cette pulsation. Une femme en phase avec le battement de cette ville, se diraient-ils : déterminée et impatiente.

Elle entra dans la cage d'escalier, sortit ses clés de sa serviette de cuir vert, la posa par terre pour ouvrir la boîte aux lettres, vida les prospectus dans la corbeille mise à disposition des habitants de l'immeuble, et, quand elle se redressa, glissa une facture dans sa serviette. Raide et droite, elle prit l'escalier. Elle sentit son corps s'affaisser à partir du troisième étage, se relâcher sous l'effort, son cou ployer et sa tête se vider, se délester d'une journée de travail, d'une concentration inutile et idiote, de chiffres s'alignant, se croisant, se combinant. L'allure gagna en tendresse et en grâce ce qu'elle perdait en vitalité. Quand elle eut atteint le palier du quatrième, il ne restait presque rien de la silhouette énergique qui donnait son âme à la ville, semblable à tant d'autres, incarnant l'esprit de travail, de modernité, de célérité, d'accélération exponentielle. Un bruit retentit, un peu plus haut, dans la cage d'escalier, laissant entendre, peut-être, un autre pas. Elle eut le réflexe de se redresser, de gainer à nouveau son buste fatigué, avant d'ouvrir la porte de son appartement et de laisser sa bogue de tension sur le palier.

Une fois chez elle, Zoé se débarrassa de ses atours de femme pressée, dénouant ses chaussures, faisant glisser à ses pieds et sur ses hanches l'étoffe soyeuse et glissante. La silhouette nerveuse s'alanguit, se détendit dans la chaleur de l'appartement. La mollesse des chairs, la délicatesse des courbes lui apparurent fugitivement dans le miroir, tandis qu'elle s'adonnait aux préliminaires. Elle emplit une bassine d'eau chaude, fit tomber quelques cuillers de sels et d'huiles odorantes, y introduisit ses pieds, les orteils d'abord, doucement, pour les habituer à la chaleur, puis la plante et enfin la totalité. La brûlure la saisit, circulant sur l'épiderme rougi, paralysant les muscles, mais, peu à peu, les tissus, les articulations se détendirent et elle put à nouveau remuer les orteils. Les effluves, l'humidité de l'étuve la pénétrèrent. Rien ne l'aidait mieux à se débarrasser des tracas et des déceptions du jour. Elle retrouvait alors les odeurs de l'enfance, le délassement du bain hebdomadaire du dimanche, enfin seule, dans la salle d'eau, isolée du reste de la famille, une réclusion rare et désirée, et ce sentiment étrange d'oublier son corps dans une torpeur éveillée, d'atteindre l'inactivité cérébrale avec l'unique perception, apaisante, d'être en vie.

L'eau brûlante calmait son impatience, anesthésiait sa pensée. Mais le bain tiédissait et, par vagues, elle reprenait conscience de ce qui l'entourait, de ce qu'elle devait faire. Elle glissa ses pieds hors de l'eau, les frictionna vigoureusement et enfila un peignoir.

Elle saisit le large carton à dessins, l'allongea sur la table de la cuisine, fit glisser les lanières en dégageant les boucles d'un coup sec et ouvrit le plat supérieur. Elle caressa la toile protectrice qui masquait encore le contenu, un peu rêche, crissant sous la main, puis, brusquement, l'écarta pour laisser apparaître le ventre blanc du papier. Elle éprouva une intense satisfaction en redécouvrant cette nappe immaculée. Les chemises superposées ne laissaient rien deviner de l'intériorité secrète de cette peau fine et étanche dont elle frôlait l'arête avec la paume de la main. Elle s'arrêta un moment, émue par la perfection de cet empilement, puis fit glisser la première enveloppe sur le plat gauche pour en écarter les deux pans. L'image lui sauta au visage, il ne lui fallut qu'un instant pour en percevoir le sens, avant de se laisser doucement envahir par les méandres de ses propositions. Ce moment proprement voluptueux lui procurait toujours un intense plaisir, un étonnement renouvelé malgré la répétition. L'observation dura quelques secondes, puis elle referma délicatement la chemise, superposa la seconde et se livra à la même opération.

Elle n'avait pas besoin de s'attarder plus que cela et n'éprouvait pas la nécessité de rester de longues minutes absorbée devant une œuvre. L'émotion qu'elle ressentait à la vue d'une image tenait à la brutalité de la découverte et à l'activation de souvenirs profonds, anciens, oubliés. Comme en rêve, les serrures s'ouvraient, libérant des flux de sensations qui la faisaient accéder aux recoins de son intimité. Exhumée du fond de sa solitude, son ouverture au monde des représentations la transportait. Seule, chez elle, elle se livrait à des expériences de voyage, de rencontres, de dangers excitants, de joies oubliées.

Image après image, au cours de ces explorations, elle goûtait la découverte, la reconnaissance, le souvenir des lectures précédentes, le décèlement de nouvelles propositions que lui suggéraient ces feuilles imprimées d'un autre temps. La surprise se déclinait selon son humeur, l'attention qu'elle réservait à ce moment, tantôt latente, tantôt concentrée, et surtout, selon l'ordre d'apparition des feuilles dans ce rituel de manipulation. Car la combinaison était différente à chaque dévoilement. Après la séance, avant de renfermer les images dans leur armure, elle prenait soin de mélanger les chemises selon un rangement aléatoire qui préparait son plaisir futur, de nouvelles associations, un sens de lecture inédit. Le hasard des combinaisons faisait surgir des histoires, des liens, des chocs, qu'elle déchiffrait avec l'allégresse du virtuose face à une nouvelle partition.

Après avoir exploré l'ensemble et construit un nouveau récit dans ce quart d'heure onirique, elle rebattit les cartes de son histoire, serra les liens du carton à dessins et le rangea soigneusement dans le porte-cartons. Elle se glissa entre les draps blancs et se laissa envahir par la torpeur d'un songe amorcé dans les fibres et les encres.

2

Quelques années plus tôt, à dix-huit ans, Zoé avait pris le train, son bac en poche, pour rejoindre Paris depuis Rouen. Elle n'avait cessé de regarder par la fenêtre opposée du carré où elle était assise. La voiture était quasiment vide, aussi avait-elle toute latitude pour observer le paysage dans ce morceau de verre. Il lui importait d'inscrire la campagne, les forêts et les villes moyennes qui défilaient sous ses yeux, non pas dans la transparence irréelle d'un voyage sans entrave, tels qu'ils apparaissaient de son côté de la rame, se déroulant à la manière d'un long ruban, quand elle appuyait sa tête contre le carreau, mais dans les limites des montants de la vitre du train : cadrer le paysage lui permettait de maîtriser son appréhension. Elle connaissait Paris pour y être allée plusieurs fois avec sa famille, en week-end, mais s'y installer pour poursuivre des études était autre chose.

Dans ce rectangle transparent, elle retrouvait ses impressions d'enfance, sa chambre de fillette, au premier étage d'une maison d'un quartier résidentiel, et sa fenêtre, à travers laquelle elle avait suivi les saisons, allongée sur son lit, à contempler les branches du cerisier nues puis couvertes de feuilles d'un vert vif, les fruits lourds et craquants disputés par les merles laissant place à l'embrasement orangé de l'automne. Par la croisée, elle avait vécu ses émotions d'adolescente, nées d'un quartier de lune ou d'un nuage rapide assombrissant son monde ; en s'approchant de l'ouverture, elle avait connu la vie immédiate du voisinage et imaginé celle, plus lointaine, de la ville coiffée de sa cathédrale. Ce cadre familier, quotidien, bornant l'extérieur, l'avait toujours rassurée, apaisée, face aux inévitables contrariétés de l'enfance, aux disputes entre amis, aux éloignements.

Petite fille sage, raisonnable, bien élevée, les adultes la trouvaient peut-être un peu trop sérieuse pour son âge, mais s'en réjouissaient. On pouvait compter sur sa régularité, dans le travail scolaire comme dans les jeux auxquels elle se livrait avec application. Les petits mondes qu'elle inventait, comme tout enfant, étaient délibérément mis en scène comme des maquettes, les poupées immobiles assises sur leurs chaises, avec leurs robes rigides parfaitement disposées sur leurs jambes de chiffon, leurs coiffures relevées, leurs corps morts et droits prenant un thé imaginaire. Là où d'autres s'empressaient de déshabiller, de décoiffer, de fesser ces souffre-douleur de l'enfance, elle s'évertuait à les conserver dans une tenue parfaite tout en organisant des tableaux. « C'est une enfant sans problème », disaient les adultes, que rassurait cette propension à circonscrire le réel, à en donner une représentation sans dommage pour l'idée qu'ils se faisaient de l'extrême jeunesse. C'est à elle qu'on offrait les antiques poupées au visage de porcelaine, dont on craignait que les autres ne les brisassent, images effrayantes d'une vie arrêtée, rigide, qu'elle n'appréciait pas – ce qu'elle n'aurait jamais osé dire – et même, qui l'effrayaient, mais qu'elle savait domestiquer en les oubliant dans un coin de mise en scène, figurantes inutiles et savamment jolies, servant de toile de fond à des protagonistes davantage à son goût.

Née la première de trois – elle avait deux sœurs jumelles de cinq ans plus jeunes –, peu turbulente, elle laissait l'agitation à ses cadettes et se sentait débordée par leurs énergies conjointes, malicieuses, qui l'avaient poussée à un peu plus de solitude. Toutes trois étaient complices, mais l'aînée avait vécu les premières années de sa vie seule, assez longtemps pour goûter le recueillement et l'ennui de l'enfance. Leurs parents étaient employés dans une compagnie d'assurance locale, ils rentraient chez eux le midi, faisaient manger les petites hors du chahut de la cantine puis retournaient au travail.

Finissant un peu tard, ils laissaient le soin à un voisin et ami, Jacob, d'aller chercher les filles à l'école avant le goûter. Ce dernier habitait la maison voisine, une toute petite bâtisse, héritée de ses propres parents, envahie par des livres et des objets de toutes contrées. Il avait voyagé, exercé divers métiers avant de revenir au pays. Il vivait d'une maigre retraite et manquait d'argent. Alors le couple lui versait une petite somme pour s'occuper des filles avant leur retour, ce qu'il faisait avec joie et application, n'ayant lui-même jamais eu d'enfant : à l'école, on le prenait pour le grand-père. Après un geste de la main pour signaler sa présence, les deux jumelles couraient vers lui et l'étourdissaient de leur babillage. La grande rentrait de son côté. Il leur servait un bol de chocolat fumant et des tartines de miel, puis, pour calmer son monde, il s'attelait aux devoirs des petites, suivi du coloriage, des puzzles, et les parents arrivaient. Pour Zoé, cependant, Jacob n'organisait rien. Elle se mettait à ses devoirs puis allait s'asseoir sur le canapé de cuir marron, face au jardin. Sur la table basse, des ouvrages jonchaient le plateau de verre, pris dans l'abondante bibliothèque et laissés là. Jacob avait beaucoup voyagé, il avait rassemblé des livres d'images de tous les pays, qu'il ne lisait pas, n'étant pas polyglotte, mais qu'il avait achetés pour la beauté de ce qu'ils proposaient, leurs illustrations, leurs mises en page, les caractères incompréhensibles mais dotés d'une poésie visuelle qui organisait les blancs. Elle était fascinée par ces albums qui semblaient pouvoir surgir à l'infini et qui déployaient leurs traits et leurs couleurs quand on les ouvrait. Les publications traînaient, posées sans intention. Étaient-ce celles que Jacob avait parcourues la veille ? Un soir, elle se faufila hors de la maison et l'observa depuis la rue, dans le rectangle éclairé de sa fenêtre à fins croisillons. Les volets n'étaient pas tirés et elle le vit, à la place même qu'elle occupait l'après-midi, penché sur un ouvrage ouvert sur la table, absorbé. Son immense solitude la frappa, sa vieillesse aussi, mais il semblait heureux, souriant à demi en tournant les pages de son livre.

Il lui sembla même, à un moment, le voir rire. Elle n'osa pas s'approcher suffisamment pour repérer l'ouvrage qu'il consultait et tenter de le reconnaître le lendemain. Elle respectait sa contemplation.

Les parents attentionnés étaient satisfaits de cette solution de garde assez atypique. Lorsqu'ils rentraient, les devoirs étaient faits : l'un supervisait les douches, l'autre préparait le repas, alternativement. Le dîner était joyeux. On parlait rarement de l'école mais plus des amitiés, des jeux, des disputes. On riait. La réserve naturelle de Zoé n'étonnait pas, elle avait toujours été ainsi ; elle participait discrètement à l'enjouement général, un peu à part. Une enfance heureuse et en marge. Sa position d'aînée la rendait responsable et les parents étaient accaparés par les plus jeunes, plus vives, amusantes, espiègles.

Un été, quand elle eut onze ans, la famille loua un gîte en Auvergne, sur les bords de l'Allier. Apprenant cela, Jacob leur avait conseillé de faire un tour à la cathédrale de Moulins et de demander, d'insister même, pour voir le *Triptyque du Maître de Moulins*. On avait rempli la voiture de tout ce que l'on pouvait, on avait souhaité un bon mois d'août à Jacob et on était parti. La petite maison louée près des berges du fleuve était charmante ; on était bien, à contempler son lit presque sec, parsemé de branches mortes d'un bois clair et de cailloux blancs. On pouvait presque passer à pied sur la petite île centrale qui servait de relais aux oiseaux migrateurs. Une chaleur qui faisait rechercher l'ombre saturait l'air, à tout moment de la journée. On évitait de prendre la voiture et même de se promener, le jardin étant assez grand et ombragé pour que chacun pût y trouver un coin à soi.

Pourtant, un matin, tôt, la famille prit la voiture pour se rendre au marché, à Moulins. Zoé se rappela les paroles de Jacob et insista auprès de ses parents pour se rendre à la cathédrale et tenter de voir le tableau vanté par leur ami. Eux avaient oublié ses paroles : le voisin, malgré sa gentillesse et les services qu'il rendait, faisait figure d'excentrique. On ne l'écoutait qu'à moitié, et quel ennui de devoir chercher un vieux tableau dont l'intérêt était sans doute très relatif. Les tableaux religieux, on en avait vu un certain nombre et tous se ressemblaient plus ou moins. Les parents, chargés de paquets, occupés à surveiller les petites, s'installèrent sous le porche de pierre blanche, à l'ombre. Ils prétendirent qu'ils ne pouvaient entrer ainsi.

« Vas-y toi, mais dépêche-toi. Les courses vont s'abîmer dans cette chaleur. »

Elle pénétra dans l'édifice et fut baignée par la fraîcheur des pierres. Un homme passait le balai dans les allées, et, comme Jacob le lui avait recommandé, elle demanda à voir le *Triptyque*. L'homme la regarda bizarrement. Il était lourd, un peu bossu, lent. Il posa son balai contre un pilier et partit dans la sacristie. Il revint avec un trousseau de clés et lui fit signe de le suivre. Ils empruntèrent un escalier en colimaçon très étroit, en bois, grinçant sous les pas, et pénétrèrent dans une pièce lambrissée de bois sombre. Entrant le premier, il alluma la lumière qui n'éclairait qu'un pan de mur orné de deux panneaux. Le *Triptyque* ne laissait voir, au premier abord, que les volets extérieurs.

Les panneaux, peints en grisaille, représentaient l'annonciation : la Vierge sur celui de gauche, interrompue dans sa lecture de la Bible par l'archange Gabriel qui occupait celui de droite, venu lui annoncer la naissance du fils de Dieu. L'homme, qui devait être le bedeau, se mit à parler fort et de manière ininterrompue, narrant l'histoire apprise par cœur dans la Bible, sur un ton monocorde : « Au sixième mois, l'ange Gabriel fut envoyé par Dieu dans une ville de Galilée appelée Nazareth, vers une vierge qui était fiancée à un homme nommé Joseph ; et le nom de la vierge était Marie. Étant entré où elle était, il lui dit : "Je te salue, pleine de grâce ! Le Seigneur est avec vous ; vous êtes bénie entre toutes les femmes." Mais à cette parole elle fut fort troublée, et elle se demandait ce que pouvait être cette salutation. L'ange lui dit : "Ne craignez point, Marie, car vous avez trouvé grâce devant Dieu. Voici que vous concevrez, et vous enfanterez un fils, et vous lui donnerez le nom de Jésus..." »

Zoé sentit très vite qu'elle ne l'écoutait plus et s'absorbait dans l'observation des deux panneaux peints, bordés d'or, qui reproduisaient, en trompe-l'œil, ce qu'elle saurait décrire, un jour, comme un décor en ronde-bosse de marbre, gothique, les personnages émergeant d'une architecture en dentelle. Mais la peinture permettait plus que la sculpture : l'archange volait véritablement, de même que les anges qui l'accompagnaient, et son ombre portée était figurée sur le sol. Une composition de pierre, sans les contraintes de la sculpture. Elle percevait tout cela sans véritablement se l'expliquer, observant, bercée par la voix de l'homme qui poursuivait son évangile.

Soudain, il s'arrêta, l'interrompant également dans sa contemplation. D'un geste emphatique, il se dirigea vers le centre de la composition, saisit les deux pans de bois, et les ouvrit d'un geste théâtral.

Elle fut éblouie par l'éclatement des couleurs surgies de l'intérieur, illuminant la pièce sombre. La peinture rayonnait avec la Vierge en majesté, tenant sur ses genoux l'enfant divin, les deux reposant sur un croissant de lune et s'inscrivant dans un soleil couchant aux nuances arc-en-ciel, psychédéliques. Des anges entouraient la vision ; deux d'entre eux s'apprêtaient à couronner Marie tandis que d'autres tenaient dans leurs mains un phylactère. Toute la composition s'organisait autour du contraste entre les personnages célestes en suspension, en apesanteur, et l'attirance des couleurs et des cercles concentriques de lumière vers l'astre rayonnant créant un appel, si bien que le spectateur se sentait à la fois aimanté par l'étoile et protégé par l'apparition de la Madone.

La psalmodie de l'homme se poursuivait. Il s'attardait sur les parties latérales du triptyque, consacrés aux donateurs : Pierre de Bourbon, présenté à la Vierge par son saint patron, à gauche, et Anne de Beaujeu, à droite, sous la protection de la mère de Marie. Les deux mécènes, à genoux, priant en adoration, renforçaient l'élévation et la légèreté de la Vierge présentant un visage jeune, pensif, doux. Le Christ, au contraire, avait un air sévère, adulte, contrastant avec son corps juvénile.

Elle eut du mal à détacher ses yeux de la composition. Le monologue s'était interrompu et l'homme la regardait. Brusquement, il gravit les deux marches qui le séparaient du tableau et referma les panneaux. La pièce s'assombrit à nouveau. Il lui fit signe de sortir. Tous deux descendirent et elle poussa la porte à battants de l'entrée, éblouie par le soleil au zénith.

Ses parents commençaient à s'inquiéter. Après s'être enquis de savoir si elle avait vu ce qu'elle voulait et satisfaits de sa réponse, ils prirent leurs sacs et intimèrent aux plus jeunes de les suivre jusqu'à la voiture.

Cette nuit-là, Zoé rêva de la Vierge, de l'enfant et d'une église ouverte en ses deux extrémités : le porche et le chœur. Un marché s'y tenait, les victuailles s'entassaient sur les bas-côtés tandis que la nef servait d'allée à la population nombreuse, bruyante, animée et riante. Le sol était jonché de paille et des poules fuyaient en caquetant devant les gamins accompagnant leurs mères armées de paniers remplis de légumes, et les pères négociant les têtes de bétail. Le couple divin, rayonnant, observait sans être vu, jetait des regards de bonté devant le peuple tout à ses occupations terrestres. Le soleil s'engouffrait par le chœur et le flux dense de femmes, d'hommes, d'enfants et de bêtes déambulait joyeusement du sombre porche au chevet illuminé, ouvert sur la verte nature. Le songe se répéta plusieurs nuits de suite, lui procurant un apaisement croissant.

L'image avait infusé, s'était introduite dans ses rêves, pour la première fois ; une sensation bienfaisante qu'elle rechercherait désormais sans relâche.

Lorsqu'ils rentrèrent à Rouen, quelques semaines plus tard, ils découvrirent avec consternation que la maison de Jacob était en plein déménagement. Leur ami était mort au début du mois et personne n'avait pensé à les prévenir. De lointains héritiers s'étaient occupés des funérailles et s'attachaient maintenant à vider la maison. Ce fut un choc pour tous, mais pour Zoé plus que pour les autres. En partant, Jacob lui avait légué un secret, celui du *Triptyque de Moulins*, mais les images de ses livres s'étaient envolées. À la suite de sa disparition et de son legs si capital, elle rangea sa chambre, enfermant dans des boîtes de carton poupées et peluches, mobilier miniature et accessoires de dînette. Ses parents en furent peinés. Ils ignoraient combien elle avait été meurtrie par l'évanouissement d'une amitié.

Lorsque la maison de Jacob eut été vidée, Zoé avait fureté, en cachette, entre les murs gris, dévitalisés par l'absence. Elle avait récupéré quelques objets et livres ayant miraculeusement échappé à l'embarquement général. La bâtisse, qui lui avait toujours paru magnifique, lui semblait sale privée de son occupant, sans intérêt. Ces reliques avaient trouvé place dans une nouvelle boîte, auprès de ses jouets. Elle avait recouvert l'empilement d'un grand drap blanc, de ceux dont on couvre les meubles dans les maisons de vacances inoccupées. Sur ce suaire de l'enfance, elle avait épinglé quelques jaquettes de livres d'art, récupérées chez son ami, jetées à terre sans précaution par les déménageurs.

Pour ses parents, la disparition de Jacob avait été une contrariété : ils devaient trouver un nouveau mode de garde, alors que le précédent était si commode. Le voisin était un peu excentrique, mais faisait l'affaire. Il était nécessaire de se réorganiser pour que leurs filles continuassent à grandir en toute quiétude. Zoé semblait affectée, plus que les cadettes, mais cela passerait. Il fallait bien, un jour, que les enfants fussent confrontés à la réalité et ces moments difficiles arrivaient toujours sans crier gare.

Le sympathique voisin avait disparu des conversations. Zoé ne cessait d'en être choquée. Auparavant, il était présent dans toutes les discussions. Il n'y avait pas un soir où l'on ne parlait de lui, des activités qu'il organisait pour les filles, des choses qu'il leur apprenait. Après sa mort, les parents avaient sans doute préféré ne plus faire allusion à leur ami, de peur de raviver la douleur de sa perte, notamment pour Zoé. Mais cette dernière s'interrogeait : ses parents, ses sœurs, avaient-ils oublié l'attachement, l'amitié ? Était-ce la marque d'un manque d'émotion, ou même du mépris ? Car Jacob n'était, après tout, avec toute sa gentillesse, que leur employé.

Les filles avaient grandi, chacune différemment. Les jumelles, toujours volubiles, énergiques, sportives, invitées presque chaque semaine à droite et à gauche, chez leurs amies. Zoé était restée appliquée, suffisamment sociable pour se fondre dans la foule des jeunes de sa génération, mais sans enthousiasme aucun pour les festivités et organisations prisées par ses congénères. C'est pourtant lors de ces événements qu'on expérimentait, qu'on échappait à l'œil des parents, et qu'avec plus ou moins de bonheur on entrait dans l'âge adulte.

Zoé, elle, rêvait d'un ailleurs plus lointain.

Dans le train qui l'emmenait vers Paris, la mort de Jacob, survenue bien longtemps auparavant, restait une douleur inchangée. C'est à lui qu'elle pensa quand elle annonça à ses parents qu'elle souhaitait étudier l'histoire de l'art. Cette décision ne leur parut pas plus étonnante que si leur fille avait choisi la couture ou les mathématiques. Sa professeure d'histoire lui avait signalé l'existence de cette discipline et le souvenir du *Triptyque de Moulins* lui laissait imaginer qu'elle pourrait, en s'y adonnant, connaître des satisfactions qu'elle peinait à trouver dans les matières enseignées au lycée.

Rien n'avait vraiment été modifié dans l'équilibre familial : la fille sans histoire quitterait en premier le nid, c'était dans l'ordre des choses, et ses parents étaient davantage préoccupés par la crise d'adolescence naissante de leurs deux cadettes que des études de leur aînée, qui s'était toujours débrouillée et ne leur avait jamais posé de problème. La confiance avait toujours payé, quand, dans d'autres familles, on se serait effrayé d'un parcours qui n'avait rien de sûr.

ꕤ

3

Les liens avec sa famille s'étaient assez vite distendus. Zoé avait dû gagner sa vie pour poursuivre ses études. Hôtesse d'accueil dans des salons, pour des événements, elle avait un jour postulé auprès d'un cabinet d'avocats pour de courtes missions, en tant que secrétaire. Elle était engagée sur des remplacements quand la titulaire partait en vacances ou devait s'absenter. Elle savait se rendre disponible à tout moment et, au bout de quelque temps, connaissait parfaitement les rouages de l'entreprise. La secrétaire demanda un temps partiel pour pouvoir s'occuper de ses enfants en bas âge, et ce fut tout naturellement qu'on proposa à Zoé de compléter le poste : elle était opérationnelle et s'entendait bien avec la jeune maman. Aussi partageait-elle sa vie entre son emploi et sa formation. Elle n'avait plus guère le temps de retourner à Rouen.

Ses parents ne s'étonnaient pas de cet éloignement. Elle avait toujours été discrète et, désormais, on la considérait comme indépendante, appréciable qualité quand ses deux sœurs n'avaient pu s'extraire du giron familial, attachées à leurs parents, à la vie tranquille et joyeuse d'un quotidien banal et confortable. Et, de fait, Zoé avait gagné en maturité. On avait très vite cessé de lui demander des comptes, on lui faisait confiance.

À son arrivée dans la capitale, avec l'excitation d'une vie nouvelle, elle s'était sentie assaillie de sollicitations, de musées à visiter, d'expositions à parcourir. Elle était heureuse de multiplier ces parcours. Le contact avec l'œuvre tenait de la révélation, d'un moment privilégié avec l'image, et lui procurait des sensations uniques, subjectives, s'ancrant dans des narrations substantielles, généreuses, oniriques, propres à combler les insuffisances du réel. L'éblouissement du *Triptyque de Moulins* l'avait marquée à jamais, ainsi que le souvenir de Jacob, dans le cadre de sa fenêtre, regardant d'un œil amusé des images qui lui plaisaient, détachées de tout contexte intellectuel puisque, la plupart du temps, il ne pouvait comprendre la glose qui les accompagnait. Ces deux images l'avaient touchée : mais la seconde, par trop humaine, s'était évanouie, tandis que les œuvres semblaient à même de procurer et la palpitation, et la stabilité. La palpitation lui permettait tous les développements possibles, la nuit, au sein de ses rêves foisonnants d'illogismes, de coq-à-l'âne, mais aussi de violence. La stabilité - celle des œuvres présentées dans des temples inviolables, églises ou musées - l'ancrait dans la réalité, le pragmatisme, avec la certitude qu'elle pourrait, à l'envi, s'en échapper. Peut-être pouvait-on davantage faire confiance aux œuvres impérissables qu'aux hommes que la trahison taraudait, qu'elle fût volontaire ou non.

Jamais l'art n'avait été abordé avec cette radicalité dans son cursus universitaire. L'histoire de l'art était traitée comme une science, dépouillée de toute passion. L'enseignement qu'on lui dispensait reposait sur l'érudition et l'éducation de l'œil. Les interminables séances de cours, dans le noir, rideaux tirés – si bien qu'on avait peine à prendre des notes –, tenaient le plus souvent à une succession de diapositives. Le professeur énumérait les caractéristiques de l'œuvre photographiée : auteur, titre, date, technique, situation dans l'évolution stylistique d'un mouvement ou d'une époque, lieu de conservation.

La véritable culture artistique, la formation de son goût, Zoé les avaient acquises en arpentant les musées parisiens, au contact des œuvres. En dehors de quelques zones inabordables de ces temples du tourisme – la Joconde au Louvre, la galerie des impressionnistes à Orsay... – ces lieux étaient peu fréquentés en journée, pendant la semaine, et en dehors de l'été. Sa carte d'étudiante lui permettait alors d'entrer facilement, à tout moment, sans s'acquitter du prix de l'entrée. Elle pouvait donc se permettre de n'aller voir qu'une seule salle, ou même qu'une seule œuvre. Elle privilégiait ces parcours hachés, discursifs. Alors, elle avait l'impression de rencontrer les œuvres et d'en retirer quelque chose pour elle-même, au-delà du savoir factuel qu'on lui transmettait en cours. Alors, elle s'absorbait dans une contemplation proche de la méditation, comme un prélude au rêve.

Un soir, elle avait créé l'émoi dans une salle du Louvre, au moment de la fermeture. Après les cours,

Zoé et ses amis avaient choisi de visiter quelques salles. Pour la plupart d'entre eux, il s'agissait de réviser un partiel sur la peinture flamande. Elle les avait laissé partir et s'était assise face à *La Vierge et l'Enfant au chancelier Rolin*, une œuvre de Jan van Eyck qui lui rappelait le *Triptyque de Moulins*, par la présence réaliste du commanditaire de l'œuvre, face au couple divin d'une beauté irréelle. À l'arrière-plan, elle distinguait les fortifications d'une ville et deux personnages grotesques se penchant entre les créneaux, observant, imaginait-elle, une scène de genre, bataille de coqs, gamins chapardeurs, matrone à la gorge généreuse. Son imagination vagabondait tandis qu'elle fixait le panneau. Elle était tellement immobile qu'un des gardiens avait appelé des collègues : il devait demander à Zoé de quitter les lieux, mais n'était-elle pas en état d'hypnose ou de somnambulisme ? N'était-il pas dangereux de l'éveiller brusquement ? Finalement, l'un d'eux avait fait tomber un objet dont l'écho avait retenti dans la salle, et, à leur grand soulagement, Zoé s'était tournée et avait compris la situation.

Les expositions temporaires, bien qu'intéressantes et nécessaires à sa formation d'historienne, la choquaient par leur dimension événementielle. Les œuvres venaient de loin, soit de musées étrangers, soit de collections particulières fermées au public. L'exposition constituait une occasion souvent unique de les découvrir, mais par là même frustrante : tant de pièces aimées, désirables, mais qu'il fallait se dépêcher d'aller voir.

Ces dispositifs lui laissaient aussi un goût amer, par les mécanismes sociaux qu'ils déployaient. En était-elle ou n'en était-elle pas ? De cette frange de la société parisienne pour laquelle il faut avoir vu les expositions majeures de la saison, non pour en parler, mais pour pouvoir dire de telle ou telle qu'elle est véritablement renversante, époustouflante de beauté, qu'on n'a jamais vu telle concentration de chefs-d'œuvre. Cette question la taraudait, alors qu'elle avait conscience du parcours du combattant que représentaient certaines manifestations de ce type pour un public néophyte, non averti, non seulement du contenu, mais aussi des difficultés d'accès qu'il fallait affronter avant même de voir la première pièce. Car, corollaire de la dimension sociale de ces expositions, elles étaient bondées.

Elle comprenait en même temps que son idéal de rencontre avec l'œuvre, dans le recueillement, la solitude, était politiquement irrecevable. L'art avait toujours été conçu, financé, pour et par des mécènes qui en jouissaient en privé, à l'exception de rares formes publiques destinées à démontrer leur puissance. Le cadre était essentiel à la réception. Elle trouvait absurde d'écouter un quatuor à cordes dans une salle de concert symphonique. Le *Triptyque du Maître de Moulins* avait sa place au sein de la cathédrale, dans la chapelle où le bedeau introduisait les visiteurs par petits groupes, ouvrant les volets de bois en grisaille pour laisser les spectateurs éblouis par les couleurs éclatantes de la Vierge en majesté, comme elle l'avait vue, étant petite, seule face à l'œuvre, avec l'émerveillement naïf qui la rattachait à la piété primaire des spectateurs du XVe siècle, découvrant et Dieu et la beauté, d'un seul coup.

Cette ouverture sur un monde tellement lointain, celui d'une société spirituelle par nécessité, dont la piété était un baume passé sur le réel impitoyable, la transportait par sa puissance narrative. Là aussi, l'œuvre était encadrée, par les deux commanditaires de l'œuvre, garants d'une société profondément inégalitaire.

Elle avait cherché d'autres cas d'expositions fidèles au dispositif de révélation. Mais elle avait été déçue. La plupart du temps, les polyptyques étaient exposés dans des musées. Le *Retable d'Issenheim*, au musée Unterlinden de Colmar, perdait une part de la force maniériste et effrayante de Grünewald. Les panneaux étaient juxtaposés. Certes, on pouvait tous les admirer en tournant autour de l'œuvre mais il manquait le rituel de découverte, rythmant l'année de ses fêtes : la Crucifixion présentée les jours ordinaires, avec son Christ terrible, décharné, aux chairs décomposées ; le Salut présenté dans sa continuité pour les jours de fêtes (l'Annonciation, la Nativité accompagnée du Concert des anges, la Résurrection et l'Ascension), d'une lumière éclatante, présentant le Christ triomphant succédant aux jours sombres.

Pour Zoé, l'art devait bien s'accompagner de rites, mais si les expositions parisiennes en étaient de nouveaux, ils ne rendaient pas justice aux œuvres.

Au contraire, elle aimait les maisons d'artistes et d'écrivains que l'on visite sans attendre le chef-d'œuvre et où l'œil se pose incidemment sur des trouvailles, étonnantes et poétiques, parfois pour lui seul. Telle miniature, entrevue au détour d'un couloir, l'invitait à la rêverie. Le public familial errait entre deux pièces, on s'étonnait des dimensions réduites des portes ouvrant sur un temps où les gens étaient plus petits, les enfants s'amusaient du papier peint désuet. Si la foule de la grand-messe artistique la dérangeait, avec ses papotages intrusifs et la fatigue qu'elle occasionnait, elle appréciait au contraire le bruissement du public sans prétention et curieux de la vie d'autrefois qui visitait ces demeures historiques, parfois reconstituées grâce à la passion d'amateurs dévoués. Elle aimait le grincement des parquets sentant la cire, la pénombre des pièces aux fenêtres encadrées de lourds rideaux de velours, le parcours tortueux, accidenté par des escaliers malcommodes et des paliers sans nécessité. Ces labyrinthes étaient pour elle le cadre de promenades où les conversations privées ajoutaient une dimension d'authenticité au lieu, à tel point qu'elle s'attendait toujours à assister au goûter des enfants lorsqu'elle pénétrait dans la véranda, ou à voir sortir la cuisinière de la souillarde lorsqu'elle admirait les cuivres astiqués de la cuisine. Elle aimait engager la conversation avec le gardien du lieu, débonnaire, qui, faisant sa ronde, ne manquait pas de donner quelques précisions sur les objets exposés, d'une voix égale. Son travail l'invitait à l'observation, au ressassement, à la rêverie, et sa déférence pour le fantôme du logis en faisait un serviteur de l'œuvre aussi bien que de l'esprit du foyer d'autrefois. Ce personnage ne manquait pas de lui rappeler le bedeau de la cathédrale de Moulins, passeur fidèle et recueilli. Son interprétation du lieu était souvent littérale, et par là authentique, directe, précieuse.

Ce que ne comprenaient pas ses amis, étrangers à ces visites hors des sentiers battus, c'est que la collection, ou la demeure composée d'objets assemblés, choisis, était en soit une œuvre, caractéristique d'une personnalité unique, précieuse, et qu'il fallait apprivoiser pour faire sienne. Cette appropriation du goût d'un autre lui procurait un plaisir intense. Ces endroits étaient le plus souvent baignés de nature, la végétation envahissant les abords de la maison, quand ce n'était pas la demeure qui s'inscrivait dans un jardin miraculeux entretenu avec soin selon les photographies familiales de l'artiste. Au cours de la visite, elle ne manquait pas de jeter un coup d'œil à travers chaque fenêtre pour apprécier le temps et la saison, comme un miroir aux œuvres disposées dans les pièces.

Ces lieux lui procuraient la matière de ses songes, et cela, elle ne pouvait le partager.

4

Tandis que Zoé achevait ses études, son entreprise lui proposa de monter en grade avec un plein-temps au service comptabilité. Elle s'était très vite décidée, avait accepté le poste à même de lui procurer un confort matériel. Zoé était attachée à la chambre de bonne que ses parents lui avaient trouvée à son arrivée, qui lui rappelait son voyage en train vers la capitale, par le carré de ciel s'offrant dans la trouée du toit de zinc, comme une toile vibrant au gré des intempéries. À regret, mais désirant un logement plus spacieux, elle la quitta lorsqu'elle signa son contrat. Son master brillamment obtenu, elle était allée chercher le précieux papier à l'université alors que sa nouvelle vie commençait. Le diplôme marquait la fin de ses années d'études, son indépendance vis-à-vis de sa famille, plus encore que sa vie parisienne et l'emploi qu'elle venait d'accepter. Elle l'avait encadré et accroché au mur. Le geste était désuet, elle le savait – habituellement, c'était plutôt les parents qui affichaient chez eux médailles, distinctions et titres de leurs rejetons. Elle en avait besoin ; sa vie secrète était ainsi sous son nez, rappel discret qu'elle n'était pas reléguée dans le passé.

Pour fêter son installation, elle organisa un dîner, en guise de pendaison de crémaillère, avec quelques amis. Ils en étaient tous à peu près au même point, finissant leurs études, issus de la même formation et se lançant dans la vie active, dans des domaines assez variés.

Les plus doués, les plus travailleurs, souvent les plus désargentés aussi, avaient passé les concours difficiles de la fonction publique pour devenir conservateurs, attachés de conservation, régisseurs. Tout juste nommé dans un musée de la ville de Paris, Maxime s'occupait d'une collection de sculptures, en tant que conservateur, conformément à son domaine de spécialisation scientifique. Le jeune homme parlait de ses projets d'exposition mais semblait préoccupé par l'ampleur des tâches administratives qui lui incombaient. Lui qui était tellement sûr de lui pendant ses études, toujours au courant de l'actualité, des nominations, des changements de postes, il semblait pour la première fois un peu dépassé. Il partageait son désarroi avec Théophile, son voisin de table, qui, lui, avait été nommé au ministère, malgré son jeune âge.

Les fonctionnaires, pensait Zoé, destinés aux postes les plus enthousiasmants – les plus difficiles à obtenir, la voie royale, idée inculquée dès ses études par des professeurs souvent issus de ces milieux –, s'embourbaient dans les difficultés administratives, logistiques, et de gestion de ressources humaines. Ces tâches autrefois marginales avaient pris le dessus faute de moyens : l'énergie était consacrée à chercher des ressources auprès des tutelles et de mécènes, à justifier de son action par la rédaction de rapports scrupuleux d'autoglorification, et, toujours, à faire plus avec moins de moyens. Il fallait faire ses preuves de gestionnaire avant tout, puis venait le travail scientifique, les découvertes.

Mais la recherche, la spécialisation à outrance, asséchait aussi le goût des œuvres. Anna, qui tentait sa chance dans cette voie, encore plus difficile, car les postes se faisaient rares, en était la preuve. L'obsession stylistique – particulièrement présente dans l'analyse des périodes anciennes – était pour Zoé un écueil à éviter absolument pour continuer à aimer. Traquer la courbure du pied des anges, le plissé des toges taillées dans le marbre, ne pouvait constituer une fin en soi. On oubliait de chercher l'âme de ces pièces, objectivées par l'autopsie. D'ailleurs, les questions d'identification étaient, dans son appréciation des œuvres, tout à fait secondaires. Avant tout comptait l'émotion procurée par la rencontre et les représentations qu'elle pouvait faire surgir au cœur de ses nuits.

Dans ces deux voies, la fonction publique et la recherche, il fallait avoir un certain entregent. Zoé avait très tôt compris que son inaptitude à suivre les sentiers battus de la vie culturelle ne pouvait lui réussir professionnellement. La notion de réseau lui était étrangère ; elle n'était pas conviée aux événements, ne connaissait pas les bons professeurs, les conservateurs influents. Elle n'avait aucun goût pour les inévitables pince-fesses où l'on se faisait des relations. Les soirs de vernissages au Louvre, elle voyait certains de ses camarades s'éclipser rapidement de la salle de cours, après que le professeur eut clos la séance. Elle savait où ils se rendaient et eux-mêmes s'adressaient des signes de reconnaissance : « tu y vas tout de suite ? », « tu es invité toi aussi ? » Comment avaient-ils reçu le carton, elle ne le savait pas. Même ses amis authentiques restaient discrets sur la question.

Hugo était employé dans une galerie d'art contemporain. Ce domaine, seul, permettait encore de faire son trou. Le savoir-faire des galeristes consistait en la découverte et la mise en valeur de talents peu connus. Certes, il fallait un petit capital de départ, mais les coups de dé heureux étaient encore possibles ; miser sur un nouveau venu pouvait faire décoller un lieu et enclencher une spirale vertueuse – succès, composition d'un cheptel d'artistes autour d'une première figure, création d'un mouvement, exportation à l'étranger par une seconde galerie et dans les foires internationales, etc. Participer à ce type d'entreprise, à quelque niveau que ce fût, était enthousiasmant. Hugo travaillait depuis quelques mois, mais songeait déjà au moment où il pourrait ouvrir son propre lieu. Le contact avec les artistes était primordial et il avait du goût pour cela. Son style vestimentaire avait considérablement évolué : il s'habillait avec audace, dans des contrastes de couleurs osés, mêlant les styles, ce qui n'était pas sans déplaire à Zoé. Maxime, au contraire, avait définitivement adopté le costume sombre et classique des employés du public. Hugo était un *self made man*, ce qui le rapprochait de Zoé.

Claire et Jean-Eudes travaillaient tous deux dans l'ancien. Le milieu restait dominé par des dynasties de marchands dont les capitaux étaient et restaient familiaux. Le fond de galerie représentait un tel investissement qu'il était difficile de se lancer. Les postes intéressants demeuraient réservés aux héritiers et il était difficile de se faire une place. Le marché de l'art, les salles de vente, offraient encore quelques débouchés. Claire s'occupait du catalogage des pièces à vendre, chez un expert qui avait pignon sur rue. Elle espérait un jour elle-même gagner la qualité d'expert, à force d'abnégation, d'acharnement dans ce travail de l'ombre, qui lui permettrait de gagner la reconnaissance de ses pairs. Jean-Eudes, pour sa part, travaillait chez un antiquaire. Zoé, en l'entendant exposer son quotidien professionnel, se disait qu'il était dédié aux basses œuvres. Le profit, comme dans tout domaine commercial, primait bien souvent. Le vivier se trouvait dans les vieilles demeures dont il fallait vider les greniers. Elle pouvait imaginer l'exaltation de pénétrer dans ces pièces oubliées depuis des décennies, livrées à la poussière, aux rongeurs, et espérer découvrir un chef-d'œuvre. Mais combien de déceptions pour une trouvaille ?

Fonctionnaires ou marchands, combien d'entre eux avaient préservé leur passion pour l'art ? se demandait-elle, au cours de ce repas qui prenait des allures de bilan.

Les moins chanceux, parmi ses proches, occupaient des postes considérés comme subalternes. Emmanuel était gardien de musée. Marina était simple vendeuse en galerie. Paradoxalement, elle trouvait que ceux-ci avaient su conserver une flamme proprement originale et rare. Ils se trouvaient privilégiés par l'attente, l'inaction, l'ennui, inhérents à ce type d'emploi, qui libèrent l'esprit, et surtout lui autorisent un mode d'accès aux œuvres très différent de celui du visiteur lambda, composé de ressassement, de coups d'œil furtifs répétés, une fréquentation durable qui s'apparente à celle que peut avoir un collectionneur, chez lui, vis-à-vis de sa collection. D'après les discussions qu'elle avait pu avoir avec eux, la rêverie et le détachement envers les conditions réelles d'observation étaient fréquents. Tout en maintenant une partie du cerveau centrée sur la surveillance de la salle, sur la déambulation des visiteurs, ces esthètes pouvaient entretenir un rapport latent à l'œuvre qui leur apportait beaucoup de satisfactions. Dans la discussion, ils étaient naturellement en retrait, mais elle aimait parler avec eux en privé.

Les liens entre les amis étaient en train de se distendre. Ils ne faisaient désormais plus partie des mêmes mondes. Les relations restaient cordiales, mais des rapports de classe se superposaient désormais aux camaraderies d'étudiants.

Zoé observait ses amis et se félicitait de son choix. Elle estimait qu'exercer un métier éloigné de son attrait pour les œuvres lui permettrait de préserver sa liberté de regard et d'appréciation. Son goût pourrait ainsi rester intact, exempt de toute influence. Cette tension entre soi et les œuvres, si particulière, si individuelle et si facilement soumise aux impressions d'autrui, serait précieusement prémunie contre les avis et les modes. Se détacher professionnellement de sa passion l'aiderait à la garder pure de considérations matérielles et elle s'estimait chanceuse, car pour nombre de ses amis qui avaient dû s'y résoudre, faute de place, l'abandon de cette voie était un crève-cœur. Peut-être y avait-elle renoncé parce qu'elle était la plus passionnée ?

Lorsqu'elle les avait conviés à ce dîner, les proches de Zoé s'attendaient à quelque révélation : leur amie était imprévisible. L'appartement, même petit, les avait d'emblée impressionnés. Mais quelle n'avait pas été leur surprise lorsque Zoé leur avait annoncé, elle, parmi les plus brillantes de la promotion, que sans regret elle quittait le domaine de l'histoire de l'art pour la gestion. Tandis que beaucoup d'entre eux cherchaient encore une stabilité financière, vivaient en colocation, elle touchait un salaire confortable, emménageait, seule, dans un appartement. Elle les surprendrait toujours.

5

Zoé travaillait donc, sans passion, à des tâches administratives éloignées de son appétence artistique. Sa rigueur, sa ténacité à traquer erreurs et impayés, en vertu de son détachement complet vis-à-vis de l'objet, la perspicacité de ses suggestions en vue d'améliorer l'efficacité du contrôle, en avait fait une excellente collaboratrice promue au fil des années jusqu'au rang de directrice. Son caractère solitaire, sa froideur, n'avaient jamais été perçus comme une marque d'arrogance, car elle était bienveillante envers ses collaborateurs, et avaient au contraire facilité son ascension au sein de l'entreprise. Cet emploi lui assurait des revenus appréciables.

Elle se mit à aimer la comptabilité. Parce qu'il s'agissait d'un métier technique, que les actions menées étaient objectivables, que son emploi ne requérait aucune prise de décision politique et que, par ailleurs, elle l'exerçait dans un secteur sans risque réel, sans enjeu pour la survie économique de l'entreprise. Le cabinet d'avocats avait pignon sur rue, l'argent rentrait sans difficulté. Son positionnement ne nécessitait aucun engagement d'ordre éthique, en dehors de la stricte honnêteté et la parfaite légalité dans les processus. Elle avait d'ailleurs la position confortable d'en être la garante, quoi qu'il arrivât, et quoi qu'on lui proposât.

L'emploi de Zoé lui laissait une grande disponibilité et elle quittait toute préoccupation professionnelle lorsque, le soir, elle poussait les portes de l'entreprise. L'esprit libre, elle pouvait se consacrer entièrement à ce qui l'intéressait. Les soirées, les week-ends étaient à elle. Pour la première fois, elle qui avait toujours été bonne élève et qui avait souvent passé ses soirées à étudier, elle pouvait, la conscience tranquille, dissocier le travail et le plaisir, son métier et sa passion. Curieusement, se disait-elle, elle avait atteint, à l'âge adulte, ce qu'elle pensait être une caractéristique de l'enfance - pouvoir se consacrer avec insouciance à ses occupations favorites sans culpabilité.

Ce basculement avait été accompagné d'un autre changement dans ses loisirs. Au moment où elle s'était réorientée, sa vie iconique et rêvée avait pris un tour nouveau. Des maisons d'artistes, elle était passée aux galeries d'art, qu'elle n'avait quasiment pas fréquentées, étudiante, et qui lui fournirent une mine renouvelée d'observations et d'expérimentations esthétiques à même de lui procurer de nouvelles sources oniriques. Dans ces lieux, comme dans les résidences de personnages célèbres, la vie côtoyait l'art et le personnel affairé constituait un passeur, parfois importun, parfois discret, mais toujours haut en couleur.

Elle commença par entrer dans les boutiques modestes des passages couverts adjacents aux grands boulevards – les passages Jouffroy, Verdeau, le passage des Panoramas. Se limitant, dans un premier temps, à pénétrer chez les bouquinistes, les vendeurs d'affiches et de cartes postales, elle s'enhardit à passer le seuil de certains antiquaires et restait de longues heures à errer dans le bric-à-brac de ces minuscules enseignes. Les styles et les époques se côtoyaient, les objets de toutes sortes prenaient place devant les livres reliés placés sur les étagères, les tables étaient surchargées de bibelots, les toiles peintes posées à même le sol s'entrechoquaient à chaque pas que l'on faisait pour se frayer un chemin. Les bouquinistes et antiquaires l'accueillaient sans amabilité et sans se déranger – ils lisaient le journal, écoutaient la radio, fumaient – mais cela faisait partie du jeu et des habitudes ancestrales de cette corporation issue du peuple des faubourgs, avec sa rudesse, sa simplicité et sa connaissance des choses de l'art qui en impose. Ces personnages avaient une faconde certaine, s'exprimant fort, avec grossièreté et grands gestes, habitués à occuper le terrain de leur quartier où ils régnaient en maîtres. L'attitude désinvolte, ils revêtaient le plus souvent des habits informes, usés, délavés et poussiéreux. Elle les croisait parfois attablés et parlant bruyamment entre eux à la terrasse d'un modeste café, s'entretenant le plus souvent de leurs affaires, des coups qu'ils avaient réussis, commentant avec volubilité leurs dernières acquisitions qu'ils trimballaient sans précautions dans un vieux sac en plastique. Trocs et reventes étaient organisés sur le trottoir, les uns achetant ou prospectant pour les autres ; ils se rendaient service tout en se charriant. Un coup d'œil rapide suffisait à jauger une pièce et à proposer un prix ou un échange. Les billets passaient de main en main. La vente d'objets d'antiquité était pour eux un commerce comme un autre, ni plus noble ni plus rentable, dont ils avaient le plus souvent une connaissance familiale, ancienne, l'expertise d'un œil éduqué au fil des générations, acquise dès le plus jeune âge, comme les hommes de la terre apprennent la connaissance des bêtes, des saisons et des cultures auprès des anciens. Leur mise pouvait laisser croire que leurs affaires n'étaient pas florissantes, mais certains étaient riches. Le métier voulait que l'on parût pauvre, pour vendre des choses chères sans qu'elles en eussent l'air. Cet air de mafia lui déplaisait tout en suscitant sa curiosité. Dans un premier temps, elle fut plus à l'aise avec ces marchands à l'air populaire qu'avec le personnel des boutiques ayant pignon sur rue, supérieures dans la hiérarchie du commerce de l'art, qui lui en imposaient. Une fois qu'elle eut passé le seuil de quelques-unes d'entre elles, elle perdit sa timidité.

L'univers viril des boutiques d'antiquités contrastait avec l'atmosphère délicate et compassée des galeries d'art. L'accueil y était tout à fait différent. Contrairement aux échoppes plus modestes, la maîtresse ou le maître du lieu n'était pas visible, retiré dans un cabinet de travail. Il fallait sonner pour entrer, barrière réelle aussi bien que symbolique qui créait une distance avec le badaud dilettante. L'expert, souvent un homme, directeur de la galerie, était un marchand, un chef d'entreprise. Elle avait compris qu'il composait les ventes publiques, identifiait les pièces et les évaluait pour le compte des vendeurs ; il garantissait leur authenticité aux acheteurs. C'était un personnage respecté de son personnel. On hésitait à le déranger. Il accueillait les principaux clients, les orientait dans la composition de leurs collections, les conseillait habilement dans leurs achats, dans la présentation des pièces et leur conservation. Il recherchait des œuvres à leur demande, se faisait leur intermédiaire et agissait pour leur compte dans les ventes aux enchères. En cas de revente, la relation privilégiée qu'il avait tissée avec eux lui donnait naturellement une priorité sur ses confrères et on lui confiait l'œuvre dont on voulait se défaire. Cette relation de confiance et presque d'amitié tissée au fil des années se transmettait souvent de génération en génération, car on était amateur d'art de père en fils de la même manière que, souvent, on succédait à ses parents comme marchand.

Le directeur de la galerie avait souvent un adjoint. Ses tâches, observait Zoé, étaient davantage administratives, notamment sur le plan de la comptabilité, un rôle subalterne, pensait-elle ironiquement. Mais, comme elle, l'adjoint avait sans doute de solides connaissances en histoire de l'art. Le duo s'adjoignait l'aide d'un personnel plus jeune, souvent féminin, qui assurait l'accueil en boutique, faisait des recherches pour alimenter la bibliographie des pièces et orientait les acheteurs, les renseignant pour les demandes les plus simples. Zoé identifiait parfois, dans ce vivier de collaboratrices, quelques connaissances croisées sur les bancs de la fac.

Bouquinistes, antiquaires, marchands d'art et amateurs se retrouvaient à l'hôtel Drouot pour les ventes aux enchères thématiques ou courantes. Comme eux, Zoé, fascinée, se trouvait happée par l'immeuble imposant dès qu'elle passait à proximité. Avec son architecture des années soixante-dix à motif de nids-d'abeilles, le bâtiment laissait peu deviner l'intensité de l'activité qui l'agitait. Les façades vitrées et opaques ressemblaient davantage à un classique immeuble de bureaux et, de fait, une fois à l'intérieur, le visiteur était perdu dans un dédale de salles aveugles, d'escaliers roulants creusant le volume interne dans sa hauteur, sans aucun point de vue sur la rue.

La faune des ventes était fascinante.

Les bouquinistes se disputaient les manettes de début de vente - des caisses d'objets, de vaisselle, de livres - où l'on trouvait le pire comme le meilleur. Ils restaient ensuite pour sentir la vente et intervenir le cas échéant. Ils échangeaient quelques paroles soulignées de coups d'œil entendus et, avec une gestuelle démonstrative, déambulaient dans la salle, pour appeler le crieur qui annonçait les prix de départ et répercutait les enchères, pour faire venir le « col rouge » - chargé de la manutention des objets et de leur présentation au public au cours de la vente. Cette agitation de cage aux fauves intimidait les acheteurs particuliers peu familiers de ce type de spectacle. Les galeristes ayant pignon sur rue, quant à eux, enchérissaient pour le compte de leurs clients ou pour eux-mêmes, détachés, sans la passion et l'excitation des premiers - du moins en apparence -, ni celle, anxieuse, du public particulier, qui se tenait assis sur les chaises ou sur les côtés. Les professionnels préféraient rester debout au fond de la salle. Les lots brigués par les bouquinistes et petits antiquaires comportaient une part de risque, de pari ; acheter à bas prix des œuvres dans un état parfois passable mais qui pourraient séduire les amateurs. Les marchands des galeries de renom s'intéressaient davantage aux lots présentés dans un état impeccable, aux signatures connues, aux œuvres d'exception, qu'ils pourraient ensuite vendre au double.

En dehors de ce public professionnel, des catégories sociales variées étaient représentées au sein des habitués de l'hôtel Drouot. Avec ses lots à bas prix, son achalandage de marché, le complexe était ouvert aux petites bourses comme aux grosses fortunes. On pouvait même y constater un certain brassage social : il n'était pas rare d'y croiser des brocanteurs à la petite semaine, à la recherche de bonnes affaires, qui écoulaient ensuite la marchandise sur les vide-greniers de province pour arrondir leurs fins de mois et leurs maigres retraites.

Certes, il fallait connaître, et passer le pas de la porte, s'acclimater aux habitudes du lieu, éviter les impairs, se faire aux usages, au vocabulaire usité. Mais tous ces codes pittoresques, amusants, étaient rapidement assimilés. Le personnel, commissionnaires, crieurs, commissaires-priseurs, s'attachait à maintenir une ambiance bon enfant de grande brasserie parisienne. Comme les serveurs des établissements réputés, ils blaguaient avec les acheteurs tout en faisant monter la sauce, l'agitation, l'émulation, témoignant d'un esprit typiquement parisien où chacun se retrouvait : le titi, le grand bourgeois ou le touriste en recherche d'exotisme. L'hôtel Drouot figurait dans tous les guides et il n'était pas rare d'y croiser des touristes asiatiques, américains, qui se risquaient au jeu avec plaisir. Une fois initié, ce public étranger se sentait chez lui car on s'adressait à lui en anglais, en le mettant à l'aise.

Zoé résistait à l'effervescence joyeuse de Drouot. L'agitation la déroutait, la manipulation sans précaution d'objets trimballés d'une salle à l'autre la choquait – il n'était pas rare qu'un cadre tombât – et surtout le déballage à grande échelle d'œuvres vantées par le commissaire priseur avec la gouaille d'un camelot de foire tenait davantage du charlatanisme que de la véritable expertise, lui semblait-il. Les œuvres s'y trouvaient malmenées, esseulées malgré l'encombrement, en transition entre une demeure et une autre, laissées à elles-mêmes, sans attention. Mais le spectacle valait le détour, si on ne le prenait pas trop au sérieux.

6

Au cours d'un après-midi d'hiver, le week-end précédant Noël, Zoé avait jeté son dévolu sur une galerie de dessins, rue Sainte-Anne. Elle échapperait ainsi, pensait-elle, à la cohue des courses de fin d'année. L'expert avait ses locaux au premier étage, donnant sur la cour d'un immeuble haussmannien, dans un ancien appartement bourgeois. Accueillie sans enthousiasme – son jeune âge ne laissant pas présager une acheteuse –, elle déambula dans des pièces de bonne taille en enfilade, donnant sur une coursive vitrée où étaient exposées de petites sculptures. Dans les salles principales en retrait de la cour, la galerie présentait une exceptionnelle exposition de dessins de Delacroix. Contrairement à son pronostic, le public était assez nombreux, plutôt âgé. Se penchant sur une superbe esquisse de cheval, le corps cabré sous les quelques traits de crayon virtuoses, elle surprit une conversation étonnante. À ses côtés, un couple de septuagénaires regardait le même dessin et semblait intéressé. Tous deux avaient le regard intelligent ; on sentait chez eux une culture assimilée, favorisée par l'argent. L'homme portait un imperméable beige, avait le crâne légèrement dégarni avec des cheveux coupés court à l'arrière, le teint hâlé, les mains belles, musclées, entretenues. Un homme à femmes, pensa-t-elle. La femme portait un tailleur élégant et sobre, un carré de soie cravaté autour du cou, laissant voir un collier de perles en sautoir sur le chemisier de soie. L'accessoire, passé de mode, il faut bien le dire, dénotait une fortune importante : les perles étaient grosses, régulières ; il était exclu, vu la propriétaire, qu'elles fussent fausses. Elle avait fière allure, se tenait droite, élégante. Les cheveux teints avec soin, elle faisait sans doute plus jeune que son âge.

La femme cochait la liste des pièces exposées, qui lui avait été fournie par l'assistante du galeriste, et l'annotait. Curieuse, Zoé jeta un coup d'œil par-dessus le chignon impeccable. La femme avait ajouté des noms à côté des titres des dessins et de leur prix. Elle s'adressa à son conjoint tout en examinant toujours la feuille de Delacroix : « Pour Adrien, oui, tu sais qu'il adore l'équitation ! Je crois que l'année dernière, pour ses douze ans, on avait trouvé un petit Géricault. Ça lui fera une paire ! »

La femme fit le compte de ses annotations, comme elle aurait pu contrôler sa liste de courses. Révulsée par la remarque, Zoé comprit que le couple faisait ses achats de Noël et offrait des dessins de maître à sa nombreuse descendance. Chaque pièce valait trente à quarante mille euros. Elle prit conscience que ce qu'elle considérait comme disponible, pour qui osait franchir le seuil de ce commerce, que ce merveilleux salon d'exposition d'œuvres exceptionnelles, n'était pour elles qu'un séjour de passage, de transit, vers d'autres destinations tout à fait inaccessibles, vers des mondes étrangers, lointains, inatteignables, configurés par la fortune.

À son grand étonnement, Zoé eut soudain envie de prendre le dessin, de se diriger vers l'accueil pour en demander le prix, avant qu'on ne posât sur son cadre la fatidique pastille rouge, signe que la pièce avait été vendue. Elle se ressaisit aussitôt devant une pensée si déraisonnable et poursuivit discrètement son observation du couple d'amateurs. Étaient-ils amoureux ? L'argent constituait-il un ressort essentiel de leur relation, dans les satisfactions qu'il leur procurait, par exemple celle d'acheter des œuvres d'art de grande qualité, pour eux ou pour leurs proches ? Zoé se détestait ; ces interrogations étaient malsaines. Ce couple avait tout pour lui : la beauté, l'argent, probablement l'amour. Et alors ? Fallait-il pour autant ressentir cette envie, ce désir de leur ressembler ?

Le couple poursuivait sa visite, tout en regardant la liste annotée. Au moment où ils comptaient, elle surprit entre eux un regard de désir qui ne trompait pas. Il l'embrassa dans le cou, puis la femme se présenta au bureau. Elle signala la liste des pièces à mettre de côté que l'employée ponctua d'un simple : « Bien sûr. »

Zoé ne voyait plus rien, mais se remémorait son entrée dans la galerie.

Elle s'étonnait soudain de l'audace dont elle avait fait preuve, sans même s'en rendre compte, pour pousser ces portes blindées. Surprise d'avoir pu s'immiscer dans un milieu qui ne lui était pas destiné, elle pensa qu'elles étaient prêtes à se fermer.

Cette évidence lui découvrit l'ampleur de sa naïveté : l'illusion que les œuvres étaient à sa portée, alors qu'elles revêtaient, dans cette galerie chic, comme à Drouot, les caractéristiques de biens de consommation. Ses balades avaient pour cadre le commerce et la disparition effective des images, pour un temps indéterminé au cours duquel elle ne pouvait espérer les revoir. La fragilité de cette mise à disposition la frappa d'évidence. Le cheval de Delacroix allait rejoindre, pour quelques décennies, les murs d'un luxueux appartement parisien, autant dire, pour elle, pour toujours. Comment n'avait-elle pu y penser ? Cet apparent achalandage foisonnant de précieuses denrées pouvait s'évaporer à tout moment sans laisser de trace autre que le regret de son propre souvenir émerveillé. Cette fois, c'était bien les œuvres qui la trahissaient en disparaissant, comme Jacob l'avait fait des années plus tôt. La mémoire ne pouvait lui suffire et sa soif d'images lui parut alors infinie et inextinguible. Le contrôle qu'elle s'était toujours imposé, en corsetant son quotidien, ses occupations professionnelles, sa vie amicale, craquait de toutes parts face à sa passion dévorante.

Sa promenade graphique dans l'œuvre foisonnante de Delacroix s'en trouva interrompue. Les sujets mythologiques, religieux, les scènes du Maroc, les académiques, les esquisses de portraits, s'entrechoquèrent en un pêle-mêle inextricable. Ne parvenant à faire le tri ni à se remémorer le chemin parcouru dans le calme jusqu'à cette syncope brutale, elle fuit la galerie pour retrouver ses esprits.

ꙮ

7

Paris était gris, minéral. Seule la Seine, partageant en deux ce cœur battant, gardait quelque chose de l'ancienne nature profuse qui avait été celle des abords d'une cité particulièrement bien placée pour se défendre et rayonner. Cet axe domestiqué, qui avait fait la fortune de la capitale, était maintenant presque à l'abandon, en dehors de quelques inévitables bateaux-mouches transbahutant les touristes. Les abords surélevés, bétonnés, ne laissaient plus rien imaginer du rivage et du lit naturel, abritant une activité humaine indispensable à la propreté des Parisiens – les bains, le linge –, aujourd'hui déversoir de la saleté de la métropole.

La nature à Paris était un signe distinctif de richesse, pensait Zoé, et elle imaginait, en parcourant la ville, combien de jardins cachés, de points de vue magiques sur la Seine ou ses canaux constituaient le cadre de demeures luxueuses. Les façades masquaient parfois des parcs privés. À n'en pas douter, c'était dans une de ces résidences qu'habitait le couple d'acheteurs de la galerie, une villa arborée, donnant sur l'un des parcs de la capitale, ou encore sur les quais.

Son observation du couple prodigue fit naître chez elle un sentiment de malaise qui continuait de la tarauder lorsqu'elle pénétra dans son appartement.

Celui-ci était de petite taille, mais décoré avec style et élégance. Nulle œuvre d'art dans son intérieur. Pourtant chaque objet avait été choisi avec soin selon son goût, au gré des découvertes, en neuf ou en occasion. L'impression qui s'en dégageait était celle d'une modernité ancrée dans l'artisanat, les savoir-faire travaillant les matériaux bruts. Le plateau de la table de la cuisine, en chêne massif, rustique, reposait sur un fin piétement métallique. Les étagères murales, sans portes, ainsi que le plan de travail de même essence, s'organisaient autour de cet élément central dans l'appartement, servant de bureau, de table, d'établi, aussi bien que de planche à repasser. Cette pièce était disproportionnée par rapport à la taille du logement, composé par ailleurs d'une chambre, d'une salle de bain et d'un dressing. Une pièce à vivre multifonctionnelle comme on en faisait si souvent dans les petites surfaces parisiennes, conçue pour accueillir ses amis tout en cuisinant.

Mais ce soir-là, lorsqu'elle rentra chez elle, elle fut frappée par la nudité du lieu et sa froideur. La cuisine lui parut laide avec ses placards à vue et leur désordre, la vaisselle sale du matin, les miettes et un thé froid irisé d'oxydation au fond d'une tasse. D'ailleurs, les dîners entre amis s'étaient espacés, chacun étant occupé par sa vie professionnelle et personnelle. Elle était l'une des rares à rester célibataire, ce qui la plaçait dans une position inconfortable de numéro impair tandis que ses proches avaient désormais des préoccupations de couple (trouver un appartement, négocier son prêt), voire, déjà, de jeunes parents (crèche ou garde partagée, varicelle et otites à répétition). Elle s'était ainsi trouvée marginalisée, sans en être chagrinée, car elle aimait sa solitude, de plus en plus, au gré de ses découvertes d'images. À ce moment précis, elle ressentit ce que cette solitude pouvait avoir de sordide, et éprouva le manque de chaleur d'un foyer sans âtre.

La chambre, sombre, donnait sur une cour agréable, mais le vis-à-vis invitait à fermer les rideaux de lin blanc dès la fin du jour pour s'isoler des regards. L'ouverture sur le ciel lui avait manqué dès son emménagement ; les vues dégagées étaient rares dans une ville où même les nuages se monnayaient. Elle chérissait d'autant plus le souvenir de sa chambre d'enfant, ainsi que celle de ses années d'études, malgré son inconfort.

Elle s'allongea sur son lit et songea à sa tristesse subite, avec amertume, car elle procédait de sentiments qu'elle réprouvait, ayant été élevée avec simplicité, dans l'acceptation de son sort et de la situation présente, non par défaitisme – sa réussite professionnelle avait prouvé qu'elle pouvait être capable d'ambition – mais par souci du bonheur. Cet équilibre fragile qu'on appelle bonheur tenait beaucoup, pensait-elle, à la satisfaction de l'instant présent. Petite, elle en avait pris conscience lors des repas en famille, lorsque le babillage de ses sœurs suffisait à faire rire, à alimenter une conversation simple et ancrée dans le réel : ce qu'on avait fait le jour même, les conversations qu'on avait eues, les contrariétés qui se trouvaient désamorcées par la séance de dédramatisation familiale.

On se contentait de ce que l'on avait, de ce que l'on vivait, et l'insatisfaction n'avait pas droit de cité, cela allant de pair avec un certain isolement et un repli sur le cocon familial : « pour vivre heureux, vivons cachés » semblait être leur devise.

Les pensées mauvaises la tenaillaient. Elle serait bien restée toute sa vie dans la chaleur douce de ses draps. Elle regardait par la fenêtre en laissant son esprit passer de la galerie au couple, du couple à ses parents, de ses parents à son chez-elle. Le ciel s'assombrissait. Un carré de lumière s'alluma en face d'elle, puis un autre. Les voisins à leurs occupations déclenchaient l'interrupteur pour mettre en branle l'épisode de leur soirée, auquel elle ne souhaitait pas assister. Elle s'extirpa du lit et tira le rideau, puis se recoucha.

Enviait-elle vraiment ces deux acheteurs, les méprisait-elle par rancœur de ne pouvoir elle-même acquérir ce qui à ses yeux avait le plus de prix, les images qui nourrissaient ses moments de loisir ? Jusqu'à ce jour, elle n'avait jamais songé à en devenir propriétaire. Elle se savait insatiable dans sa passion : une vie de fortune n'aurait pas suffi à amasser la somme des images qu'elle avait vues au cours de ses visites de musées, d'expositions, de galeries et de brocantes. Pourquoi ne s'était-elle jamais autorisée à en acquérir au moins une ? L'épisode de la galerie, du dessin désiré et subtilisé par d'autres lui faisait prendre conscience que les œuvres, elles aussi, pouvaient être infidèles. Le seul moyen de les retenir était-il de les posséder ?

Ou enviait-elle ce couple pour autre chose ? Pour avoir su se retrouver dans une passion commune qui devait amplifier leurs liens, leur amour, en leur procurant un substrat partagé d'expériences et de plaisirs ? Ils lui avaient mis cette possibilité sous les yeux, alors qu'elle avait pensé jusque-là, que, comme pour son mentor Jacob, l'art était un plaisir solitaire. Comment pourrait-elle partager ce que ses expériences radicales de contemplation lui procuraient en songes ? Cette idée la rebutait car elle avait conscience que cette seconde vie, profonde, enfouie, était inavouable.

Zoé examinait les murs nus de sa chambre et prenait conscience qu'elle était prête à payer, à acheter, à posséder. L'homme du couple avait-il payé pour s'offrir une femme si élégante ? Ou bien était-ce elle qui l'avait acheté ? Qui possédait qui ? Qui dominait qui ? La constitution de leur collection était elle au cœur de leur relation ? Pourquoi, songeait Zoé, ne s'était-elle pas immédiatement signalée au galeriste pour acheter le cheval de Delacroix, cet animal sauvage, réfractaire à la domestication, cet étalon de son désir ? Elle aurait pu, si elle s'y était prise à temps, pour y placer ses économies. Pourquoi pas ? Cela avait sans doute plus de sens que de les laisser sur un compte en banque stérile.

Elle prit son téléphone et composa le numéro de la galerie.

Une voix féminine répondit à l'appel de Zoé.

De quel dessin s'agit-il, madame ?

Oui, il a bien été vendu.

Non, je ne peux vous donner le nom de l'acheteur.

Non, je ne peux vous dire si ce dessin a bien été vendu à un couple, ces informations sont confidentielles.

Bien sûr, madame, n'hésitez pas à revenir. Il reste encore un large choix de pièces. Ne tardez pas trop, tout de même, car cela part vite à l'approche des fêtes.

Oui, même « à ces prix-là ».

Tout à fait, notre maison pratique les prix du marché.

Zoé raccrocha, et, de dépit, se mit à pleurer. Ce cheval échappé, elle l'avait désiré.

ꙮ

8

Dans les jours qui suivirent, Zoé eut le sentiment que sa vie s'était déséquilibrée, qu'une part d'elle-même s'était vidée. La mélancolie s'emparait d'elle à mesure qu'elle s'enferrait dans une solitude grandissante. Son mode de vie original lui plaisait jusque-là, il allait de pair avec un certain isolement, mais elle sentait ici ses limites, dans les moments de détresse.

Elle entretenait des liens de plus en plus rares avec sa famille : « Toi et tes expositions », lui disaient ses parents, persuadés qu'elle gravitait dans une élite mondaine dont ils se pensaient naturellement exclus. Elle avait beau leur décrire son travail – qui, en fin de compte, ressemblait un peu au leur dans le maniement des chiffres – et relativiser l'importance de ses loisirs artistiques, ils ne comprenaient pas sa passion qui, considéraient-ils, lui mangeait son temps et sa jeunesse, qu'elle aurait pu occuper autrement. Elle pensa prendre un billet de train et s'échapper à Rouen, auprès des siens, dans leur chaleur réconfortante. Elle téléphona à la maison et se laissa étourdir par la conversation des uns et des autres, la nouvelle coupe de cheveux de sa mère, les plantations de bulbes de tulipes de son père, le nouvel amoureux d'une de ses sœurs. En trois quarts d'heure, ils avaient dit beaucoup de choses sans qu'elle y eût véritablement trouvé sa place : « Et toi, ça va ? » finit par lui demander sa deuxième sœur. « Oui », répondit-elle, sobrement, en regard de sa situation.

Le couple lui semblait une injonction sociale difficile à envisager. Elle avait eu des relations, toujours sans avenir, avec de jeunes hommes, souvent intéressants. La rencontre lui plaisait, ce moment de subtile attirance physique irrépressible qui précédait tout sentiment, un temps d'incertitude et de peur – de se tromper, de décevoir, d'être déçue, voire de se ridiculiser. Mais cet instant passait très vite et sitôt ce moment de grâce derrière elle, il fallait composer avec un quotidien, avec des réflexes stéréotypés, forgés au fil des générations, intériorisés. Les sobriquets « mon amour », « ma chérie », surgissaient parfois risiblement au lendemain de la première nuit d'amour, singeant les habitudes des vieux ménages. Elle peinait à comprendre si ces habitudes tenaient à un véritable élan irrépressible et joyeux, chez ses partenaires, ou à la copie de ce qu'ils pensaient devoir être les prémices d'un couple heureux. Les rencontres sans lendemain ne lui plaisaient pas non plus ; l'instrumentalisation de l'autre et de son propre corps au service d'un assouvissement brutal la laissait salie – et c'était pire, encore, lorsque le partenaire pouvait se figurer une suite alors qu'il était hors de question pour elle de l'envisager. Dans ce domaine, n'ayant pu trouver ni équilibre ni solution satisfaisante, elle réagissait à l'instinct, sans plan préconçu. Il lui arrivait de tomber amoureuse – et cela lui plaisait vraiment – mais la grâce s'émoussait aussi vite que la découverte. L'attachement ne venait pas, ou peut-être ne voulait-elle pas le laisser advenir. L'intensité dans l'exploration de l'autre ne se prolongeait pas lorsque le corps désenchanté venait à revivre l'empreinte laissée une première fois dans les chairs.

Elle ne pouvait s'empêcher de rapprocher sa frustration nouvelle vis-à-vis du cheval fougueux de Delacroix, qui, s'évanouissant, l'avait laissée exsangue, de son dégoût des corps possédés, qui lui paraissaient aussitôt éteints. C'était comme si les deux sensations inverses allaient de pair. Parviendrait-elle à s'attacher si elle pouvait se fixer sur des œuvres bien à elle ? L'amour comme la possession des œuvres n'étaient-ils pas des aliénations ? Le sentiment amoureux était-il une création, une construction, au même titre qu'une collection d'œuvres d'art contenait une part irréductible de subjectivité ? La collection la débarrasserait-elle définitivement de la culpabilité sociale de ne pas faire œuvre, au sein d'un couple ?

Aux abois, après avoir pensé à sa famille, elle décida d'appeler son ami Hugo et de voir, de tenter de se débarrasser du contrôle qui l'avait toujours limitée dans ses relations amoureuses, d'essayer vraiment, pour une fois. Elle le connaissait depuis longtemps. Il y avait une tendresse entre eux qu'elle n'observait pas avec ses autres amis : tous deux venaient de milieux où l'art était absent. Son enthousiasme authentique lui plaisait. Il faisait preuve aussi d'une certaine dose de maladresse qui lui avait fait du tort professionnellement. Il avait tendance à trop se mettre en avant, à parler fort dans l'atmosphère feutrée des vernissages ; il était sans doute plus sincère que bien d'autres. Zoé savait qu'il avait enchaîné les relations, souvent hors de leur cercle d'amis. Cette légèreté la mettait en confiance.

Zoé l'invita chez elle pour prendre un verre et se décida brusquement. La situation était claire. Fidèle à sa réputation, Hugo y répondit avec entrain, fut très vite pris à l'hameçon et, après quelques préliminaires d'usage, se cabra sur le corps souple de Zoé.

Après l'amour, Hugo lui susurra, au creux de l'oreille, après un long et agréable baiser : « Tu es la plus belle chose que j'ai vue au monde. » Zoé en fut révoltée. Non, pas lui, pensa-t-elle. Derrière la platitude, le stéréotype hollywoodien, le jeune homme avait l'air sincère et heureux. Comment pouvait-on, tenir de tels propos à son intention ? Elle ne pouvait faire autrement que de le prendre au sérieux, au pied de la lettre, et de constater le désaccord profond de leurs tempéraments. La plus belle chose, pour elle, n'était certainement pas un être, et comment choisir entre les mille émotions esthétiques qu'elle avait éprouvées à ce jour ? La question même de ce choix était absurde. Était-ce une manière, pour Hugo, de forcer l'amour, de l'enrôler contre elle-même dans quelque chose qui la dépassait ? Ou sa propre révolte était-elle une nouvelle prise de contrôle sur ce qu'elle aurait pu considérer simplement comme une remarque naïve et émouvante dans sa sincérité ?

Trouver un homme, tomber amoureuse ? Non pas une relation à consommation rapide, mais un être avec qui elle aimerait partager sa vie, ses plaisirs, son avenir. Elle avait beau se remémorer ses quelques expériences récentes, avec aucune de ses relations elle n'avait eu ce désir de construire. Malgré la tendresse qui les unissait, Hugo n'avait pas fait exception.

Les êtres passaient et disparaissaient, qu'elle le voulût ou non. Sans regret, elle avait laissé partir ses amants. Ses parents mourraient un jour. Jacob avait disparu sans crier gare, blessure et trahison bien involontaires. Les œuvres, elles, demeuraient, du moins, celles que l'on pouvait posséder. Zoé menait ses réflexions tandis qu'Hugo dormait à côté d'elle, repu.

Au petit matin, elle se dépêcha de lui préparer un café pour le voir sortir au plus vite. Elle prétexta un rendez-vous professionnel pour accélérer le mouvement et le raccompagna à la porte. Dans l'encadrement, il lui sourit et lui dit « merci », ce qui l'affligea encore plus. Ne pouvait-il se figurer que le plaisir, bien que partagé, n'était pas allé bien loin ? Ils avaient décidément une perception des choses bien différente.

Comme un écho de son passage à l'acte avec Hugo, de cette consommation d'un être, elle se mit à collectionner en rêve, à amasser, à classer, à s'absorber, à s'éprendre au point d'abandonner ses déambulations réelles, devenues trop dangereuses. Ce plaisir narcissique et virtuel lui permettait de se remémorer les pièces qu'elle avait repérées, les plus belles à ses yeux, les lieux où elle les avait vues. La satisfaction de reconsidérer en songe ce catalogue idéal lui permettait d'oublier quelque temps la déréliction où elle s'était elle-même placée et la frustration de ne pas oser se lancer dans une aventure téméraire, qu'elle fût matérielle ou affective. Les images se succédaient en un musée imaginaire qui faisait sens, non pas dans son organisation historique ou stylistique, mais dans les combinaisons aléatoires de l'enchaînement qu'elle créait. Un musée de pur plaisir correspondant à son goût propre et unique, à son psychisme. Cette plongée dans son intériorité lui apporta une jouissance inédite, mais à nouveau, le souvenir ne lui suffit plus. Elle repensa avec folie, non seulement à acheter une œuvre, mais à constituer une collection.

9

Zoé fut particulièrement effrayée par le rêve qui l'habita cette nuit-là : l'image du dessin d'architecture était posée dans une écuelle de bois, misérable, à même la terre. Des personnages, insouciants, à l'intérieur de ce théâtre miniature, jouaient leur vie de fiction, minuscules et faibles, ignorant le danger qui les guettait, aveugles à la nuit extérieure qui menaçait aux lisières de leur monde. Elle-même, nue, assise sur la terre battue, de la taille d'une géante en comparaison de la stature lilliputienne des personnages à peine visibles, observait placidement la saynète sans pouvoir déceler son motif, plissant les yeux douloureusement, mais impuissante à trouver le moyen de satisfaire sa curiosité ; elle était incapable de comprendre le jeu qui échappait à sa vue et à sa conscience. Ce sentiment lui était intolérable. L'image, inatteignable, s'amenuisait jusqu'à disparaître tout en étant à portée de sa main. Elle la savait là et invisible à la fois. Forçant avec effort son apathie, les yeux exorbités, en furie, échevelée, elle souleva sa main, lourde, prit l'écuelle dans un sursaut qui l'épuisa, ouvrit une bouche immense, rouge, monstrueuse, et en avala le contenu. La scène craqua entre ses mâchoires, elle mastiqua avec dégoût et difficulté avant d'avaler les débris par morceaux entiers qui se coincèrent dans son gosier. Le tout finit par racler son œsophage obstrué, sec, jusqu'à atteindre l'estomac qui s'enflamma immédiatement d'une douleur insupportable. Elle digérait la destruction du monde, le ventre gonflé et le visage déformé par l'effort, les membres osseux écartés sans pudeur. Le mal alla croissant pendant une très longue période qui semblait ne jamais devoir s'arrêter. Régulièrement, son corps souffrant était agité de soubresauts, elle ne parvenait pas à adopter une position qui eût atténué ses douleurs. Enfin, le supplice s'amoindrit pour laisser place à une lascivété aiguë. L'obscénité de la situation la révulsait et lui procurait en même temps un grand plaisir qu'elle acheva par l'expulsion.

Elle se réveilla en sursaut, trempée.

10

La possession ne quitta plus Zoé. Le rêve se répéta, immuable, la laissant exténuée. Son esprit diurne, rationnel et droit n'était pas atteint et elle poursuivait ses activités habituelles sans difficulté, notamment son travail. Mais la nuit, elle livrait combat dans des cauchemars qui la laissaient exsangue. Son appartement était sa nouvelle prison, le symbole des dysfonctionnements de son psychisme. Il avait été le lieu de l'éclosion d'une magie dont elle s'était emparée pour enrichir son quotidien : poursuivre en songe des promenades commencées, des ébauches de parcours qui s'enracinaient dans ses balades artistiques. Mais le réel la rattrapait : les images avaient perdu leur pouvoir, elle se sentait vaincue par la médiocrité de son environnement. Longtemps, sa double vie l'avait comblée : un sérieux absolu dans sa vie professionnelle qui lui assurait le confort, la considération, et une liberté sans entrave dans ses aventures oniriques. Le songe ne servait plus à désamorcer le réel, mais fonctionnait comme machine à fantasmes, une machine emballée par un carburant trop abondant, pourvue d'un moteur désormais noyé qui tournait en roue libre. Car c'était bien le réel, la vie, qui réclamaient leur dû : son envie de posséder l'accablait, ce matérialisme la navrait. Il lui fallait affronter cette réalité affligeante, sans quoi elle ne retrouverait pas sa sérénité.

Pour se changer les idées, elle organisa sans enthousiasme un dîner pour ses amis. Zoé participa peu à la conversation, en retrait. Certains s'en étonnèrent mais elle les rassura en mettant son manque d'entrain sur le compte de difficultés professionnelles.

Jean-Eudes, qui avait un temps partagé avec elle quelques visites d'expositions, connaissant son appétence, lui parla d'une galerie d'estampes qui présentait actuellement l'œuvre gravé de Félicien Rops.

Une fois ses amis partis, elle y pensa et décida de s'y rendre. C'était sans doute la seule échappatoire, un signe envoyé par son ami auquel elle devait s'accrocher.

Le lendemain, un samedi, elle s'habilla chaudement, se dépêcha de faire quelques courses pour la semaine et se rendit à pied à la galerie située à Saint-Germain, près du carrefour de l'Odéon. Il devait être midi lorsqu'elle sonna. Un jeune homme vint lui ouvrir. Elle eut le sentiment, instantanément, de laisser ses tracas sur le trottoir et de se préparer à une nouvelle expérience de vie. La chaleur de la boutique couverte de boiseries contrastait avec le froid de décembre. La lumière blanche entrait par les larges baies vitrées masquées à mi-hauteur par des panneaux et la présentation des nouveautés visibles de l'extérieur.

Sa boulimie d'images ne l'avait pas portée vers une technique particulière. Elle appréciait les peintures, les dessins, les sculptures, les émaux... tous procédés confondus. Cette idée lui vint au moment où elle entrait dans ce temple consacré à l'estampe : elle avait peu fréquenté les lieux exposant un type d'œuvre avec prédilection car son intérêt se portait avant tout sur le sujet et non sur les spécificités de son traitement. L'endroit dégageait un certain calme, celui qu'il fallait adopter pour manipuler des œuvres fragiles, qui ne pouvaient être d'emblée exposées. Ainsi étaient-elles cachées, protégées. Par ailleurs, elle sentait une concentration extrême d'œuvres : la boutique regorgeait de feuilles imprimées, les étagères en étaient remplies, ce que l'on ne voyait pas dans les galeries consacrées à la peinture, par exemple. Le lieu en était habité.

Le jeune homme, très mince, un peu courbé, portant un costume d'un autre temps, retourna à ses occupations tandis qu'elle prenait conscience de la pièce. Au bout de quelques minutes, elle s'adressa à lui en ayant l'impression de le déranger. Elle voulait voir l'exposition dédiée à Félicien Rops, dont on lui avait parlé.

Sans un mot, il l'invita à le suivre. Ils empruntèrent un large escalier en colimaçon et descendirent d'un étage. Ils se trouvaient dans une vaste pièce en sous-sol, les murs couverts de bibliothèques emplies d'ouvrages, de larges fauteuils confortables et de tables basses pour consulter les livres. Mais sans laisser à Zoé le temps de s'orienter, il tira, d'un geste théâtral, un grand rideau noir, qui masquait une seconde pièce, ouverte sur la première par l'arche de pierre caractéristique des caves voûtées parisiennes. La pièce était dans l'obscurité ; elle ne percevait rien au-delà de la pierre blanche qui encadrait le trou. Puis il déclencha l'interrupteur et une lumière subtile fit apparaître dans la pénombre des feuilles blanches tachées de noir. Tout le monde de Rops s'y trouvait : ses femmes galantes, aguicheuses avec leurs bas voyants soulignant les sexes offerts, ses chimères nocturnes, ses visions morbides, l'érotisme de la vie et de la mort qui la secouait au plus profond d'elle-même. Tout ce qu'elle s'était refusé en corsetant sa vie, en la réglant à l'extrême, en contrôlant son quotidien, et qui ressurgissait dans ses rêves débridés, se trouvait là, sous ses yeux, réel et fantasmagorique. Toutes les images semblaient lui sourire, se répondaient entre elles, la reconnaissaient comme l'une des leurs. Un regard l'attira. Celui d'une femme sage en apparence. Sans réfléchir, éblouie par l'ensemble, fascinée et effrayée par les propositions de l'artiste qui la laissaient interdite, Zoé saisit la planche.

C'est alors qu'elle prit conscience que le jeune homme était resté pendant sa contemplation. Il la scrutait. Elle sortit de la pièce sur un signe de lui et, au premier étage, fut aveuglée par la lumière du jour. Une fois revenue dans le monde réel, il lui demanda poliment si son choix était arrêté, si c'était pour offrir, et il emballa la feuille avec beaucoup de soin. Il précisa que l'estampe avait été publiée comme supplément à la revue *L'Art décoratif* en 1879. Son prix était raisonnable, elle ne regretterait pas son achat. Elle paya et sortit, la planche enveloppée d'un papier kraft.

Une fois chez elle, elle défit le paquet sur la table de la cuisine. À l'aide d'un couteau fin, elle fendit les morceaux de scotch qui maintenaient l'ensemble, dégagea les cartons de protection, et se retrouva face à la blancheur du papier. Elle eut l'impression de déshabiller quelqu'un, de violer son intimité, mais se dit qu'il s'agissait de sa propre intimité, de son choix, mis à distance, qu'elle dénudait. Elle caressa la feuille, effleurant du bout des doigts les parties encrées pour en sentir l'imperceptible relief. Elle s'adonna à la contemplation, riche des réminiscences de sa visite et de toutes les œuvres de Rops qui avaient entouré la sienne. Un lupanar fantastique et débridé qui avait propulsé devant ses yeux une femme lisant.

Elle était moins surprise de son choix soudain d'acheter, de son désir irrépressible de posséder une image, que de la facilité avec laquelle cela était advenu. C'était arrivé. Très simplement. Comme elle aurait acheté un vêtement, sans culpabilité, sans gravité, alors qu'elle ruminait cette hypothèse torturante depuis plusieurs semaines. Avait-elle ainsi payé son tribut au réel ? Serait-elle désormais plus sereine, une fois le pas franchi ? Et cet achat pourrait-il suffire à lui faire retrouver sa vie d'avant ?

Le procédé de la gravure avait ceci de particulier qu'il s'agissait d'un « multiple » tout en étant une œuvre originale, au même titre qu'un tirage photographique. Celle qu'elle avait sélectionnée n'était pas rare, c'est pourquoi le prix était abordable. Une jeune femme aux lignes serpentines était assise sur une chaise. Elle tenait un livre de sa main droite, gantée, et portait la gauche à ses lèvres dans un geste mystérieux, un peu provocateur. Le visage contrasté, les orbites, l'arête du nez et les lèvres soulignées de noir paraissaient petits et creusés, abrités sous l'ombre d'un chapeau volumineux. Très élégante, la femme se tenait de trois quarts, le fond était à peine esquissé – on apercevait quelques feuilles d'arbres –, à dominante de blancs pour accentuer la présence du modèle. Le plus curieux est que l'artiste avait légendé plusieurs fois son œuvre dans la planche : ces inscriptions avaient attiré son attention au premier abord. L'une d'elles donnait son titre à l'estampe : « Celle qui fait celle qui lit Musset. » Par là, l'artiste donnait quelques indications sur la psychologie, ou ce qu'il pensait être la psychologie de son modèle. La femme lisait-elle réellement ou faisait-elle semblant de lire le poète romantique tout en adoptant une posture littéraire ? Était-elle une mondaine se piquant de littérature ou s'intéressait-elle réellement à l'œuvre de Musset ? Peut-être était-elle l'une de ces « demi-mondaines » de l'époque, femmes de grande allure, qui lançaient les modes, entretenues par leurs conquêtes masculines qu'elles attiraient par leur beauté et un vernis artistique. La deuxième inscription situait le lieu et le temps de l'action : « Aux Tuileries, 1879. » La femme lisait dans le parc des Tuileries, quelques années après la destruction du palais impérial, incendié par la Commune de Paris, dans un jardin entre deux mondes. Enfin, la troisième était très curieuse : « Je le sais aussi bien que vous parbleu ! Cette femme est trop grande, mais elle était trop grande !!! » L'artiste semblait par là réfuter une critique évidente sur les proportions de son modèle, qui, certes, correspondait peu au canon de l'époque. Il avait gravé la femme telle qu'il la voyait et telle qu'elle était, trop grande. Les pieds joliment chaussés d'escarpins, au premier plan, étaient effectivement fins et longs. L'artiste adressait un clin d'œil au spectateur, en soulignant le défaut qui faisait le charme de la lectrice ou de la fausse lectrice. Lui, semblait-il dire, avait été fidèle, tandis qu'elle n'était pas sincère. Sa plastique étrange trahissait son affectation, sa coquetterie à paraître une femme de lettres. Qui mentait, qui dissimulait ? La femme démasquée par le graveur, ou le graveur lui-même donnant des clés évidentes et par là suspectes sur son œuvre ? Elle était tentée de donner raison à la femme, car son corps vu un siècle et demi plus tard, contrairement aux dires de l'artiste, semblait parfait, élancé, longiligne, harmonieux, celui d'une femme moderne.

Cette promenade lui fit le plus grand bien et elle sombra dans un doux sommeil, le premier depuis de longues semaines. La femme, surprise par le regard de Rops, s'était levée, elle déambula en faisant danser son long corps articulé d'une démarche chaloupée entre les bosquets et les massifs. Elle semblait fasciner les passants, notamment un couple âgé ; l'homme traînait sa femme qui peinait à le suivre, sur les pas de l'inconnue, tandis que cette dernière marchait imperturbablement. Il s'agissait du « couple Delacroix ». L'homme rattrapa l'inconnue, laissant son épouse lui courir après, saisit le poignet de la femme et lui dit quelques mots, la regardant avec intensité. Zoé l'entendit répondre fermement, en se dégageant : « Mais je ne suis pas de ce monde. » Elle poursuivit sa promenade imperturbable, laissant l'homme malheureux et sa femme essoufflée et perplexe.

11

Comme Zoé l'avait prévu, ce premier achat fut suivi de bien d'autres et la dépendance se déclara assez rapidement. Tout en étant parfaitement consciente, elle ne lui apparut plus comme une folie, mais comme un processus de survie psychique, les rêves étant revenus avec l'inconnue du jardin des Tuileries. *Celle qui fait celle qui lit Musset* avait orienté ses choix esthétiques. Elle dirigerait sa collection vers des pièces de qualité, mais d'un procédé populaire qui avait permis l'entrée de l'art dans des foyers aux moyens modestes : l'estampe.

L'estampe avait eu, en effet, un rôle majeur dans la reproduction d'œuvres uniques, prestigieuses, comme les tableaux, ou de l'imagerie des lieux, des hommes et femmes célèbres, par les planches gravées puis lithographiées qui avaient circulé largement et pénétré les milieux sans fortune. Ces images, très majoritairement en noir et blanc dans leur conception, avaient été colorées au pochoir, égayant les maisons modestes. Aujourd'hui encore, elles étaient proposées dans les artothèques des médiathèques publiques, majoritaires parmi les œuvres proposées en prêt. Par ailleurs, la tradition de l'estampe originale artistique avait permis à des artistes de s'exprimer par ce médium, de Rembrandt à Félicien Rops, l'œuvre étant imaginée et conçue pour être gravée. Les possibilités expressives de l'estampe étaient infinies.

Ce choix correspondait parfaitement aux critères que Zoé s'était fixés : la beauté, la qualité des images, le raffinement des techniques, la richesse des modes d'expression en faisant un art à proprement parler, mais aussi la relative accessibilité de ce marché – on trouvait des estampes à tous les prix selon la qualité d'exécution, la rareté et l'état de conservation de la feuille. Elle n'avait pas les moyens de se lancer dans une collection onéreuse et, cela lui eût-il été possible, elle refusait de ressembler au « couple Delacroix » achetant des œuvres comme des croissants pour le petit-déjeuner du dimanche. Chaque œuvre devait être choisie soigneusement selon son goût qui prendrait en compte secondairement les signatures prestigieuses. La qualité d'évocation de l'image primait.

Tout en achetant ses premières pièces, elle avait commencé à explorer les galeries spécialisées – elles étaient assez peu nombreuses – non plus avec l'œil de la flâneuse, avec la boulimie de l'iconopathe, mais dans le but de sélectionner pour acheter. Elle consacra un temps important à ces visites, repérant le terrain de ses futures chasses, tentant de ne pas se laisser tout de suite entraîner dans des achats trop nombreux ou trop chers. Circonscrire son domaine, le reconnaître, lui semblait essentiel pour ne pas céder à des acquisitions obsessionnelles de néophyte. Tout en se livrant au délicieux plaisir, enfin, de posséder des œuvres, elle cherchait à se former en tant que collectionneuse et, forte de ses observations sur le milieu, elle souhaitait garder le contrôle sur sa nouvelle manie.

12

Après avoir mené, en ligne, une petite enquête sur les lieux de l'estampe à Paris, Zoé entama des visites méthodiques. Elle commença par la galerie où elle avait effectué son premier achat, au nord du jardin du Luxembourg, à proximité du marché Saint-Germain. Sa deuxième visite fut moins compulsive. Elle passa des heures à feuilleter les présentoirs. Le personnel était un peu étonné qu'une si jeune personne restât aussi longtemps dans la boutique. C'était un peu louche. Et elle ne se gênait pas pour demander les corpus de grands maîtres.

Dans ce type d'endroit, on pouvait avoir accès à des œuvres, les toucher, les saisir, les regarder dans la lumière pour observer les filigranes, les sentir, alors que toute approche similaire d'une œuvre présentée dans une exposition aurait fait bondir le gardien, déclenché l'alarme et aurait été suivie d'une sévère réprimande, voire d'une mise en garde d'exclusion. Il s'agissait bien là d'un privilège des visiteurs de galeries consacrées à l'art graphique. Pour les protéger de la lumière, on enfermait les œuvres dans des portefeuilles, que l'on mettait à la disposition des visiteurs, en les laissant libres de les manipuler, privilège exceptionnel. Cette chose-là lui plaisait également. Un amateur de tableaux pouvait demander à voir le revers, mais il ne manipulerait jamais le tableau lui-même jusqu'à son acquisition. Dans le cas des estampes, pour « voir », il fallait joindre le plaisir du toucher, de la caresse du papier, sauf pour les rares œuvres encadrées. Le personnel était là, surveillant discrètement la clientèle. Les pièces étaient protégées par de minces pochettes en plastique, par un passe-partout cartonné, la conservation et la sécurité se trouvaient assurées sans que l'amateur en eût conscience. En faisant défiler les pièces disposées dans un portefeuille, Zoé se sentait faire partie d'un monde à part. Elle avait bien l'intention d'en profiter.

Zoé avait retrouvé le jeune homme qui l'avait accueillie lors de sa première visite. Mais quand elle avait demandé si la boutique « détenait des Escher », l'expert était sorti de son bureau pour considérer la cliente. La galerie n'avait pas d'Escher mais pouvait en obtenir facilement auprès d'un confrère d'Amsterdam, si la demoiselle voulait bien orienter son interlocuteur. Quel sujet lui plairait en particulier ? Elle ne savait pas. Elle aurait voulu en voir car elle n'en avait jamais eu l'occasion. Elle demanda le prix « à tout hasard ». C'est alors que le galeriste estima qu'il avait affaire à une sympathique néophyte, mais sans rien laisser paraître il déclara qu'une bonne feuille valait dans les quinze mille euros. Le jeune homme réapparut et poursuivit la visite, serviable, attentif.

Légèrement honteuse de sa naïveté – la visite n'était pas inutile, elle apprenait le « métier » –, Zoé le regarda plus attentivement. Il devait avoir à peu près son âge tout en étant d'une allure surannée, par sa manière de se vêtir autant que par son attitude. Grand et mince, il se tenait un peu voûté, peut-être pour se rapprocher de son interlocutrice, mais peut-être aussi par habitude de la déférence, par sens du service, à destination de personnages qui en imposaient et réclamaient une soumission tacite, que ce fussent les experts ou les acquéreurs. Malgré sa maladresse, elle était traitée comme n'importe quelle cliente de longue date. Acheteuse régulière, elle n'aurait pas été mieux accueillie. Dans les classeurs thématiques, monographiques, elle écuma peut-être une cinquantaine d'ensembles avant de prendre congé. Quelques visiteurs avaient pénétré dans la boutique, dans l'intervalle. On voulait faire un cadeau, mais on ne savait pas trop. Quelle thématique, quelle époque, une signature particulière ? Certains annonçaient même un budget. Dans ce lieu calme, chaleureux, rien ne semblait étonnant au personnel immuablement poli, avenant tout en restant discret. Le jeune homme se révéla assez calé. Peut-être était-il l'assistant du galeriste ? Au gré de la discussion, il proposait des noms, sortait, rangeait des cartons, jusqu'à ce qu'une pièce fît mouche. Il savait alors présenter avantageusement la feuille, commenter le sujet, dégager quelques détails, donner les informations savantes que son interlocuteur ne pouvait qu'ignorer. En somme, il faisait bien son travail. L'amateur était comblé par l'attention qu'on lui portait et la valorisation de son choix, immédiat, instinctif, pour une feuille entre mille.

Une fois le calme revenu dans la boutique, le jeune homme reprit son travail d'identification et de catalogage, devant son ordinateur, un classeur de planches à sa droite, sur lequel il jetait des coups d'œil réguliers avant de se replonger dans son travail de rédaction.

Le mobilier était en bois de chêne, ancien, remontant probablement aux origines de la galerie, fondée à la fin du XIXe siècle. Les cartons à lacets, déformés par le volume des planches, étaient posés à plat sur des étagères de grandes dimensions, se superposant jusqu'au plafond. Pour accéder aux étagères les plus hautes, il fallait monter sur un tabouret de bois, saisir à bout de bras le lourd classeur et le descendre en prenant garde de ne pas lâcher son précieux contenu. À hauteur de taille, on pouvait tirer une tablette rétractable insérée dans le meuble pour poser un carton et l'ouvrir. Pour les consultations prolongées, la galerie disposait de porte-cartons permettant de regarder toutes les planches d'un corpus ; le classeur posé verticalement comme un livre ouvert à soixante degrés, le client pouvait alors feuilleter et regarder l'ensemble, tout en étant assis. Les estampes étaient classées par format, par siècle, par sujet et par artiste pour les plus importants.

Une exposition de gravures et de dessins d'un artiste contemporain était présentée sur de grandes tables hautes, sur quelques cimaises et surtout dans les vitrines extérieures donnant sur l'angle de trois rues, car la galerie occupait le rez-de-chaussée d'un petit pâté de maisons.

Le local visible devait faire une centaine de mètres carrés. L'escalier imposant en colimaçon qu'elle avait emprunté lors de sa première visite, tout en bois, trouait la pièce en son centre menant à l'étage et au sous-sol.

Le jeune homme invita Zoé à visiter l'exposition des nouvelles acquisitions présentée en bas, qui avait succédé à celle des œuvres de Félicien Rops.

Une fois encore, il s'était discrètement assis dans un fauteuil pendant qu'elle regardait, fascinée, la série de planches. Elle le remercia, se renseigna sur les conditions de consultation de la bibliothèque - dont il lui dit qu'elle était ouverte à tous - et prit congé. Il la raccompagna, aimable. Elle était heureuse d'être revenue sur les lieux de son premier achat et avait le sentiment de maîtriser un peu mieux les codes, en partie grâce à sa maladresse.

D'autres boutiques du quartier présentaient en vitrine des estampes, parmi d'autres types d'objets, de livres et d'œuvres. Elle jeta un coup d'œil sur les devantures mais ne s'y arrêta pas. En revanche, son attention fut attirée par une galerie spécialisée dans les antiquités japonaises, que ce fussent des céramiques, des objets, mais aussi des estampes, qui n'étaient pas présentées au jour mais que l'on pouvait apercevoir encadrées et accrochées au mur, par la porte vitrée. Elle sonna. Un vieil homme parlant à peine français entrebâilla la porte pour lui demander ce qu'elle voulait. La question lui sembla incongrue mais elle expliqua vouloir regarder les estampes. L'homme lui ouvrit la porte, visiblement à regret. Il avait flairé qu'elle n'achèterait rien et lui avait fait sentir, sans ménagement, qu'elle n'était pas la bienvenue. Le procédé était un étonnant, peu commercial - mais comment lui en vouloir alors qu'elle-même avait conscience d'être une simple promeneuse sans intention ?

La boutique était petite et longue ; elle dégageait une atmosphère de calme et d'espace malgré ses dimensions. L'organisation des collections exposées était en effet savamment pensée pour disposer chaque chose au mieux et éviter toute impression de surcharge, ce qui était habituellement le défaut de ce type de boutiques. Le fond du local était occupé par une vitrine murale présentant des objets divers, de petites dimensions, espacés sur des étagères de verre éclairées, mis en valeur par un art de la disposition et des associations qui permettait à chaque artefact de respirer et de trouver son autonomie. Sur les deux côtés latéraux, des meubles bas et étroits, à hauteur des genoux, présentaient d'autres objets un peu plus volumineux, des petites sculptures, des paniers en bambou, des coupes, des assiettes, des théières, des vases. Enfin, des estampes japonaises aux couleurs vives et fraîches - des animaux, des paysages, des personnages en kimono -, encadrées avec goût de baguettes laquées et de passe-partout en tissus de couleur, étaient présentées au mur. La plus éloignée de la porte représentait un combat marin de samouraïs : les poses acrobatiques, les yeux exorbités, les sabres en suspension dans les remous de l'onde donnaient une tension dramatique particulièrement belle à la scène.

Elle demanda de qui était l'estampe et comprit difficilement, en raison de l'accent de son interlocuteur, qu'il s'agissait d'une planche de Kuniyoshi. Elle demanda si la galerie possédait d'autres œuvres du même artiste. Le galeriste, toujours sans aucune amabilité et avec brusquerie, quitta sa chaise et la table basse sur laquelle il travaillait devant un ordinateur et s'accroupit devant l'une des vitrines latérales. Le mobilier ingénieux comportait sous chaque meuble l'espace d'une étagère haute de quelques centimètres qui permettait de loger à plat un fin portefeuille. Il en sortit un qu'il plaça sur un porte-carton pour lui permettre de passer en revue les planches. Il s'agissait d'une suite de portraits de guerriers posant avec leurs armes, mais qui ne comportait pas l'intensité de mouvement du combat de samouraïs. Toutes les planches étaient d'une fraîcheur étonnante. Elles n'avaient probablement jamais été exposées à la lumière du soleil. Zoé ne connaissait pas du tout ce domaine de l'art et demanda naïvement de quand dataient les tirages. Le galeriste précisa sèchement que toutes les estampes proposées par sa galerie étaient d'époque, donc du XIXe siècle pour Kuniyoshi. Le combat exposé valait trois mille euros. C'était, bien sûr, trop cher pour elle. Il ne lui restait plus qu'à prendre congé.

Elle voulut se montrer aimable en complimentant le galeriste sur la qualité de ses choix, mais il n'y fut pas sensible, la prenant sans doute pour une petite bêcheuse ignorante, et en effet elle ressentit son inculture face à ce domaine complexe et vaste de l'art, mais aussi sa difficulté à pénétrer, à comprendre cette civilisation ; malgré l'attrait de l'Occident depuis des siècles pour la beauté, la délicatesse, la parfaite élégance épurée de l'art japonais, cette culture demeurait inaccessible à qui n'avait pas vécu au Japon suffisamment longtemps pour en comprendre les rudiments. Contrairement à la première galerie dans laquelle Zoé s'était tout de suite sentie accueillie dans un monde d'exception certes, mais à sa portée, l'attitude du deuxième galeriste avait eu pour curieuse conséquence qu'elle se sentît elle-même grossière et barbare. Elle sortit en se faisant la réflexion que ce domaine n'était pas pour elle, et qu'il était, de toute façon, trop onéreux.

Ayant fait le tour du quartier Saint-Germain, elle traversa la Seine. Elle avait repéré rive droite un nouveau lieu, une galerie ouverte depuis quelques années qui se consacrait à l'estampe contemporaine.

La devanture rutilante d'un bleu pervenche contrastait avec les boutiques voisines de ce quartier populaire, qui n'avaient pas vu le pinceau d'un peintre depuis longtemps. Zoé commença par observer la galerie de l'extérieur : elle apercevait à travers la vitre de la boutique un couple qui discutait. La femme et l'homme, assis devant une table basse, contemplaient un portefeuille ouvert rempli d'estampes. Ils commentaient, se consultaient, concentrés. Soudain, l'homme aperçut Zoé, se dirigea vers la porte et lui adressa la parole en lui proposant d'entrer. La femme referma le portefeuille et l'accueillit également, avec obligeance et discrétion.

À l'intérieur, Zoé fut frappée par le mobilier minimaliste : placards intégrés sous les vitrines donnant sur la rue, mezzanine métallique, escalier de fer, porte-cartons de bois. Le seul élément plus ancien était la petite table basse aux pieds torsadés, au plateau recouvert d'un cuir vert usé, qui semblait, dans ce décor moderne, non pas un meuble classique, mais au contraire, une pièce originale d'une fantaisie déroutante. La lumière pénétrait avec générosité dans le local, éclairant les estampes exposées sur la double-hauteur. L'espace n'était pas grand mais suffisant pour présenter une cinquantaine de pièces sur les murs et quelques portefeuilles. Contrairement aux galeries précédentes qui fonctionnaient surtout sur le principe du « fonds », et qui ne présentaient que marginalement de la gravure contemporaine, celle-ci mettait en valeur exclusivement les artistes vivants.

La galerie était tenue par le couple, d'une soixantaine d'années. Elle présentait au rez-de-chaussée une exposition monographique d'une trentaine d'œuvres, et au sous-sol une sélection de quelques pièces d'artistes qui avaient été exposés précédemment. Après que Zoé eut fait le tour de l'exposition, on s'enquit de son intérêt pour l'artiste mis en valeur et de la manière dont elle avait eu connaissance du lieu. Elle posa quelques questions au galeriste qui s'était présenté à elle, ce qui l'entraîna dans une discussion. L'homme de taille moyenne, élégant, les cheveux gris rassemblés en queue de cheval, affable, s'empressa de lui répondre avec force détails sur le parcours du graveur et sur les œuvres elles-mêmes. Il était parfaitement au fait de l'histoire et de la conception de chacune. Il attira son attention sur des détails, sur des particularités dues à la technique employée, et lui décrivit par le menu la manière d'imprimer, les papiers et l'encre retenus en fonction de l'effet recherché. Quel contraste avec la galerie spécialisée sur le Japon ! Elle se sentait ici accompagnée dans la découverte d'un artiste et de son œuvre.

Le galeriste alliait la passion pour son métier à un aimable sens commercial, il savait ménager la mise en valeur sincère d'un talent auquel il croyait et celle d'un art vivant, la gravure, dans toute la complexité de ses techniques. Le « multiple », c'est-à-dire le tirage en plusieurs épreuves, s'accommodant ici d'un artisanat du pièce à pièce, faisait de chaque exemplaire une œuvre unique. Pour la première fois, la visite de la galerie provoquait un dialogue dans lequel elle put s'exprimer, donner son avis et entrer dans les secrets de fabrication. La femme resta silencieuse un moment. D'une grande beauté, elle était habillée avec originalité, superposant des pièces de vêtements anciens de très belle facture probablement chinés, des lins, des cotons blancs au tissage délicat, des dentelles ainsi que des bijoux. Zoé se fit la réflexion qu'elle n'avait jamais vu un tel assortiment de pièces dépareillées porté avec une telle élégance. Ses cheveux d'un noir profond, tissés de quelques fils d'argent, étaient tressés, descendant sous la taille, et piqués de fleurs artificielles de couleurs vives, rouges, orange et roses. Discrète, elle laissait la parole à son mari, mais intervenait brièvement pour donner des précisions sur les techniques, sûre d'elle mais certainement moins à l'aise que lui dans le dialogue. Zoé sentait chez elle une approche plus matérielle et concrète, tandis que son mari portait un discours plus théorique. Au bout de quelque temps, la femme prit congé et disparut dans l'arrière-boutique.

Elle revint avec un plateau, du thé, des gâteaux secs. Zoé en fut très touchée. La galeriste s'inquiétait que la jeune femme eût faim, c'était l'heure du goûter. L'homme la mit tout de suite à l'aise en lui affirmant que lui aussi avait besoin de grignoter quelque chose. Cela faisait bien longtemps qu'on ne lui avait pas préparé son quatre-heures. Zoé retrouvait les saveurs de l'enfance dans ce gâteau trempé d'eau chaude, prélude à la contemplation des images.

Cette visite fut la première d'une longue série, et de ce qui allait devenir une amitié entre Zoé et le couple. Le galeriste lui avait tout de suite proposé de laisser ses coordonnées, la sentant intéressée. L'exposition changeait tous les deux mois et elle fut désormais invitée à tous les vernissages. Elle adorait s'y rendre car le lieu incarnait la permanence d'un art qu'elle avait choisi en le pensant révolu. Or, elle découvrait grâce au travail de ses deux amis la richesse des pratiques actuelles, elle apprenait à connaître les artistes vivants qui, forts d'une connaissance aussi bien savante qu'expérimentale, de leur imprégnation des anciens et des techniques ancestrales, réactivaient cet art en l'augmentant de progrès, de trucs, de méthodes et de matières, inexplorés jusque-là et propres à créer de nouveaux effets. Les inaugurations étaient accompagnées d'une petite collation – gâteaux apéritifs et vin rouge – qui déliait les langues. Les artistes présents discutaient et s'échangeaient leurs recettes. Un jour, elle avait saisi une conversation entre deux d'entre eux : l'un expliquait à l'autre qu'il était parvenu à imprimer des gravures de petite dimension à l'aide d'une machine à lasagne. L'alcool aidant, Zoé s'engageait dans la conversation pour en savoir un peu plus et se faire expliquer les combines.

Lee, la galeriste, pratiquait elle-même la gravure avec beaucoup de talent et s'était attachée à redécouvrir des techniques perdues qu'elle avait remises à l'honneur, comme celle du papier dominoté ou encore de la linogravure à planche perdue permettant d'imprimer des compositions en couleurs du plus bel effet. Elle exposait régulièrement dans sa propre galerie ses travaux artistiques et de recherche. Elle s'amusait aussi à jouer avec les limites de l'estampe, en imprimant en « monotype » (c'est-à-dire en exemplaire unique) des compositions où les couleurs et nuances d'impression avaient la subtilité et l'unicité d'une peinture. Dans son domaine, elle était une chercheuse, une dénicheuse d'idées et de mélanges techniques puisés dans le passé, remis au goût du jour, permettant de varier à l'infini les modes d'expression de la gravure contemporaine. Observation, reproduction, ratages et essais multiples pour obtenir la combinaison idéale lui permettaient d'adapter le procédé au sujet sur lequel elle travaillait. Comment restituer la transparence du verre avec une technique binaire dédiée au noir et blanc ? Comment rendre le chatoiement des plumes d'un coq tout en nuances et reflets avec une seule teinte ? Pour chaque sujet, l'artiste se devait d'adapter son mode d'expression au rendu attendu ou recherché. Ce mélange de technicité, d'artisanat au service de moyens d'expression infinis plaisait à Zoé et la confortait aussi dans son choix de collectionneuse.

Zoé, à force de les fréquenter, avait noué une forte relation avec Lee et Gabriel. Elle s'était attachée à eux, d'autant plus qu'ils formaient un couple idéal, de son point de vue. Chez eux, chaque geste, chaque adresse, était habité par la conscience de l'autre et le souci de prendre en considération son avis, ses habitudes et ses envies. L'un et l'autre étaient d'un caractère opposé mais complémentaires. Gabriel était parfaitement rationnel, mesuré, tout en étant diligent et affable. Lee s'emportait, s'enthousiasmait, agissait sous le coup de l'inspiration, bien souvent dirigée par une rare générosité. Au sourire de Gabriel répondait le rire de Lee.

Elle savait, désormais, vers qui elle pouvait se tourner dans ses moments de mélancolie. Ils étaient toujours prêts à l'accueillir, à l'emmener dîner dans un restaurant du quartier. Leur générosité, leur sens de l'accueil, la touchaient. Elle avait appris à les connaître au cours de ces soirées joyeuses. Ils lui avaient raconté leur histoire. Elle partageait avec eux sa passion pour l'art, et, désormais, pour les estampes.

La galerie était récente, il s'agissait pour eux d'une seconde vie professionnelle, un nouveau départ. Lee était restauratrice dans une institution publique, tandis que Gabriel avait dirigé une entreprise dans les technologies du numérique. Sa réussite lui avait permis d'investir dans la galerie. Zoé imaginait le courage qu'il leur avait fallu pour se lancer dans une telle aventure. Quel contraste avec l'opulence, au moins de façade, des galeries historiques du quartier Saint-Germain. S'installer dans ce quartier populaire, certes à quelques encablures des grands boulevards, mais dans un quartier excentré et peu identifié par les amateurs d'art, dénotait une certaine audace. L'assurance de Gabriel tranquillisait sur la solidité de l'entreprise, mais Zoé percevait malgré tout une faiblesse. Sans pouvoir se l'expliquer, elle sentait que cette fragilité se situait au carrefour de la passion et du travail, ce qui l'avait elle-même découragée de s'investir professionnellement dans le domaine de l'art. Devoir son confort matériel, sa réussite sociale à sa passion pouvait se révéler dangereux, pour l'un comme pour l'autre, et elle mesurait la confiance mutuelle qu'il avait certainement fallu à ce couple pour se lancer dans une histoire belle mais hasardeuse.

Lee et Gabriel mettaient leur énergie au service d'un art ancien, qui avait connu des heures de gloire mais qui était en perte de vitesse. Ils en avaient conscience. Le nombre d'ateliers d'impression avait fondu au cours des quarante dernières années. Coûte que coûte, ils voulaient maintenir cet art bien vivant.

Gabriel lui avait raconté l'histoire récente de cet art mieux que n'avaient pu le faire ses professeurs d'université. Les artistes contemporains de renom avaient eu tendance à se détacher des techniques classiques pour la performance, la vidéo, la photographie, là où les grands du XXe siècle avaient forcément pratiqué les techniques de l'estampe à un moment ou à un autre de leur carrière, soit pour publier des planches en tant qu'œuvre, soit qu'ils eussent collaboré à des livres d'artiste. En cela, les Picasso, les Matisse, les Miró avaient été encouragés par les marchands d'art, voyant là une manne et un moyen de diffusion d'un art élitaire. La raréfaction des imprimeries était la conséquence de l'abandon de l'estampe par les plasticiens et artistes qui tenaient le haut du pavé depuis une cinquantaine d'années. Or, les maîtres imprimeurs jouaient autrefois un rôle primordial, aidant les peintres, les sculpteurs, à apprivoiser de nouveaux modes d'expression, et mettant en valeur leurs planches par une maîtrise des machines, des encres et des papiers dont ils avaient le secret. Pour Zoé, Gabriel était allé chercher des livres sur les maîtres imprimeurs, les Frélaut, les Lacourière, les Tazé, et toutes les grandes maisons dont ne subsistaient plus aujourd'hui que quelques représentants. Les livres illustrés s'étalaient sur la table basse et ils parcouraient ensemble ces histoires d'artisanat.

Lee était plus réservée ; c'était elle l'artiste, la muse de la galerie, et celle de Gabriel. Un dimanche où la galerie était presque déserte, comme sur un coup de tête, elle lui dit : « Allez viens, je te fais visiter mon atelier. » Zoé n'en revenait pas de sa confiance. Elle ne se fit pas prier et suivit Lee à l'arrière de l'immeuble. C'était là qu'elle œuvrait, dans un minuscule local, et qu'elle exposa à Zoé les différentes techniques de l'estampe, en pratique. Elle sortit feuilles imprimées, outils, encres, dégagea les presses de l'enchevêtrement savamment organisé et lui décrivit les procédés dans toute leur variété et leurs associations. Elles étaient en effet nombreuses et combinables à l'intérieur des trois grandes catégories d'impression : la taille-douce, la taille d'épargne et la lithographie.

Les artistes pratiquant la taille-douce faisaient apparaître le dessin « en creux ». Celui-ci était gravé sur une plaque de métal (traditionnellement le cuivre, puis le zinc). Cette dernière, encrée puis soigneusement essuyée pour ne laisser l'encre qu'au fond des tailles, était posée sur une presse à taille-douce, la feuille de papier posée entre la plaque et le rouleau ; la pression imprimée sur la plaque, écrasée entre deux rouleaux, permettait au papier d'aller boire l'encre déposée dans les tailles, tandis que les surfaces intactes de la plaque permettaient d'obtenir les blancs. L'empreinte de la plaque elle-même, la « cuvette », apparaissait sur le papier en relief et délimitait les marges. Lee sortait différents exemples, lui faisait palper les papiers pour qu'elle mesurât l'épaisseur de l'impression ; la gravure était aussi un art du volume. On pouvait donner une profondeur insoupçonnée à la feuille de papier. Elle lui sortait aussi les plaques de cuivre attaquées, granuleuses sur la face striée et parfaitement lisse au dos, sur l'avers non gravé. Rien n'était plus efficace, pour comprendre, que de voir. Zoé se retrouvait absolument dans cette démarche, elle qui avait appris dans les musées.

Lee ouvrit un tiroir plein de bois et de plaques de lino encrées. Elle lui passait les morceaux légers. Les entailles étaient plus profondes que sur le métal. Zoé pouvait en suivre le relief à l'aveugle. La taille d'épargne fonctionnait à l'inverse de la taille-douce : le dessin devant apparaître à l'impression était laissé intact en surface de la plaque (de bois, de lino, de gomme) tandis que les blancs étaient creusés dans la plaque. Le dessin était donc « épargné » en surface, les blancs évidés. L'encrage au rouleau permettait de ne noircir que la surface, donc le dessin, imprimé au moyen d'une presse typographique : une pression modérée suffisait pour que le papier s'imprégnât de l'encre du dessin, sans que les marges apparussent en relief.

Enfin, la lithographie reposait sur le principe de répulsion entre l'eau et les corps gras : le dessin était porté sur une plaque de pierre calcaire parfaitement lisse, au crayon ou à l'encre grasse, puis fixé dans la pierre à l'aide d'un mélange d'acide et de gomme. En revanche, la pierre, poreuse, retenait l'eau. L'encre hydrophobe, portée sur la plaque de pierre, n'était donc retenue que sur les parties grasses, dessinées. La presse lithographique permettait ensuite de placer la feuille de papier et, par légère pression, de l'encrer à l'emplacement des parties dessinées. Dans cette technique, contrairement aux deux autres, la plaque n'était que rarement « entamée » et restait, le plus souvent, parfaitement plane. Lee en détenait une, de grande taille, que l'on peinait à soulever. Elle portait encore les traces d'un dessin.

Tenant son matériel entre les mains, Lee était plus volubile que jamais. Elle sortait ses propres œuvres, ses essais, et montrait à Zoé comment elle combinait les techniques et composait des procédés de son invention.

Alors que Lee exposait à Zoé les techniques, en cherchant des exemples dans ses œuvres, elle lui parlait aussi des spécialités des artistes de la galerie. Chacun se plaisait à mêler l'aquatinte, l'eau-forte, la pointe sèche, la manière noire, le vernis mou, le sucre, pour la gravure en creux, mais pouvait aussi pratiquer la taille d'épargne pour d'autres œuvres, sur bois, sur lino, sur gomme... Burins, pointes, résines, acides, berceaux, gouges servaient à « attaquer » les supports traditionnels - le cuivre, le bois - mais aussi le rhénalon, le plexiglas, voire des matières inattendues comme la pomme de terre ou le papier aluminium. La plupart du temps, l'impression se faisait au moyen de presses mécaniques. Chaque rendu relevait d'une cuisine propre à l'artiste et à son sujet, de la maîtrise de ses outils - dont certains étaient parfois fabriqués ou adaptés pour un effet particulier. La débrouille pour obtenir la texture voulue était le mot d'ordre et rares étaient les artistes à conserver les procédés dans leur pureté.

Cette visite pratique confirma à Zoé que l'estampe était pour elle un art d'élection particulièrement bien choisi car elle mêlait une haute technicité, une pratique opiniâtre, longue à acquérir, en même temps qu'une dimension d'improvisation virtuose, dans le mélange, le tour de main qui devait s'adapter au sujet. Un art concentré sur la surface réduite de la plaque qu'un artiste pouvait travailler de longs mois avant d'en décider l'impression, phase au cours de laquelle il s'échappait du carcan minéral, aux contours quasi indiscernables pour tout autre que lui-même, pour projeter son œuvre dans le monde visible. Sur la feuille de papier subsistait quelque chose de cette apparition subite et magique, de la découverte éclatante de l'œuvre à la sortie de la presse. Le dessin devait passer par toutes ces étapes et cet ultime chambardement mécanique pour apparaître. Ce cheminement la troublait et donnait une profondeur supplémentaire à la feuille résultant d'un travail acharné, soigneux à l'extrême, ne supportant nulle erreur, tout en s'inspirant des contrastes infinis du cosmos, la lumière sortant du noir le plus profond. Elle retrouvait, dans ces noirs, son chemin solitaire, droit, alerte, et ses rêveries démentes qui la projetaient dans des mondes d'invention.

La galerie conservait dans des cartons consultables les œuvres des artistes qu'elle représentait, une mine que l'on pouvait feuilleter sous l'œil attentif du couple, car le moindre accroc, la moindre tache faisaient perdre toute leur beauté et leur valeur aux planches jouant sur l'infiniment blanc par contraste avec les surfaces pressées aux camaïeux de noirs, de gris ou de couleurs. Zoé imaginait que la première galerie qu'elle avait visitée, riche de son passé, de son histoire, de son mobilier lustré par les ans, devait à peu près ressembler à cela, un siècle auparavant : un repaire d'artistes, un bouillonnement d'échanges, d'artisanat, facilitant les rencontres entre les collectionneurs et des hommes de l'art et de l'Art qui, malgré leur talent, tiraient le diable par la queue. Hier comme aujourd'hui, ils avaient les mains fortes, calleuses, rongées par l'acide, les lignes creusées, colorées d'encre en un maillage arachnéen, manipulant avec adresse le noir visqueux et odorant des pigments à l'huile et la blancheur sèche, épaisse, des papiers de prestige blasonnés de filigranes sophistiqués.

13

Zoé organisa son quotidien autour de son travail et de sa nouvelle occupation.

Sa vie privée commençait une fois passées les portes de l'immeuble haussmannien siège du cabinet où elle travaillait, du côté de la Bourse. L'emplacement était idéal pour fureter vers Drouot, aller voir les expositions précédant les ventes aux enchères, mais aussi rayonner vers les galeries qui se situaient entre les grands boulevards et, de l'autre côté de la Seine, les quartiers Saint-Germain et Saint-Michel. Elle prenait un vrai plaisir à ces visites et attendait impatiemment le soir pour parcourir la capitale, dans ces rendez-vous avec elle-même qui la comblaient. Quand un artiste l'intéressait, ses recherches étaient un prétexte pour revoir son portefeuille en galerie, sentir son univers à travers les feuilles à disposition. Elle se repaissait de l'ensemble en attendant, un jour, d'en élire une.

Le week-end était davantage consacré à des voyages pour visiter des lieux de vente inconnus d'elle ou des foires, des salons. Elle préparait ces excursions longtemps à l'avance, repérant les lieux, appelant pour s'assurer des horaires d'ouverture. Il n'y avait rien de plus désagréable que de se casser le nez devant une porte fermée. Parfois même elle prenait rendez-vous. Elle emportait alors sa valise et une housse de transport imperméable pour protéger son carton à dessins, qu'elle calait avec soin dans le train qui l'emmenait vers son plaisir.

Son cycle d'acquisition durait à peu près quinze jours entre le repérage, le choix et son positionnement dans la vente ou auprès de la galerie.

Elle s'offrait aussi bien des feuilles d'artistes connus que des œuvres anonymes, qui passaient inaperçues auprès de la plupart des collectionneurs. Elle ne pensait pas que l'éclectisme de ses sélections pourrait un jour augmenter la valeur de l'ensemble, et était consciente qu'elle ne pourrait jamais revendre le tout à un prix équivalent au prix d'achat cumulé de ses parties.

Elle s'appliquait, autant que possible, à ne pas mettre d'affect dans ce travail de présélection qui pouvait toujours se révéler décevant si l'œuvre devait lui échapper ; surtout, ne pas se laisser emballer sur le moment et surenchérir par rapport à la somme qu'elle avait déterminée au préalable comme étant l'enchère maximale – une règle d'or qu'elle s'appliquait et pour laquelle sa profession lui était très utile, lui ayant inculqué une certaine distance par rapport aux choses de l'argent.

Pour le contemporain, elle avait besoin de s'entretenir avec des personnes de confiance, comme Lee et Gabriel, ou d'autres galeristes au contact des artistes. Leur expertise jouait le rôle de filtre, laissant les œuvres trouver leur place dans une histoire plus longue. Le choix de Zoé était moins immédiat, moins évident, plus lent dans sa maturation, moins urgent aussi puisque l'artiste fournissait pour chaque exposition plusieurs épreuves. Elle aimait voir ces œuvres au moment du vernissage, et si possible au début, dans les premières minutes, pour ne pas se laisser influencer par les petites pastilles rouges qui ne manquaient pas d'apparaître au cours de la soirée, signalant les ventes et le succès d'une planche. Elle tournait autour, elle y revenait. Elle se laissait ensuite le temps de réfléchir, parfois plusieurs semaines, elle visitait à nouveau, observait, s'imprégnait de l'atmosphère de l'exposition et revoyait ses choix instinctifs. Certaines images lui plaisaient d'emblée, mais l'ampleur de leurs propositions oniriques se mesurait parfois avec le temps.

Elle n'avait pas ce loisir pour les œuvres anciennes qui passaient sur le marché et pour lesquelles elle devait se décider rapidement. Les ventes aux enchères permettaient d'acquérir des pièces à des prix moins élevés qu'en galerie : pour une cinquantaine d'euros, elle emportait parfois de très belles épreuves qui, sans elle, n'auraient pas trouvé preneur. Elle découvrit que ce qui avait beaucoup de valeur pour elle n'en avait parfois pas vénalement. Dans ce domaine, elle était débordée par l'abondance. Chaque semaine, environ mille estampes étaient vendues partout en France, sans compter les innombrables propositions des catalogues émanant des quelques galeries qu'elle fréquentait.

La consultation de ces sites et catalogues occupait largement son temps libre. Quand elle avait jeté son dévolu sur une pièce, elle s'attachait à se renseigner le plus complètement possible, en essayant de trouver en galerie un exemplaire équivalent pour comparer, ou en lisant la bibliographie. L'ancien était un marché documenté ; on avait accès, en bibliothèque, aux catalogues raisonnés des artistes ou à des catalogues d'exposition. La bibliothèque de l'Institut national d'histoire de l'art, rue de Richelieu, lui fournissait les outils nécessaires. Ces préliminaires lui permettaient de calmer sa soif, avant le jour de la vente, tout en augmentant la tension.

Avec le temps, elle pratiquait de plus en plus le système des enchères en ligne, qui générait un paiement par prélèvement. Tout était d'une simplicité effrayante, en regard des sommes en jeu. Sur Internet, les descriptions pouvaient être insatisfaisantes, lacunaires voire fautives - car établies dans la hâte.

L'état de conservation des épreuves proposées à la vente était très rarement précisé, et on se contentait, parfois, d'indiquer par la sobre mention « en l'état » que la pièce comportait des défauts, pour se prémunir de toute réclamation. Pour une collectionneuse avertie et aux moyens limités comme Zoé, les ventes en ligne permettaient malgré tout d'acquérir des œuvres à moindre coût.

L'addiction de la collection se révélait avec acuité dans ces explorations virtuelles. Zoé y passait beaucoup de temps, se couchait tard et en sortait exténuée, non pas d'une bonne fatigue d'avoir vu trop d'images et de s'en être nourrie, mais de les avoir consommées goulûment, dans de mauvaises conditions. Il faut dire que les photographies étaient très mauvaises, cadrées pour gommer les défauts, surexposées. Mais une fois qu'elle était lancée dans cette recherche, elle avait peine à s'arrêter, de peur de manquer une image rendue invisible dans le flot des lots. Il lui arrivait de passer en revue plusieurs fois la série de fiches. Ses rêves prenaient en compte ces séances fastidieuses et aliénantes : l'accumulation, l'écroulement, l'ensevelissement sous les images la remplissaient de tourments, mais surnageait toujours une pièce clé qui préparait sa rédemption.

Si elle se permettait, de temps en temps, de prendre une après-midi pour assister à une vente importante à l'hôtel Drouot, elle procédait le plus souvent en laissant un ordre en ligne, ce qui lui paraissait le plus sécurisant pour ne pas être entraînée à dépasser son enchère maximale. L'émotion était trop forte, ce système indirect permettait de la calmer. Ainsi, elle n'avait pas besoin de se déplacer et consultait le résultat des ventes en fin de journée. Pour les pièces qui lui tenaient particulièrement à cœur, le moment venu de passage du lot escompté, elle se connectait sur son téléphone et suivait la vente tout en poursuivant son travail. Elle savait alors immédiatement si la somme pariée à l'avance avait été suffisante. Dans ces moments, elle n'était pas tranquille : il lui fallait agir en toute discrétion car elle n'était pas censée se livrer à ce type de pari, sur son lieu de travail. Elle-même avait toujours pris soin de dissocier sa vie professionnelle et sa vie privée. Elle craignait de laisser transparaître une expression de plaisir, de déception, d'émotion, qui l'eût trahie, lui eût attiré questions et indiscrétions de la part de ses collègues, et peut-être des ennuis. D'autres ne se privaient pas de se livrer à des activités annexes, elle le voyait bien et le réprouvait. De fait, elle pouvait difficilement s'empêcher se connecter. Elle estimait le faire suffisamment discrètement, avec son propre appareil et non l'équipement de l'entreprise, sans que cela nuisît à son travail. En quelques occasions, elle avait laissé échapper un soupir de satisfaction ou de dépit. Honteuse, elle avait vu ses collègues sourire ; ils pensaient probablement à des échanges amoureux.

Ses occupations secrètes devinrent plus visibles quand elle se créa des alertes, de plus en plus d'alertes, signalant la mise en vente des œuvres des artistes qu'elle suivait. Elle était tout de suite prévenue par une sonnerie caractéristique et ses collègues voyaient bien qu'elle ne pouvait s'empêcher de consulter son téléphone ; la passion amoureuse leur semblait encore l'explication la plus évidente. Elle ne fit rien pour les en détromper. D'abord circonscrite à son temps libre, sa passion prenait de plus en plus de place, lui procurant un malaise dont elle ne pouvait pourtant pas se débarrasser. Elle y prenait trop de plaisir.

Zoé s'interrogeait sur ses pratiques qui lui semblaient bien éloignées de son idéal de la rencontre avec l'œuvre, de la noble activité de l'amateur-collectionneur devant son choix propre, portant un regard d'esthète sur une pièce matérielle avec son poids, ses couleurs, la qualité de ses matériaux.

Internet, comme partout, avait bouleversé les usages en désincarnant les œuvres, en introduisant une rapidité, une immédiateté, un esprit de consommation. Les œuvres, évanescentes, bougeaient, voyageaient, étaient vues à l'autre bout de la planète, disparaissaient, réapparaissaient quelque temps après en ayant gagné en valeur. Le marché s'était mondialisé, surtout pour les pièces de grand prix. Internet permettait toutes les spéculations, renchérissait les œuvres tout en les dépréciant dans leur rôle de passeuses des temps anciens, de vecteurs d'émotion, de soutiens de l'âme humaine. Comme Zoé était en mesure de le faire par sa culture et sa fréquentation assidue des musées, il fallait résister à l'affichage médiocre de l'écran, aux contrastes trompeurs, au côtoiement des annonces publicitaires, pour saisir les potentialités de l'image. Elle ne devait pas oublier que la rencontre réelle se produisait au moment du face-à-face avec la feuille. Son œil éduqué pouvait sérier, faire le tri. Mais elle subissait malgré elle l'accumulation des images, qui, en dépit de leur pauvre définition, lançaient des appels à son cerveau, la stimulaient avec force et insistance. Ses balades sur les sites de vente augmentaient son obsession en la rendant accessible, proche à tout moment, en facilitant les possibilités d'assouvir sa quête et en la relançant à chaque consultation.

14

Zoé avait aménagé son appartement pour accueillir sa collection. Le dressing avait été vidé de ses vêtements, de ses chaussures, de ses sacs. Elle s'était débarrassée d'une grande partie d'entre eux pour ne garder que le strict minimum : des tailleurs stricts de couleurs sombres portés avec des chemisiers blancs et les vêtements du week-end. Les affaires de saison étaient suspendues sur une penderie installée dans sa chambre, les autres stockées dans des casiers sous son lit. Elle avait repeint la pièce aveugle en blanc. C'était désormais le lieu de sa collection.

Elle emportait chez elle les estampes acquises en galerie ou à Drouot, payées sur le champ, qu'elle transportait dans un carton à dessins, tenu à bout de bras, à l'aide d'une griffe – cet outil comportant une poignée et une extension de deux crochets facilitait la prise du carton, de grandes dimensions.

Lorsqu'une pièce nouvelle entrait dans la collection, elle réservait sa soirée pour l'accueillir. Elle mangeait rapidement puis débarrassait la table de la cuisine, qu'elle nettoyait soigneusement pour pouvoir y manipuler les papiers. Elle se livrait à ce travail préparatoire avec application, désinfectant les surfaces et contrôlant les instruments dont elle réservait l'usage à ses opérations et qui se devaient d'être parfaitement propres : scalpel, couteau de cuisine, pinces. Le couteau, fin tout en étant d'une bonne tenue, ouvrait proprement les liens, les attaches extérieures du paquet qui portait les références du colis. Zoé se débarrassait ainsi des ligatures les plus grossières, de manière à ouvrir le corps du paquet. Les premiers cartons de protection étaient dégagés : des plaques brunes, grossièrement pigmentées, qui servent d'emballage à n'importe quel objet et dont la rigidité est la principale qualité. Elle examinait soigneusement ces pelures, craignant les accrocs. Si tel était le cas, il y avait fort à parier que l'œuvre ait été malmenée dans le transport. Après l'observation, les cartons bruns étaient désarticulés, posés à terre, car impropres à la conservation. Un second se présentait à sa vue, plus fin, plus délicat, à chair blanche, le plus souvent. Elle l'observait scrupuleusement : avait-il été récupéré d'un autre emballage, s'agissait-il d'un support de conservation dont elle pourrait elle-même se servir ? Elle faisait durer le plaisir, repérait les jointures visibles, puis, n'y tenant plus, saisissait son scalpel afin de fendre les dernières attaches d'un geste sûr. Elle ouvrait cette seconde peau, écartait les pans et tombait sur les couches de papier de soie, dermes rêches, crissants, déshydratés, dont elle se débarrassait rapidement, les froissant et les jetant à terre. Les marchands avaient cette obsession de l'emballage dans du papier de soie, alors que, pour la plupart, ces membranes procuraient à l'œuvre un terrain acide provocant jaunissement et taches irréversibles sur l'épiderme, parfois plus dommageable que l'exposition au soleil et ses inévitables insolations. L'œuvre surgissait alors de l'effeuillage. C'est alors que Zoé regardait, avec l'œil du chirurgien observant les organes mis à nus.

Pour les choix qu'elle avait pu faire en galerie ou en salle des ventes, il ne s'agissait pas d'une première découverte, mais d'une reconnaissance, chez elle, l'hospitalité offerte à des amis de longue date, dans l'intimité de sa collection, comme à de vieux amoureux auxquels elle aurait enfin cédé, après des années d'une cour assidue. Eux, qui s'étaient trouvés ballottés dans l'anonymat d'un orphelinat de luxe, avaient été distingués par elle, pour rejoindre sa terre d'élection et subir sa dissection aimante. La décision qu'elle avait prise dans un lieu public, dans le bruit, les discussions, les distractions, le lien qu'elle avait pu tisser avec le dessin en vertu de l'émotion surgie de leur confrontation mutuelle, elle les avait ruminés chez elle avant la vente, comme un souvenir que l'on veut se remémorer en détail pour en faire une étape de sa vie. En déshabillant l'œuvre, elle s'exerçait à retracer ce chemin, puis l'évidence de l'image surgissait du carton, des papiers de protection, et alors d'autres détails lui sautaient aux yeux, soudain familiers dans le recueillement de son foyer.

La tension était plus intense encore pour les épreuves qu'elle n'avait vues qu'en photographie. Elle avait toujours peur d'être déçue par la vue qu'elle avait fantasmée. Au moment du délaçage, lorsqu'elle ôtait les frusques tendres de papier, son premier mouvement était pour l'image qu'elle recevait dans sa forme originale après l'avoir vue en reproduction. Elle s'en laissait pénétrer. Elle se sentait comme une mariée d'autrefois, à qui sa future belle-famille eût fait parvenir un portrait embelli du prétendant, idéalisé, et qui, la nuit de noces venue, le découvrait dans toute la réalité de son anatomie. Elle était surprise par certains détails d'ensemble, par les dimensions imparfaitement indiquées dans la notice du catalogue de vente, par les proportions, par la teinte du papier, par l'épaisseur de la cuvette. Dans un deuxième temps, elle jaugeait la qualité de l'impression, la conservation – l'état du papier, les marques, les taches, la migration de l'encre, les imperfections dues au temps. Avait-on menti sur la marchandise ? Voyait-elle les marques d'un vieillissement prématuré ? Si un encadrement devait être retiré, elle en caressait arêtes et rondeurs avant de prendre sa décision. Puis elle opérait : elle manipulait les clous, minuscules os maintenant ensemble le corps et le cadre, à l'aide d'une pince solide. Il n'était pas rare que l'ossature craquât sous la pression. Il fallait surtout préserver la source vitale battant au cœur du montage, l'œuvre, quitte à sacrifier ce squelette désormais inutile. Elle retirait délicatement le carton de fond à l'aide d'une pince à épiler, pour accéder à l'épreuve, craignant une mauvaise surprise. Alors Zoé se lavait les mains, longuement, se les séchait soigneusement. Elle regardait, au fond du cadre ouvert, cette simple peau, la plus fine du montage et la plus désirée, et la dégageait délicatement à la main.

Une fois l'image à nu, elle l'observait, s'en imprégnait, jusqu'à en éprouver une certaine lassitude, proche d'un dégoût fascinant devant la beauté de l'écorché sur la table d'opération. Puis, elle revenait à des considérations plus matérielles, en examinant encore le papier, ses bordures souvent imparfaites, elle retournait la feuille pour avoir accès au dos de l'image, gommait certaines scories, coups de crayon, empoussièrement. Elle craignait surtout l'état du papier et les collages intempestifs qui lui faisaient toujours l'effet de verrues, a fortiori sur les images qu'elle avait le plus désirées. Elle sortait un papier de conservation pour la ranger. Avec dextérité, elle maniait coupe-papier et plioir pour obtenir une chemise à la bonne dimension. Elle notait les références en bas à droite sur le premier volet, traçait d'une main sûre et aimante la date d'achat. Le soin scrupuleux qu'elle prenait à soigner la nouvelle venue compensait les atteintes du temps et les erreurs de manipulation des possesseurs peu scrupuleux qui l'avaient précédée.

Elle restait longtemps à fixer la nouvelle planche, s'imprégnant de ses ondes. Parfois, des rapprochements s'opéraient immédiatement avec d'autres œuvres. Elle allait les chercher, les confrontait, les ordonnait, retournait dans son cabinet de collectionneuse, en sortait d'autres. Une frénésie s'emparait d'elle, un plaisir voluptueux d'enrichir les résonances de chacune des propositions de l'œuvre nouvelle, voyageuse arrivée à destination. Chaque accueil était l'occasion de passer en revue tout ou partie de la collection. Elle tirait du meuble à plans les portefeuilles et faisait défiler les images qu'elle avait réparties aléatoirement lors de la visite précédente. La nouvelle venue était ainsi acceptée par ses sœurs de narration, intégrée au corpus choisi pour sa puissance d'évocation. À une scène de montreur de marionnettes, sur le parvis d'un temple en Flandres à la Renaissance, succédait une vue de la forêt amazonienne lors d'une exploration au XVIIIe siècle : un petit singe, ami des charlatans et prince de la forêt primaire, naviguait d'un univers à l'autre. L'aventurier du nouveau monde traversait les continents et les siècles pour rejoindre la cale de mise à l'eau de pêcheurs bretons halant leurs embarcations, les femmes portant des paniers de linge sur leur hanche et discutant en regardant le golfe calme à l'ombre des pins. L'une des lavandières suivait ensuite le cortège funèbre d'un enterrement pluvieux où les parapluies s'entrechoquaient sur le pavé glissant. Les personnages voyageaient, les époques s'entrechoquaient, les lieux se succédaient sans logique géographique, mais la poésie émanant de ces suites de contes la rassasiait de bonheur et de fantasmes.

Elle éprouvait une fierté à élaborer ces lectures, ces enchaînements qui constituaient sa propre création, son interprétation, l'œuvre ultime qui englobait les autres.

Ces parcours étaient le prélude à de longues nuits de rêves étranges mais doux, au cours desquels elle pouvait se faufiler entre les scènes qui lui appartenaient. Elle avait repris la main sur les songes, non pas qu'elle en dirigeât le cours, mais ils étaient à nouveau au service de son odyssée intime.

15

La pièce désormais dédiée à la collection restait secrète. Même sa famille n'était pas au courant : ses parents auraient certainement désapprouvé ces dépenses inutiles et ses sœurs auraient accueilli la nouvelle comme une bizarrerie inédite de son caractère étrange. Elle se plaisait à penser que Jacob aurait apprécié sa lubie. Lui-même était un collectionneur autodidacte qui aimait naviguer dans sa bibliothèque pour faire jouer les dés du hasard.

Quand elle invitait des amis, par précaution, elle fermait à clé la porte de la pièce impénétrable. Nulle trace de la collection dans le reste de l'appartement, aucune des estampes n'était accrochée au mur. En apparence, sa nouvelle activité n'avait pas modifié ses habitudes sociales : auparavant, elle avait déjà quasiment cessé de partager expositions et visites avec ses amis. Aussi, personne ne s'aperçut de sa récente obsession. Cependant, sa solitude était plus grande, malgré les quelques rituels de vie qu'elle avait maintenus – une sortie au cinéma, au théâtre, un dîner.

Elle avait renoncé à toute sensualité partagée. Elle s'en était aperçue, avec lucidité, mais ne le déplorait pas car son nouveau mode de vie lui apportait du bien-être et un asile confortable en sa réclusion. Le désir des autres s'était asséché tandis que celui des œuvres allait croissant. Centrée sur son occupation première, elle avait peu d'occasions de faire des rencontres. Hugo l'avait rappelée, mais elle n'avait pas donné suite, et de « la plus belle chose qu'il avait jamais vue », il était vite passé à d'autres aventures. Pour elle, la dernière en date, un jeune pigiste de l'agence France-Presse dont le siège jouxtait l'immeuble où elle travaillait, avait lamentablement échoué : ils avaient discuté à l'arrêt de bus un jour de pluie, avaient déjeuné ensemble, sympathisé, mais quelque chose la retenait d'aller plus loin. Pour couper court à ses appels répétés, elle avait accepté de prendre un verre avec lui, un soir, et avait consenti à l'emmener chez elle, sans intention précise, peut-être pour essayer, le moment venu, tentée par l'idée de voir naître quelque chose, mais sans élan.

L'appartement était petit et le jeune homme pouvait en embrasser l'ensemble d'un seul coup d'œil : l'entrée donnant sur la salle de bain à gauche, et sur la cuisine en face, elle-même jouxtant la chambre. Les deux pièces principales étaient séparées par une large porte vitrée qui laissait apercevoir, dans l'emprise de la chambre, un local aveugle, blanc, neutre. Il demanda à Zoé à quoi lui servait cet endroit et la sentit se raidir. Elle éluda en répondant qu'il s'agissait de son cabinet. Elle avait laissé la petite clé sur sa table de chevet. Pour plaisanter, il suggéra qu'elle devait enterrer là ses amants médiocres ou désobéissants, ceux qui ne lui avaient pas donné satisfaction. Devant ses allusions, voyant l'affaire avancer, Zoé s'éclipsa dans la salle de bain, le laissant seul.

Le garçon se saisit de la clé, si pressé par la curiosité que, sans considérer que cela était malhonnête, devant la porte du cabinet, il s'arrêta quelque temps, songeant à la défense que Zoé lui avait signifiée et pensant qu'il pourrait lui arriver malheur d'avoir été désobéissant. Mais la tentation était si forte qu'il ne put la surmonter : il prit donc la petite clé et ouvrit la porte du cabinet.

D'abord il ne vit rien, parce que la pièce était aveugle ; après quelques moments, il commença à voir que le plancher était jonché de feuilles de papier froissées, et qu'à cette curieuse litière répondaient les dépouilles de plusieurs cadres vides suspendus aux murs.

Stupéfait par cette vision étrange, il referma la porte et trouva les yeux furieux de Zoé.

Elle le pria de quitter son appartement, avec calme mais agitée par une colère intérieure. Il jeta un dernier regard au rectangle blanc de la porte, d'une présence désormais obsédante, qui avait brusquement agi comme un écran entre Zoé et son invité.

Alors qu'il se tenait dans le cadre de la porte d'entrée, une morale, tirée d'un vieux conte, revint à Zoé. Elle la lui livra :

« La curiosité malgré tous ses attraits / Coûte souvent bien des regrets. »

Elle referma la porte, décidée qu'on ne l'y prendrait plus.

En dehors de Lee et Gabriel, les seules personnes à avoir connaissance de son goût étaient celles qu'elle croisait dans ses étapes et itinéraires de recherche : les galeristes, les artistes et quelques collectionneurs avec lesquels elle avait brièvement échangé. Elle s'abstenait généralement de s'épancher sur sa collection – le plus souvent elle ne la mentionnait pas – mais ses habitudes, la régularité de ses visites, ses marottes dans les questions qu'elle posait ne trompaient pas. Sur les lieux de ventes aux enchères, elle était encore anonyme car les commissaires-priseurs vendaient de tout et ne pouvaient se rappeler une cliente somme toute occasionnelle, mais dans les galeries spécialisées, son assiduité, à défaut de sa régularité dans l'achat, l'avait fait repérer.

Malgré la confiance que lui accordaient Lee et Gabriel, qui était simplement de la bonté car il lui semblait qu'ils agissaient ainsi avec tous les visiteurs, elle ne leur parlait pas de sa collection dans son ensemble et ne se résolut jamais à la leur faire découvrir – ils ne le lui demandèrent pas, sachant la réserve de bien des collectionneurs sur ce point délicat.

Pourtant, ses deux amis observaient les achats qu'elle faisait chez eux. Leur fréquentation des collectionneurs les avait habitués à déceler les signes d'une passion grandissante. Celle-ci dévorait parfois son hôte : les acquisitions de plus en plus dispendieuses se succédaient. Ils repéraient, dès les premiers regards du candidat à l'achat, que, malgré les hésitations, les réflexions, les tours et détours qu'il prenait pour s'approcher de sa proie sans en avoir l'air, la décision était déjà prise, inéluctable.

Gagner du temps pouvait être une stratégie pour faire succéder la réflexion à l'enthousiasme, se laisser une chance de renoncer devant le prix et les sacrifices qu'il faudrait accepter ensuite. L'amateur déambulait dans la galerie en revenant toujours à la pièce choisie, aimanté. Il consultait la liste des prix, refaisait un tour, mais il savait déjà qu'il lui faudrait se procurer la pièce élue, quelle qu'en fût la valeur. Lee et Gabriel étaient partagés : heureux de vendre, pour les artistes, pour la bonne santé de leur galerie et la reconnaissance de leur travail, ils ne pouvaient se résoudre malgré tout à pousser les amateurs dans des difficultés trop grandes. Ils proposaient des paiements en plusieurs échéances mais restaient en retrait lorsqu'ils constataient que la décision était difficile à prendre.

Dans le cas de Zoé, ils s'en étaient entretenus ensemble, étant donné les liens d'amitié qui les liaient tous trois. Elle était très jeune. Ils l'avaient encouragée en l'aidant à comprendre son domaine d'élection. Ils s'en sentaient responsables.

Au cours des discussions, ils avaient eu connaissance de son métier et en avaient été rassurés. Au moins était-elle habituée à manipuler les chiffres et à connaître la valeur tangible de ce qu'elle achetait. De fait, Zoé ne se laissait jamais aller à des achats trop chers pour sa bourse. Son budget était soigneusement estimé et là n'était pas le risque qui pesait sur elle. Sa passion était bordée sur ce versant. En revanche, ce que Lee et Gabriel n'avaient pas perçu et qu'elle-même sous-estimait, au-delà de l'obsession qui augmentait et lui occupait l'esprit constamment, c'était l'isolement grandissant dans lequel l'enfermait son engouement pour sa collection. Contrairement à bien des collectionneurs, Zoé n'était pas en danger économiquement, mais elle se détruisait peu à peu socialement. Étant naturellement solitaire, aucun de ses proches n'avait mesuré combien elle s'était retranchée en elle-même. Toute son énergie était tournée vers son fonds, sa force vitale concentrée vers un plaisir unique et solitaire, un point solaire qui faisait sa force mais qui pourrait, le moment venu, faire d'elle une proie facile s'il venait à s'éteindre.

Zoé n'était pas inquiète. Elle craignait la perte de contrôle, ayant passé sa vie à se maîtriser, à maîtriser ses désirs, jusqu'à parfois les anéantir, mais elle sous-estimait l'envahissement dont elle était l'objet. Pour elle, on perdait le contrôle en se dispersant, comme ses sœurs, changeant de compagnon, de loisir, d'intérêt. Cette légèreté était le signe d'une dissolution de l'être dangereuse. Mais ce n'était pas son cas, au contraire, elle était concentrée à l'extrême, sur une chose qui lui apportait un plaisir immense. Mais cette chose, peut-être, était en train de l'absorber.

Lee, seule, sentait poindre ce feu ardent avec inquiétude et se faisait du souci pour son amie. Elle ne savait placer des mots pour le décrire mais aurait pu dire que Zoé mettait toute son âme, sa vie intérieure, secrète, peut-être même ignorée d'elle-même, dans cette collection qu'elle investissait comme on part à la conquête d'un monde, par pur enthousiasme, sans se préoccuper des vivres, des couvertures, et de s'entourer d'amis sûrs. Extérieurement, la situation était sous contrôle. Intérieurement, falaises, ravins, forêts profondes et ponts branlants attendaient Zoé ; autant de dangers, de pièges, de guet-apens qu'elle aurait à affronter seule.

16

Zoé vivait ainsi depuis plusieurs mois quand se produisit un événement inattendu. Un samedi après-midi, elle se présenta aux portes de la galerie par laquelle elle avait débuté ses visites, celle qui se situait près du carrefour de l'Odéon. Elle souhaitait faire quelques vérifications sur les œuvres de Jean-Jacques de Boissieu, un graveur de la fin du XVIIIe siècle qui l'intéressait. Elle avait en vue deux planches devant passer en vente prochainement et voulait comparer les estimations proposées par l'expert aux prix pratiqués en boutique. Elle fut accueillie par le même jeune homme que lors de ses précédentes visites. Il lui sortit le portefeuille correspondant et retourna à ses occupations. Les feuilles qu'elle voyait n'étaient pas dans un état irréprochable. Il s'agissait probablement d'un lot s'articulant autour d'une pièce maîtresse qui, elle, avait été vendue : les pièces secondaires restaient, intéressantes mais abîmées. Il lui arrivait souvent de consulter des volumes de planches, ou même des ouvrages, dans la bibliothèque, au sous-sol, même si elle achetait peu dans cette boutique qui pratiquait des prix au-dessus de ses moyens, la plupart du temps. On la laissait faire sans lui poser plus de questions. Elle termina la consultation peu avant la fermeture. Alors qu'elle s'apprêtait à s'en aller, le jeune homme lui signala un arrivage qu'il venait de réceptionner, au sein duquel elle pourrait trouver encore une planche de Boissieu.

« Habituellement, nous ne montrons à nos clients que les planches prêtes à être exposées. Je veux dire, sous passe-partout, avec une légende, après que l'expert les a estimées. Mais comme vous me demandez précisément des gravures de Boissieu et qu'il y en a une dans ce lot, je ne pense pas qu'on m'en voudra. En revanche, je ne pourrai malheureusement pas vous en donner le prix, mais si vous souhaitez le connaître, je pourrai vous la réserver en attendant son examen. »

L'image présentait une scène de théâtre au sein de ruines antiques envahies par la végétation, probablement aux abords d'un village. À gauche de l'image, un tréteau avait été installé, les restes d'un portique en pierre masqué par un rideau abritaient la coulisse. Un public bigarré et populaire de paysans, d'enfants, de femmes rentrant des champs ou du lavoir, de vieillards, d'animaux de ferme, regardait d'un air absent la scène presque vide. Seul se tenait sur les planches un comédien italien mi-Scaramouche, mi-Matamore, dressé sur la pointe des pieds, grand échalas dépourvu de masque mais au visage absolument impassible, répondant en cela à son auditoire muet et inexpressif. La moustache tombante et le béret jeté vers l'arrière, il courbait son cou vers les spectateurs de manière à donner à tout son corps la forme d'une canne.

La ressemblance de ce personnage avec le diligent jeune homme la frappa tout de suite. Elle se demanda si lui aussi l'avait remarquée. La planche était intéressante, elle l'observa longuement tout en s'interrogeant sur cet étonnant concours de circonstances. Elle accepta sa proposition de lui réserver la pièce en attendant son examen par l'expert. Tout en parlant et en multipliant les formules de politesse d'usage dans ce type de lieux, il était lui aussi d'une neutralité parfaite, les yeux fixes, très noirs. Il portait une longue moustache travaillée à la cire, ce qui était assez peu à la mode chez les jeunes gens. Sa taille et la finesse de ses attaches ajoutaient à l'élégance de son allure dégingandée. Les mains et les doigts s'agitaient avec adresse et expressivité à la manière de celles d'un prestidigitateur. Le costume était légèrement trop petit pour ses longs membres. Elle se rappela avoir été frappée, lors d'une autre visite, par l'apparence désuète du jeune homme. Elle se fit la réflexion, fugitivement, sans y penser vraiment, qu'il devait avoir une personnalité versatile : parfaitement poli à certains moments, intéressé, et d'une absence presque outrageante à d'autres, tout en maintenant sur ses traits, pour son interlocutrice, une apparence d'implication, mais fausse, insincère.

Il prit note de ses coordonnées pour pouvoir la rappeler. Puis il lui proposa d'aller prendre un verre après la fermeture. Elle en fut très surprise mais accepta. Elle regretta aussitôt, alors qu'elle l'attendait à l'extérieur et qu'il bouclait portes et rideaux de fer. Elle allait ainsi déroger à l'un de ses principes implicites : cloisonner ses univers de vie, sa vie professionnelle, sa vie personnelle et sa collection. Elle se promit d'en dire le moins possible.

Quelques minutes après son départ de la galerie, il sortit à son tour et proposa la terrasse d'un café, non loin de là. Ils prirent un verre de rosé qui convenait à la douce chaleur de cette soirée de printemps.

Julien était étudiant à la Sorbonne en histoire de l'art. Il effectuait une thèse de doctorat sur « Les Séjours romains des graveurs français du premier XVIIe siècle, Claude Mellan (1598-1688) et ses successeurs », sous la direction de Théodore Rousseau, conservateur honoraire de la Réserve du Département des estampes et de la photographie de la Bibliothèque nationale de France. Il était sur le sujet depuis deux ans. Son mémoire nécessitait qu'il se rendît à Rome en voyage d'études, pour chercher des informations sur place dans les archives. Il travaillait à la galerie pour réunir les fonds. Cela faisait cinq ans qu'il y était employé, il y passait tous ses samedis, il avait accès au catalogue, pouvait se plonger dans les planches conservées et rencontrait à l'occasion des collectionneurs dont certains lui avaient ouvert leurs fonds. Il s'occupait de l'accueil du public et du catalogage des pièces du XVIIe et du XVIIIe siècle. Il était satisfait de sa situation, il avait fait son trou dans l'entreprise familiale – lui-même étant un lointain neveu du galeriste. Rien ne subsistait de la curieuse impression qu'il lui avait faite dans la galerie ; elle le voyait maintenant comme un jeune homme un peu extravagant par sa dégaine, mais pas plus que ceux qu'elle avait croisés à l'École du Louvre ou à la Sorbonne. La conversation fut on ne peut plus classique ; elle y reconnaissait les sujets habituels abordés avec ses amis historiens de l'art : les études, les recherches, les voyages pour découvrir lieux et œuvres. Elle y prit plaisir tout en étant un peu déçue ; elle aurait espéré un peu plus d'exotisme.

Elle s'inventa un intérêt en dilettante pour la technique de la pointe sèche – évitant de faire porter la discussion sur le burin dont Mellan était un des plus éminents représentants – et expliqua ainsi ses visites à la galerie. Elle évita donc facilement de parler de ses acquisitions. Une fois ce danger écarté, elle put se laisser aller à des discussions intéressantes, sur l'estampe, et plus généralement sur les arts.

Il fut impressionné par sa profession et la questionna. Lui-même se destinait à travailler dans le secteur privé où les compétences comptables étaient prisées ; fort de ses connaissances et de son expérience, il s'intéressait au marché de l'art. Il avait un temps songé aux concours de la fonction publique, mais les salaires et les conditions de travail étaient dissuasifs. Par ailleurs, ses chances de travailler dans le domaine qui l'intéressait le plus, l'estampe ancienne, étaient à peu près nulles dans les musées ou les bibliothèques, tandis que sa spécialisation avait de la valeur dans le privé. Il avait conscience, en opérant ce passage, souvent sans retour, de se fermer les portes des institutions prestigieuses dans lesquelles il aurait souhaité travailler. Mais il pensait pouvoir poursuivre ses recherches plus librement en ayant les coudées franches sur le plan matériel, comme il l'espérait. Certes, Julien n'avait pas totalement abandonné son domaine de prédilection, mais, comme Zoé, il avait fait le choix de distinguer métier et passion.

La conversation prit un tout autre tour quand il s'enflamma pour lui parler de son sujet. Il était sûr de lui, un peu prétentieux bien qu'assez timide et maladroit, ce qui la fit rire intérieurement. Il s'exprimait avec un langage précieux, hors d'âge. Elle nota chez lui une érudition considérable. Il alignait les noms, les lieux, les écoles. Elle ne se laissa pas impressionner, car c'était le propre de tout spécialiste, mais elle sentait malgré tout que l'étudiant n'avait pas suivi une voie tout à fait ordinaire. Si l'école, l'université, avaient été le ferment de sa passion, il l'avait étendue et aiguisée sur d'autres bancs, devinait-elle. Ce jeune homme à l'allure pour le moins étrange semblait en rupture avec sa génération, éduqué dans un monde loin des hommes, peut-être davantage au cœur d'une bibliothèque et d'un cabinet d'art graphique. Il avait, lui aussi, l'obsession des images ; il parlait de manière compulsive des séries qu'il étudiait, des corpus qu'il rêvait de consulter. Contrairement à elle, il fallait qu'il en parlât, qu'il accumulât les références : il citait trois titres par phrase, les noms s'amoncelaient à l'orée de ses lèvres - avait-il peur d'oublier, de perdre le fil ? Il lui fit un peu pitié tant il semblait si peu attendre du dialogue - mais n'était-ce pas également son cas, elle qui gardait pour elle ses découvertes et les sentiments qu'elle éprouvait à leur égard ? À l'image de son débit, le corps du jeune homme était fréquemment agité de soubresauts. Une sorte de spectacle : des voisins attablés à la même terrasse se retournaient d'ailleurs fréquemment quand il haussait le ton. Elle avait plaisir à l'écouter, quand bien même il lui laissait peu de place dans la conversation : moins elle en dirait, mieux ce serait.

Son long discours avait mis en veille l'attention de Zoé, quand elle surprit son regard. Les yeux de Julien, noirs, fixes, plongeaient régulièrement en direction de ses jambes, et même, crut-elle, vers ses pieds. Le printemps était cette année-là très agréable et Paris vivait ses premières journées de chaleur estivale. Elle avait revêtu une robe légère et une paire d'espadrilles noires, classiques, à talons compensés, lacées sur les chevilles. Peu coquette, elle faisait tout de même attention à sa manière de se vêtir, et, singulièrement, à se chausser en accord avec sa tenue et la météo prévue. Comme elle marchait beaucoup, arpentant Paris pour se rendre à son travail et, surtout, pour ses investigations iconographiques, elle tenait à porter des chaussures confortables mais élégantes. Elle avait la cheville fine, les jambes longues. Elle appréciait les espadrilles, souliers traditionnels, mais délicats, épousant en finesse la cambrure du pied, avec leur semelle de corde qui convenait aux chaleurs de l'été comme aux fraîcheurs des jours gris mais point pluvieux. Il était certain que Julien regardait de plus en plus fréquemment ses jambes, croisées, alors qu'elle laissait battre doucement la gauche, sous le genou, en tendant la pointe du pied pour s'étirer. Le jeu amusait Zoé, tandis que Julien s'excitait de plus en plus, récitant dans l'ordre chronologique les œuvres gravées de Francesco Villamena, les yeux hypnotisés par le doux mouvement.

Il finit par détacher ses yeux de cette tarentelle innocente. L'heure avançait. Il entreprit une démarche un peu plus intime, ce qui ne déplut pas à son interlocutrice :

« Que comptiez-vous faire de cette belle soirée ? J'imagine que vous avez prévu de voir des amis ? Vous habitez en colocation ? Mais non, suis-je bête, vous gagnez déjà votre vie ! Vous devez avoir votre propre appartement.

– J'habite seule, effectivement, répondit Zoé. Mais je n'ai rien prévu de particulier.

– Écoutez, en ce moment, je vis à droite à gauche, chez des amis ou des connaissances, en attendant de partir à Rome. En plus de mon emploi à la galerie, je suis actuellement concierge chez le comte de Soleinne. »

Il appuya sur les syllabes du nom que Zoé n'avait jamais entendu.

« Je dois rejoindre mon poste. Le comte est absent actuellement. Je suis chargé de garder son appartement et son musée, après le départ de sa gouvernante qui quitte son poste vers vingt heures. C'est un lieu étonnant qui vous plaira, j'en suis sûr, vous n'avez jamais rien vu de plus beau. Le comte a, sa vie durant, accumulé des œuvres que les musées nationaux s'arracheraient. Il est très secret, et pourtant, sa collection n'a pas d'égale aujourd'hui. Si vous m'accompagnez, je vous ferai visiter. »

La proposition la fit bondir. L'aventure lui parut extraordinaire. Qu'on pût, aujourd'hui, employer un concierge et une gouvernante était déjà piquant – elle devinait que ces métiers ne s'entendaient pas ici dans le sens habituel et ils lui semblaient d'emblée auréolés d'une signification mystérieuse. Le nom du comte de Soleinne ne lui disait rien mais il résonnait déjà à son oreille avec le mot de musée. Un musée privé, dont elle n'avait jamais entendu parler, elle qui s'en était fait une spécialité ; il fallait qu'il fût absolument secret. Et elle qui n'avait jamais parlé de sa modeste collection à personne, modèle de la collectionneuse introvertie, se voyait offrir une visite clandestine, de nuit, dans ce que Julien lui vantait comme l'un des plus beaux cabinets privés parisiens. L'invitation était pour le moins séduisante et réveillait chez elle une envie irrépressible, mais elle hésitait, déstabilisée par l'originalité du projet et par ses potentialités excessivement attractives. N'y avait-il pas quelque danger, non pas à se rendre dans une demeure inconnue – bien que ce fût déjà une audace – mais à s'immerger dans l'œuvre d'un inconnu ? Elle se sentait frémir devant le désir de céder, et cette excitation l'effrayait. Elle s'efforçait de rester impassible tandis que dans son crâne s'entrechoquaient freins et tentations. Elle ne pouvait se permettre d'hésiter trop longtemps, et sans voir Julien puisqu'elle fixait ses espadrilles avec insistance, elle sentait qu'il la scrutait jusqu'au fond de son âme.

Elle accepta. La moustache s'agita furieusement quelques secondes, puis se calma. Elle le précéda, se levant pour quitter la terrasse, tandis qu'elle sentait ses yeux attachés à ses chevilles.

De l'Odéon, ils longèrent la Seine, quai des Grands-Augustins, quai Conti, Julien la laissait le devancer légèrement. Elle en imagina aisément la raison et, cessant de ralentir, elle marchait un pas en avant, la cheville souple, l'écoutant tandis qu'il lui narrait la vie de Claude Mellan. Après quelques centaines de mètres, à un croisement de rues, ils furent rejoints par un petit chien blanc à taches brunes. Il se mit à suivre Zoé, la talonnant et devançant Julien de peu. Il grogna après elle, non pas méchamment, mais comme pour l'avertir. Elle pressa le pas, gênée plus qu'effrayée ; ce devait être un chien perdu en recherche d'une maîtresse. Julien l'informa que l'adresse du comte était le 23 quai Malaquais, mais qu'ils entreraient par l'entrée de service, au 1 rue des Saints-Pères. À l'approche de leur destination, le chien aboya de plus en plus fort, puis, alors qu'ils tournaient sur la rue des Saints-Pères, il cessa brusquement, couina avec terreur et rebroussa chemin, le poil hérissé, courant ventre à terre dans la direction opposée.

Le jeune homme composa le code puis ouvrit la lourde porte de bois cloutée pour pénétrer sous un large porche. D'un signe, il lui indiqua le chemin avec une certaine raideur. L'entrée de service se trouvait à gauche de la cour intérieure. L'escalier était étroit mais tout de même doté d'un ascenseur. Il prétexta de fréquentes pannes pour l'encourager à emprunter les escaliers et l'invita, comble de l'impolitesse, à passer devant lui. Cependant, elle n'avait nullement peur et se prêta, une fois de plus, au jeu. Elle sentait les yeux de Julien attachés à ses pas, mais quand elle arriva au dernier niveau, légèrement essoufflée, après avoir monté quatre ou cinq étages, il lui fit enfin face et elle put voir que s'il en avait été ému il n'en laissait rien paraître. Son visage s'était comme refermé. Ils se trouvaient du côté de la rue. Le palier donnait sur une fenêtre zénithale éclairant la cage d'escalier et une unique porte, il s'agissait donc d'une entrée privée. Il tourna la clé sécurisée dans la serrure et lui fit signe de pénétrer dans un couloir donnant à nouveau sur plusieurs portes. Il s'agissait de l'accès aux chambres du personnel de la maisonnée. Cela laissait présager que le comte possédait une grande partie de l'immeuble, au moins plusieurs étages. Les quelques portes avaient été personnalisées par leurs occupants qui y affichaient des cartes postales, des paillassons de fantaisie, des devises humoristiques. Julien se dirigea vers la porte la plus à droite du couloir, la seule qui restait nue, peinte en vert foncé. Elle hésita un instant et il comprit :

« C'est ici que je vis, ce n'est pas parfaitement en ordre, mais présentable tout de même. N'ayez crainte, nous ne ferons que passer, la chambre est reliée à l'appartement de monsieur. Je ne vous fais pas entrer par la porte principale, je n'ai pas les codes d'accès ni les clés. Et, personnellement, je trouve cela plus romanesque. »

Le dernier mot était de trop et lui donna envie de lever les yeux au ciel : un peu forcé en regard de la situation présente et de son air parfaitement absent. Jouait-il ? La moustache s'agitait légèrement quand il parlait mais il gardait un masque de neutralité aimable, distingué et ferme. Malgré l'égalité de ton,

Zoé regarda d'un autre œil son interlocuteur. Dans la rue, elle avait le sentiment qu'elle eût pu facilement l'entraîner à se jeter à ses pieds, qu'il scrutait avec tant d'insistance : son attitude n'était plus celle du savant légèrement suffisant faisant étalage de son savoir, peut-être pour draguer, mais celle d'un domestique fidèle affectant une indifférence parfaitement réservée. Elle se sentit décontenancée, non seulement de s'être illusionnée sur les intentions de Julien, mais aussi d'avoir élaboré cette réflexion hors d'âge. Après tout, Julien était bien employé comme « personnel de maison », ce qui, là où elle se trouvait, semblait une réalité tout à fait actuelle. Néanmoins, elle s'aperçut vite que la fonction n'était plus vraiment, comme elle l'avait supposé, à l'image de celle décrite dans les romans : tout d'abord, Julien l'introduisait chez son « maître » à son insu, ce qui pouvait être vu comme une violation de domicile, ou en tout cas comme une attitude déontologiquement répréhensible. Ensuite, il n'était pas tenu de rester à l'entrée du domicile pour accueillir les visiteurs - qui ne risquaient pas de se présenter alors que le maître du logis était absent - dans une loge, comme elle l'avait imaginé. Il est vrai que le métier de concierge, outre l'accueil et la réception, pouvait comprendre des missions de surveillance, de maintenance et de sécurité, ce qui nécessitait de faire des « rondes » régulières.

Elle se trouvait déroutée par la situation. Était-elle tentée par la visite exceptionnelle qui lui était proposée, ou par l'ébauche de séduction vite étouffée ? Si Julien n'avait aucune intention à son égard, pourquoi lui avait-il proposé cette équipée romanesque, pour reprendre ses mots ? Elle n'eut pas trop de mal à faire son choix, ce qui la rassura. Son instinct de chasseuse d'œuvres avait été mis en alerte.

Il ouvrit cette nouvelle porte, particulièrement sécurisée, ce qui l'étonna – Julien conservait-il dans sa chambre des choses précieuses ? Ils se trouvaient dans un couloir formé, à droite, par le mur, et à gauche, par un long rideau brun. Zoé distinguait une porte, à l'extrémité opposée. Julien se saisit de l'étoffe et la fit coulisser pour dévoiler la pièce. Elle fut étonnée par la luminosité bleutée. Le rideau se referma derrière eux. La chambre était mansardée et mesurait quelques mètres carrés, la place de mettre un lit étroit, un lavabo, une table sur laquelle des piles de papiers étaient entreposées, une chaise et une bibliothèque pleine à craquer – une partie des livres jonchait le sol, en tas.

Les murs étaient nus à l'exception d'un cadre que Julien avait suspendu au-dessus de la tête du lit, une estampe japonaise mêlant samouraïs, monstres marins retenant en otage un personnage féminin, probablement une princesse capturée au milieu des flots. La composition était complexe et belle. Zoé se sentit légèrement jalouse à l'idée que Julien dormait sous ce chef-d'œuvre, mais quelle idée de laisser une œuvre si délicate en pleine lumière ! Elle se remémora sa visite dans la galerie d'art japonais, quelques mois auparavant, et fit jouer sa mémoire visuelle. Elle se tourna vers Julien et constata qu'il était absorbé dans la contemplation de l'estampe. Rompant le charme, elle l'interrogea mais le jeune homme se referma instantanément.

« Où vous êtes-vous procuré cette pièce magnifique ? Une œuvre de Kuniyoshi ?

– C'est un cadeau du comte. Je ne sais pas... »

La réponse lui parut étrange, teintée de mélancolie. Il était improbable que Julien ne connût pas l'auteur de cette estampe. Il est vrai que son style était très éloigné de son domaine d'intérêt pictural, mais elle eut la conviction qu'il souhaitait l'éloigner le plus vite possible de cette estampe colorée.

La fenêtre, qui donnait sur la rue des Saints-Pères, offrait une vue latérale magnifique sur la Seine et le Louvre. Mais elle comprit bientôt en quoi la chambre était bel et bien une loge, ou du moins un passage obligé pour pénétrer dans le logement principal. La porte du fond débouchait en effet sur les appartements de monsieur et la chambre-loge était le seul accès permettant d'y pénétrer depuis les autres chambres de service. L'entrée principale était condamnée en l'absence du comte, lui expliqua-t-il, mais le maître des lieux se méfiait de son personnel ; c'est pourquoi Julien avait été engagé spécifiquement comme gardien des collections. Connaissant parfaitement sa composition, il contrôlait dans ses rondes que rien ne manquait et la chambre qui lui avait été attribuée était un poste d'observation des allées et venues des domestiques en charge de l'entretien. Un simple rideau l'isolait de la vue des autres lorsqu'il voulait préserver son intimité. Un véritable chien de garde, pensa-t-elle, se demandant toujours pourquoi Julien, en qui on plaçait une telle confiance, se permettait de la violer en introduisant secrètement une parfaite inconnue dans le logis. Il la fit attendre quelques minutes derrière le rideau, dans sa chambre, le temps de prendre congé de Rebecca, la gouvernante, qu'elle entendit passer d'un pas traînant par le couloir, à quelques pas de là, et qui ainsi, ne pouvait s'apercevoir de sa présence.

17

Julien tira le rideau ; il avait à la main un lourd trousseau de clés. Il fit signe à Zoé de le suivre. Il ouvrit et referma soigneusement la porte derrière elle. Ils avaient pénétré dans une pièce d'angle immense qui donnait sur le Louvre et la rue des Saints-Pères. Elle devait faire la hauteur de deux ou trois étages, vitrée jusqu'au toit, comme un atelier d'artiste. Ils arrivèrent par une mezzanine étroite et descendirent un escalier de bois. La vue était impressionnante, donnant sur le pont des Arts et l'île de la Cité Les murs de la pièce, aussi bien sur la mezzanine qu'au niveau inférieur ainsi que le long de l'escalier, étaient couverts de tableaux étroitement juxtaposés, de tous formats, toutes périodes et tous sujets. Un saint Jean-Baptiste baroque jouxtait un paysage à la Poussin, un portrait Renaissance, une scène de bataille napoléonienne, une grisette romantique, et leurs cadres savamment choisis en lien avec l'époque de chaque tableau suffisaient à mettre en valeur les œuvres. Cette mosaïque d'or et de couleurs répondait à merveille au gris du ciel et au vert de la Seine que l'on apercevait par la verrière.

Tandis que Zoé et Julien admiraient les peintures, le ciel prit des teintes rosées et orangées, comme s'il voulait concurrencer le chatoiement de la collection. Chaque pièce semblait disposée idéalement ; Zoé ne pouvait imaginer exposition plus favorable, plus en accord avec les tableaux qui la jouxtait : les regards des personnages représentés se suivaient, du sacré au profane, se répondaient d'une image à l'autre, convergeaient vers les pièces les plus énigmatiques. Alors que la collection était pour le moins éclectique, on percevait une harmonie d'ensemble qui procurait un calme et un repos sensible à tout spectateur. Zoé ressentit le bien-être caractéristique que lui procuraient les émotions esthétiques fortes et en fut reconnaissante à Julien.

La pièce entière était dédiée à cet accrochage étonnant ; elle n'était profonde que de quelques mètres, ce qui, contrastant avec la hauteur, devait produire, pour tout observateur extérieur, l'effet d'une immense vitrine. Zoé fut d'ailleurs surprise de l'absence de rideaux : la collection était exposée au grand jour, et pourtant, rares devaient être les promeneurs à avoir suffisamment levé les yeux pour l'apercevoir. Elle mesura qu'elle devait être parfaitement visible du pont du Carrousel et se promit de ne plus jamais traverser la Seine sans porter ses regards vers cet appartement-musée.

En dehors des tableaux, la pièce était quasiment nue : l'escalier de bois était des plus simples, aux lignes épurées, un parquet clair, quelques fauteuils, eux aussi modernes, en façade, devant la mezzanine, permettaient d'admirer la pièce dans sa hauteur sans se fatiguer. Zoé et Julien s'assirent tous deux et contemplèrent la composition étagée.

« Mon maître a passé sa vie à rassembler des œuvres. Cet appartement est l'œuvre ultime, celle qui compile et ordonnance, selon sa sensibilité, enfin je devrais dire selon ses sensibilités. Il a voulu, dans cette pièce, laisser libre cours à son imagination de collectionneur romantique, comme l'aurait fait un homme du XIXe siècle. »

Elle voyait parfaitement ce qu'il voulait dire, pour avoir observé ce type d'accrochage dans certaines maisons d'artistes qu'elle avait visitées et qui avaient été laissées dans leur jus - ce qu'elle préférait. Les tableaux s'empilaient les uns au-dessus des autres du sol au plafond, ce qui rendait parfois difficile l'observation de chacun en particulier. Mais là, l'impression était toute autre. Surtout du point de vue où elle se trouvait, en contrebas, un sens parfait de la superposition et de la clarté des lignes faisait que chaque œuvre était lisible, malgré son éloignement, et résonnait harmonieusement avec l'ensemble comme chaque voix, dans un chœur, est indispensable à la couleur générale.

Elle remarqua alors que toute la collection était antérieure à la période postromantique.

« Vous voulez dire par là que votre collectionneur préconise un "accrochage XIXe siècle", car le choix des œuvres ne me semble pas vraiment être représentative du XIXe siècle. Exclut-il à dessein les avant-gardes de la fin du siècle ?

– Vous avez raison, ce cabinet est celui d'un "esprit" qui aurait arrêté ses choix vers 1870. Il s'agit de l'une des manifestations de son génie collectionneur : pouvoir imaginer la collection idéale d'un amateur du Second Empire qui cumulerait les savoirs artistiques depuis l'humanisme, avant la grande tourmente impressionniste se distinguant du réalisme dominant jusque-là. Son "classicisme" à lui.

– Sa collection l'a donc conduit à revisiter la périodisation habituellement admise en histoire de l'art ?

– En partie. Vous savez, il n'a pas étudié sur les bancs de la faculté. Il ne se fie qu'à sa sensibilité et, pour lui, l'art allant de 1500 à 1870 admet plus ou moins la conformité des représentations picturales avec la réalité, du moins dans les choix qu'il a faits...

– Il a donc volontairement écarté les artistes trop maniéristes pour ses goûts ?

– Il ne se fie qu'à ses goûts et organise sa collection en fonction des émotions qu'elle lui procure. Ici, c'est le calme, l'accord dans l'agencement.

– Il refuse donc d'être bousculé par des œuvres dérangeantes ? Cette orientation générale est curieuse, l'arrêt au Second Empire reflète-t-elle aussi une admiration politique pour cette période ?

– Il choisit ce qui le touche. Vous n'avez ici qu'une toute petite partie de la collection, mais nous pouvons poursuivre la visite si vous le souhaitez. »

Elle accepta, très curieuse de connaître ce que pouvait réserver la suite du musée. Elle regretta sa dernière remarque un peu bêcheuse. Julien s'était refermé dès son entrée dans sa chambrette, presque éteint, il était un peu trop sévère à son goût, reprenant sans doute son costume d'employé. On s'était éloigné du léger flirt, sans conséquence mais agréable, qu'elle avait cru déceler dans son attitude au café. Elle se surprit à souhaiter un peu de galanterie. Il faut dire que ce début de visite était enchanteur. La qualité des œuvres était exceptionnelle bien que les choix fussent assez classiques, un peu trop attendus pour elle. De la très belle peinture, admirablement présentée.

18

Une porte se situait sous la mezzanine. À nouveau, Julien sortit le trousseau, ouvrit la porte et la referma derrière eux. Ils se trouvaient dans un long couloir absolument aveugle. Elle mit un peu de temps à adapter sa vue à cette obscurité subite ; l'éclairage mural était très faible et les murs peints de couleurs sombres. Seules quelques lignes plus claires, filant le long des lambris, permettaient de s'orienter.

« Vous vous trouvez dans la pinacothèque des marbres, mais il me semble que vous ne les voyez pas. »

Elle chercha ce qu'il voulait dire, ne percevant pas grand-chose de son environnement. C'est alors qu'elle observa que les lambris étaient incrustés de surfaces luisantes polychromes. Dans chaque boiserie était encastrée une plaque parfaitement polie, c'est pourquoi elle n'avait rien remarqué au premier abord car la continuité du mur, dans son ordonnancement bourgeois traditionnel, était une illusion parfaite avec ses moulures et ses encadrements de baguettes tout à fait caractéristiques des appartements parisiens. Pourtant, un musée minéral étonnant peuplait ce décor.

Les pièces étaient de deux types : celles qui avaient été façonnées par l'homme et celles qui laissaient le matériau brut, dans une certaine mesure.

Les marqueteries de marbres, complexes, tours de force techniques, offraient à la vue des paysages, des scènes, des décors géométriques d'un grand raffinement, jusqu'à des compositions visiblement contemporaines par leur abstraction et leur déstructuration subtiles – elle ignorait que le travail du marbre fut encore un art vivace. Les plus anciennes devaient être des antiques. Elle reconnut également un certain nombre de peintures sur marbre des XVIIe et XVIIIe siècles, principalement des scènes mythologiques.

D'autres « tableaux » ne faisaient qu'exploiter les possibilités de la matière en laissant l'imagination se saisir de ses irrégularités, les « pierres de rêve ». Le matériau était travaillé par l'homme, uniquement par le polissage d'une coupe et par le choix scrupuleux d'une section proposant des évocations visuelles. Les nervures, les veines, les taches et les inclusions de la pierre dessinaient naturellement des ciels, des paysages lacustres et marins, des forêts, laissant libre cours à l'imagination qui voyait dans la pierre naturelle matière à représentation.

Elle jeta un coup d'œil à ses pieds et découvrit qu'elle foulait un *opus sectile* dans la plus belle tradition byzantine. Ses yeux s'étaient accoutumés à l'obscurité : le mur en lui-même était noir, le plafond d'un gris souris, tandis que chaque boiserie et chaque moulure avait sa couleur propre, des gris, des verts, des bleus sombres, jusqu'aux ocres et aux rouges brique, chaque nuance étant choisie pour mettre parfaitement en valeur le contenu des lambris, qu'il s'agît de compositions naturelles formées par le hasard de la géologie ou d'assemblages savants de marbres et de pierres de couleur assortis par la main de l'homme. La moulure supérieure courait de chaque côté du couloir, masquant un éclairage continu et diffus qui rayonnait suffisamment bas pour permettre aux marbres de luire légèrement, comme par la magie d'un rétro-éclairage pourtant impossible. L'effet était saisissant, moyennant quelques minutes d'adaptation de l'œil.

« Comment de tels chefs-d'œuvre peuvent-ils être rassemblés en aussi grand nombre ? » demanda-t-elle. C'était la première fois qu'elle voyait une aussi vaste collection d'œuvres en marbre. Mais au-delà de ce constat, l'agencement de l'ensemble, dans ce qui n'était, après tout, qu'un couloir, constituait une nouvelle fois une merveille de présentation.

« Mon maître s'est inspiré ici des villas pompéiennes qui intègrent les éléments purement décoratifs – les frises, les guirlandes, les encadrements, les rangs d'oves et de dards – aux œuvres elles-mêmes, en l'occurrence des fresques, qui sont réalisées dans le même plan, celui du mur peint selon cette technique. Méditant sur la fragilité des civilisations, il a choisi un médium plus pérenne que la fresque et s'est mis en quête de pièces composées de marbres. »

Contrairement à la première salle, qui reconstituait un rêve de collectionneur du temps passé, la sélection de cette section était donc typologique. À partir d'un matériau utilisé couramment dans l'architecture et la décoration, le comte avait rassemblé des œuvres particulièrement rares. Les marbres de toutes les couleurs, ajourés de motifs naturels, étaient rehaussés de lapis-lazuli, d'agate, de turquoise, de quartz, d'onyx, de grenat et de corail. Par ailleurs, la technique de la peinture sur marbre, qui s'était perpétuée depuis l'antiquité, rivalisait de couleurs avec le fond froid des pierres nuancées de gris et de blancs.

Rebondissant sur la comparaison que Julien avait faite avec l'art pompéien, elle reprit :

« Cependant, son rêve n'est qu'à demi réalisé puisque les œuvres, à proprement parler, ne peuvent être intégrées au mur.

– Mais si, regardez bien. »

Elle vit alors luire la surface des murs d'une même brillance. Ce qu'elle avait pris pour des boiseries traditionnelles peintes avait été réalisé en marbre également, dans des espèces les plus variées, aux couleurs recherchées. L'assemblage entre les panneaux et les éléments en relief était si parfait qu'on ne pouvait deviner les joints.

Elle revint sur une question qui la turlupinait :

« Manifestement, votre "maître", puisque vous l'appelez ainsi, a pu se procurer des pièces rarissimes, notamment les plus anciennes qui me semblent pouvoir être datées de l'éruption du Vésuve. Ces chefs-d'œuvre ont-ils échappé à la législation sur la protection des trésors nationaux de leurs pays d'origine ?

– Mon maître finance directement un grand nombre de chantiers de fouilles. Ces pièces sont effectivement issues de ces travaux, qui ne pourraient pas être menés par les États concernés. En l'occurrence, pour les pièces pompéiennes, l'Italie en reste propriétaire mais lui permet un droit d'usage jusqu'à sa mort, à condition qu'il autorise tout prêt à cet État pour des expositions temporaires d'intérêt national. »

Curieuse législation à la marge de tous les usages, pensa-t-elle.

Julien cumulait-il les fonctions de concierge, de guide de la collection du comte de Soleinne, avec des missions d'homme de loi spécialisé dans le droit des biens artistiques et archéologiques ? Son accompagnateur lui paraissait de plus en plus énigmatique au fur et à mesure qu'ils avançaient dans cette étrange promenade. Elle remarquait aussi une certaine tristesse dans son ton et dans son attitude, le dos voûté, alors qu'il lui avait semblé plus grand dans la rue.

Le nom du comte de Soleinne n'était jamais revenu dans sa bouche depuis qu'ils avaient quitté le café, et le titre de « maître » dont il usait pour le désigner l'agaçait tout en l'intrigant. Pourquoi cette déférence et cette admiration sans bornes qui transpirait dans tout ce qu'il disait ? Était-elle tombée sur la demeure d'un gourou ? Il lui en fallait plus pour l'effrayer cependant, et le jeu en valait la chandelle, jusque-là. D'ailleurs, elle ne voyait pas comment elle aurait pu faire demi-tour, toutes les portes s'étant refermées sur son passage.

Ils étaient tous deux arrivés au bout de la galerie. Elle s'arrêta longuement devant les « pierres-paysages » qui célébraient l'art de la nature, sa faculté à trouver dans ses nœuds, ses tortuosités, des bigarrures fantasques et poétiques que la main de l'homme mettait au jour sans pour autant diriger le cours de son désordre.

« Celles-ci sont extraordinaires : la nature est inventive au point de pouvoir mettre au point un *sfumato* dont Léonard n'aurait pas renié la recette. »

Elle se penchait sur un « paysage » de montagne aux fondus gris tirant vers le bleu et le vert, variant progressivement en un dégradé imperceptible.

« C'est une des plus belles pièces de la pinacothèque des marbres. Elle a appartenu à des collectionneurs célèbres depuis le XVIIe siècle.

– Le goût de votre maître s'attache donc aussi à celui de collectionneurs qui l'ont précédé ?

– Son goût est unique, il lui est propre. Mais comprenez-moi, mon maître rejette le sens commun du terme, la notion de "bon goût" qui n'a de sens pour lui que dans un contexte mondain. Il n'est pas adepte de la vie de salon. Vous ne verrez rien ici de "décoratif", ce qui pour lui est antithétique avec l'art. Mais il respecte les collectionneurs des temps anciens et s'attache, il est vrai, au pedigree des œuvres dont il fait l'acquisition, sans pour autant en faire une priorité. Se mettre dans la peau d'un autre collectionneur est une expérience enrichissante, comprendre comment telle œuvre est passée de main en main, à quelle autre pièce elle a pu être associée. Cette démarche-là l'intéresse, car c'est aussi la sienne.

Les connexions qu'il établit ainsi avec d'autres amateurs, dont, pour la plupart, les collections ont été dispersées, le situent dans un monde ignoré du plus grand nombre, qui a sa propre histoire, ses propres généalogies. Mais le choix d'une œuvre n'a rien d'intellectuel : il élit celles qui provoquent en lui un bouleversement de sensations, de sentiments. C'est ensuite qu'il s'intéresse à leur histoire. Chaque pièce est choisie pour elle-même et trouve ensuite sa place, par rapport aux autres, dans la galaxie artistique qu'il a créée au cours de sa vie, son "œuvre", ce à quoi devrait s'attacher chaque collectionneur.

– Ce n'est pas la première fois que vous mentionnez cette "œuvre" globale composée de toutes les autres. Je comprends, mais cette œuvre supérieure, aboutie, telle que je la vois, n'a pas été élaborée en un jour ? Car chaque pièce a sa place, aucune n'est interchangeable, ne peut être retirée ou ajoutée. Votre maître considère-t-il sa collection comme achevée, close ?

– Il a longtemps continué à la déployer dans des sections qu'il enrichissait avant d'en concevoir l'exposition. Lorsqu'il estimait avoir rassemblé des œuvres exceptionnelles, avoir fouillé un domaine jusqu'à ses limites, il prenait la décision de fermer ce secteur et imaginait le lieu en adéquation avec ses choix. Ce fut le cas de ce musée minéral, dans lequel la main de l'art réchauffe la froideur naturelle du matériau pour en extraire la beauté et une force maîtrisée, domptée, tout comme ce fut le cas aussi de la précédente salle dédiée à sa conception du classicisme. Mais souhaitez-vous poursuivre ? »

À vrai dire, l'invitation, dans le ton qu'il employa, relevait davantage de l'injonction. Cependant, il lui eût été difficile de refuser tant elle se sentait intriguée à l'idée de découvrir la suite de ce « monde » qui se déployait sous ses yeux, celui d'un collectionneur de collections itératives. Elle posa néanmoins une dernière question :

« Vous n'avez pas tout à fait répondu à ma question. Vous m'avez laissé entendre que votre maître avait arrêté de collectionner. Il a sans doute commencé à constituer son fonds il y a bien longtemps. Mais considère-t-il sa collection, ou son "œuvre", comme achevée ? »

Elle releva chez Julien un mouvement d'impatience, comme s'il était embarrassé de répondre à une question indélicate. Il prit le temps de réfléchir, de peser ses mots.

« Mon maître a une longue vie de collectionneur derrière lui. Il est fatigué. Vous savez combien il est difficile d'arrêter. Il poursuit son activité, à sa manière. Mais suivez-moi », coupa-t-il en s'élançant, sans lui laisser la moindre chance de rebondir sur ces dernières phrases.

19

Nouvelle porte, au bout du couloir, déverrouillée par une clé appartenant au lourd trousseau que Julien portait au bout du bras, et qu'il referma soigneusement derrière lui. Zoé entra cette fois-ci dans une pièce absolument obscure : nulle fenêtre, nulle source de lumière. Au bout de quelques secondes, elle perçut une lueur et vit apparaître un poisson-globe à la peau translucide, sorti de la pénombre comme d'un fond marin, petite lanterne immobile dans le noir de l'océan. Puis, ce fut le tour d'une colonie d'hippocampes à la cuirasse mauve clignotant à quelques mètres, puis d'une étoile de mer orangée étendant ses bras au-dessus d'un large bénitier à la nacre étincelante. Un oursin fit son apparition un peu plus loin et, soudain, une tête de renard sortit de l'ombre, réverbérant une douce lueur rousse, accompagnée d'un chardonneret au plumage jaune.

Tandis que les spécimens continuaient d'apparaître, elle était désorientée, ne sachant si elle se trouvait face à un aquarium ou à un sous-bois. À quelques secondes d'intervalle, de nouvelles espèces marines ou terrestres surgissaient en même temps que la source lumineuse qui les éclairait. Elle réalisa qu'il s'agissait d'animaux naturalisés, immobiles. Quand une cinquantaine d'entre eux furent sortis de l'ombre, elle commença à percevoir les contours d'une pièce entièrement architecturée de meubles complexes à étages, à tiroirs, à vitrines. Pourtant, il n'y avait rien de symétrique dans cet assemblage d'étagères offrant des angles, des recoins, des plate-formes hautes ou basses, mais plutôt une succession de rangements labyrinthiques désordonnés formant des couloirs, des culs-de-sac impraticables, des obstacles pour quiconque aurait voulu circuler. En dehors du palier où elle et Julien se trouvaient, l'espace était entièrement rempli, envahi de meubles à rangements. Le sol devint plus clair. Il était formé de vitrines plates, à une vingtaine de centimètres du sol, dans lesquelles on avait rangé des coquillages de toutes formes et de toutes couleurs, soigneusement ordonnés, non pas selon leur place dans la classification taxinomique des espèces, mais selon leurs affinités esthétiques, précisa Julien. Les coquilles lustrées, vernies, scintillantes se regroupaient en petites armées vulnérables et colorées, par taille, par couleur, par caractéristique physique – les pointus, les spiralés, les tubulaires...

« Si vous retirez vos chaussures, vous pourrez parcourir ce muséum. »

Zoé regarda Julien tout en délaçant ses espadrilles doucement, mais le jeune homme ne cilla pas. Le charme était rompu. Elle sortit ses pieds de ses souliers, posa la plante bien à plat sur le sol frais et attrapa ses espadrilles par les lanières.

Elle marcha sans bruit sur cette plage primitive sans écraser la moindre coquille. Elle suivit le chemin lumineux qui lui était proposé, une direction au sein du capharnaüm. D'autres spécimens occupaient les étagères, des minéraux, des animaux naturalisés, des insectes, des coraux, des fossiles, de même que des *artificialia* modifiés par l'homme : camées, objets d'ivoire, nautiles et œufs d'autruches montés en pièce d'orfèvrerie. Les objets de mesure classique du « cabinet de curiosité » y figuraient également : les astrolabes, cadrans solaires, lunettes, globes, microscopes, compas, boussoles, montres. Son regard fut pourtant attiré par des objets plus insolites, inhabituels dans ce type de cabinet : une paire de lunettes de soleil inuit ou « lunettes de neige », bandeau d'os percé d'une mince fente permettant de réduire la réverbération et de prévenir la cécité, des cartes perforées utilisées dans les premiers ordinateurs, un buste anatomique étrusque.

« Pour mon maître, la nature fait œuvre autant que l'homme, vous avez pu le voir déjà dans sa collection de "pierres-paysages". Voici ce que sa curiosité a choisi au titre de ses plus belles inventions, une sélection qui n'est représentative d'aucun classement si ce n'est celui de sa propre flânerie au sein du vivant, du minéral et du végétal.

– Du végétal ? Je n'ai pourtant vu aucun spécimen de ce règne... »

Un pan de mur s'éclaira alors, laissant apparaître une bibliothèque d'herbiers dont certains, anciens, avaient été collectionnés et d'autres constitués par le comte. Ces derniers étaient composés comme par opposition aux premiers : chaque végétal collecté était disposé, non pas pour en concevoir les différentes parties identifiables (feuilles, fleurs, racines, graines), mais pour offrir à la vue une impression sauvage, désordonnée, voire épique, ou les fleurs semblaient manger les feuilles, les graines pleuvoir du ciel et les racines tirer vers le sol ce buisson maléfique. Sur d'autres pages, une tige unique se tordait de douleur, assoiffée, cherchant une sortie vers le bord du feuillet, et sur d'autres encore, le papier était hérissé de rameaux drus avançant en ordre de bataille, tenant hauts leurs étendards colorés de pétales. Ces herbiers racontaient les légendes des graminées, des fougères et des plantes à fleurs.

Elle avait maintenant une vue d'ensemble, après que la pièce eut été entièrement éclairée, pan après pan. Il s'agissait davantage d'une illumination que d'un éclairage traditionnel et la lumière bougeait, variait au fil du temps, mettant en valeur les pièces les unes après les autres, si bien qu'elle dirigeait la visite mieux que n'aurait pu le faire un guide, menant le spectateur d'un objet à l'autre. Le mobilier était le plus léger possible, composé d'étagères de verre et de fins montants métalliques. Sous un plein feu, sans doute que l'ensemble eût paru incohérent, d'un désordre extrême, mais par cet artifice, les éléments apparaissaient petit à petit avec netteté, comme animés d'un fil narratif. La série des œufs d'oiseaux ordonnés par taille décroissante partait de l'autruche jusqu'au minuscule œuf de colibri, une brève extinction des feux était alors suivie de l'éclairement de la série des porcelaines, des plus petites mesurant quelques millimètres aux plus grandes, d'une dizaine de centimètres. À la panse ouverte et dentelée des coquillages succédaient les mâchoires de requins, puis la gueule d'un loup grande ouverte suivi d'un buisson d'oiseaux exotiques naturalisés. La solitaire chouette effraie, dominant cette arche au plus haut point de la pièce, venait après ce pépiement joyeux, pour laisser place à l'observateur terrestre des nuits étoilées, l'astrolabe planisphérique.

La vitesse des changements de lumière, induisant celle de la visite, lui parut parfaite.

« Je ne sais quel éclairagiste a conçu ce montage, suivant sans doute les prescriptions de votre maître, car je ne doute pas qu'il s'agisse là encore d'une composition de son invention. C'est en tout cas un programme remarquable qui correspond parfaitement à ma vitesse d'observation et de visite. Il doit néanmoins paraître un peu long aux visiteurs moins contemplatifs ?

– Il leur est tout aussi adapté. Le système a mesuré votre trajet dans la salle précédente, il l'a analysé pour en déduire une allure probable de visite dans le cabinet de curiosité. Un visiteur plus rapide aura donc droit à une succession d'effets plus précipités. Par ailleurs le programme se dirige aussi grâce à vos mouvements dans la pièce, de manière à lancer les effets de la partie vers laquelle vous vous dirigez. La navigation pieds nus sur les vitrines facilite cette analyse. Quant à la bibliothèque des herbiers, l'éclairage attend bien évidemment que le visiteur ait achevé sa consultation... À la demande. Non seulement ce système protège les spécimens les plus fragiles d'une luminosité trop intense, mais il permet aussi de réaliser une visite guidée au goût de celui qui les a rassemblés.

- Votre maître est donc aussi un maître de la vie terrestre et de la lumière, en plus d'avoir le goût des arts et des réalisations humaines. Mais combien de temps dure le programme complet, car cette pièce compte des milliers d'éléments ?

- 13 111 exactement. À votre vitesse, vous en auriez pour une heure trente environ. On ne s'arrête pas sur chaque spécimen, mais certains sont vus dans un flux, comme les coquillages que vous foulez. Poursuivons.

Elle aurait pu se sentir oppressée par cette marche forcée, et, surtout, cette succession de portes ouvertes et refermées derrière elle. En y pensant, elle était incapable de s'orienter seule, d'arrêter la visite. Alors qu'elle laçait ses espadrilles, elle avait l'impression d'entrer de plus en plus profondément dans l'œuvre du comte de Soleinne, dans son intimité, avec un sentiment de curiosité extrême et obscène. Les deux dernières pièces, aveugles, avaient succédé à la première entièrement ouverte sur la ville, mais à la manière d'un aquarium : un monde intérieur artificiel, fabriqué de la main de l'homme, et qui donnait l'illusion d'une fluidité naturelle, d'une évidence, tout en maintenant ses visiteurs prisonniers dans leur cage dorée. Peut-être n'était-elle ici qu'un spécimen de plus qu'une divinité observait dans sa déambulation candide. L'émerveillement devant tant de beauté, de rareté, d'ordonnancement parfait, relâchait sa vigilance, elle en avait conscience. Où mettait-elle les pieds ? La légère attirance qu'elle avait pu ressentir pour Julien en début de soirée, Julien le savant, Julien l'appât, Julien laquais, Julien déférent, Julien obéissant à son maître, Julien traître à son maître. Elle aurait dû résister à cette situation trouble, et à ce Julien fourbe, inféodé, mais qui n'hésitait pas à violer la règle la plus élémentaire du collectionneur : le secret, le mystère, l'intimité. Peu importe, se dit-elle. Son désir de poursuivre, impérieux malgré l'inquiétude, la poussait à la curiosité. Elle ne pouvait se douter de ce qui suivait et c'était particulièrement agréable. Aussi attendait-elle le reste avec impatience. Julien la mena derrière une vitrine, où se trouvait la porte suivante. Lorsqu'il actionna la serrure, les milliers de points lumineux éclairant les milliers d'objets se réduisirent à des grains de sable phosphorescents qui lui firent l'effet d'une voûte céleste. Puis tout s'éteignit. Julien la saisit par le bras et la fit entrer dans la pièce suivante.

20

Zoé s'attendait à des effets spectaculaires. La lumière fut une nouvelle fois au rendez-vous – elle l'avait été dès la première salle, bien que naturellement, par l'effet du coucher de soleil répondant par ses couleurs à la mosaïque de tableaux. Cette fois, ce furent de longs faisceaux vibrants qui jaillirent du noir de la pièce – il s'agissait d'une autre salle aveugle. La difficulté à « voir », à déceler ce qu'il y avait à regarder, n'était pas le moindre attrait de cette collection, se dit-elle.

Elle mit là aussi un certain temps à comprendre. Elle était perdue dans un espace impalpable dont elle ne percevait pas les contours. Elle était troublée par la lumière rayonnante et les reflets qui apparaissaient à chacun de ses regards, lui renvoyant l'image déformée de Julien, d'elle-même ou de formes géométriques énigmatiques dont elle ne comprenait pas la nature. Il lui était impossible d'envisager les dimensions de la pièce.

Puis son regard s'accrocha à la première forme connue qu'il saisit : un tableau. Oui, il s'agissait bien d'un tableau car il y avait une toile, un cadre, mais le sens de la représentation lui échappait, une vision totalement abstraite : des taches blanches et ocre sur un fond noir. Elle allait s'en détourner en poursuivant son chemin sur la gauche quand quelque chose apparut dans son champ de vision, un visage fantomatique, ou plutôt un crâne. Elle se rappela aussitôt *Les Ambassadeurs* d'Holbein. Il s'agissait là aussi d'une anamorphose représentant une vanité : amas de couleurs informes pour qui n'y prête garde, métaphore de la vacuité et de l'insignifiance des activités humaines face à la mort inéluctable pour qui en cherche le sens. Elle ne se souvenait pas en avoir vu d'aussi spectaculaires, hormis dans le tableau d'Holbein. Celle-ci était manifestement de la même époque. Elle comprit alors pourquoi l'espace de la pièce lui paraissait si dérangeant : des miroirs, des vitres sans tain, des projections interféraient avec son appréhension des volumes et du sens.

Elle se mit à traquer les anamorphoses exposées un peu partout, tant sur des supports traditionnels, des tableaux, des sculptures, que dans des installations lumineuses et optiques. Les miroirs l'aidaient à résoudre les positionnements compliqués, voire impossibles – certaines solutions se trouvaient à partir d'une vision en hauteur et nécessitaient une mise à distance trop importante pour la morphologie humaine. D'autres résolutions étaient visibles directement sur les miroirs, ou encore par le prisme d'un verre déformant. Enfin, les anamorphoses à panneaux verticaux simulaient le mouvement avec le déplacement du spectateur : un galop de cheval, un vol d'oiseau, ou encore un personnage digne, qui, quelques centimètres plus loin, tirait une langue obscène au spectateur. Le corpus allait de la Renaissance à des œuvres très contemporaines.

Ces œuvres avaient comme caractéristique de jouer avec le spectateur, grâce à l'artifice de la géométrie, du calcul. Elles se livraient à des performances techniques par la virtuosité des résolutions. Elles dévoilaient à certains ce qu'elles cachaient à d'autres. Aussi ne fut-elle pas surprise de certaines thématiques de détournement d'images, dans le domaine des caricatures et des *curiosa*. Ces dernières étaient proposées via des dispositifs optiques intimistes à hauteur d'yeux d'un adulte – chambre noire, lunette de vue.

Si le comte prenait cette précaution, c'était que le musée était visité de temps à autre : là encore, cette délicatesse permettait d'admirer sans gêne les chefs-d'œuvre anatomiques et gestuels. D'ailleurs, tous les dispositifs qu'il avait mis en place dans son musée, leur raffinement, montraient bien qu'il avait un public autre que lui-même et que son infidèle et révérencieux serviteur. Elle se demandait de plus en plus ce qu'elle faisait là. Elle ne croyait plus à la simple visite. Après la première salle qui hameçonnait le visiteur, les suivantes étaient plus difficiles, mystérieuses, il fallait en comprendre le fonctionnement, qui ne se donnait pas à voir immédiatement, jouant avec le visiteur, ce qui l'accrochait d'autant mieux et le poussait à poursuivre malgré les nasses successives qui se refermaient sur son passage. C'est alors qu'elle décida de bluffer :

« Comment appelez-vous cette section ?

– La salle des anamorphoses.

– Oui, j'aurais pu m'en douter. Elle me plaît moins, j'y suis sans doute moins sensible. Certaines pièces sont pourtant remarquables mais le procédé peut paraître lassant. L'art des mathématiques est virtuose mais n'égale pas la créativité de l'œil humain.

– Vous ne paraissez pas penser ce que vous dites. »

Le regard de Julien quitta sa mélancolie pour s'animer tout à coup, et sa moustache, ses mains de danseur reprirent vie. Elle s'aperçut une nouvelle fois combien il avait changé depuis leur départ de la terrasse de café : il était si vif, si enthousiaste lorsqu'il parlait de sa thèse, de ses recherches et de ses voyages, tandis qu'il semblait ici en « service commandé ». Il poursuivit en gesticulant, passant devant chaque œuvre, précisant de quoi il s'agissait, comme il l'avait appris et répété, l'auteur, le titre, la date, la technique, les circonstances de réalisation, en quoi la proposition visuelle était exceptionnelle. Cette fois, elle eut vraiment l'impression de se retrouver au sein d'une visite guidée de musée.

« Vous avez commencé la visite par cette vanité de Philipp Holbein, le fils de Hans Holbein le Jeune dont nous avons acquis la certitude qu'il fut aussi son élève. La figure est bien sûr inspirée des *Ambassadeurs*, la pièce maîtresse d'Hans peinte en 1533...

– Julien, je dois vous interrompre, je suis désolée, mais j'ai un rendez-vous et il me faudrait rejoindre la sortie, si vous aviez l'obligeance de me reconduire...

– C'est faux ! Vous avez mentionné que vous n'aviez aucune obligation.

– J'avais oublié un rendez-vous dont je viens de me ressouvenir. »

Julien quitta brusquement le ton inquiet qu'il avait adopté brièvement et se radoucit.

« Il n'est pas si simple de sortir d'ici ; pour des raisons de sécurité, le comte préconise que le parcours de son musée se fasse en sens unique. Il vous faut donc poursuivre, mais nous pouvons aller un peu plus vite si vous le souhaitez. À quelle heure est votre rendez-vous ?

– J'ai rendez-vous à vingt-deux heures avec des amis. Vous n'aviez pas précisé combien de temps durait la visite. Mais je vous remercie, j'ai vu des merveilles, et je vous en suis reconnaissante. »

Elle le sentit déçu. Après un silence, il reprit :

« Peut-être avez-vous déjà collectionné, ce qui a contribué à vous doter d'une personnalité artistique originale, à un tempérament de chercheuse, de dénicheuse, que j'ai cru entrevoir… Je me suis sans doute trompé, ou peut-être s'agissait-il d'une collection de bouchons de champagne ou que sais-je… On collectionne de tout aujourd'hui, frénétiquement, fanatiquement. Est-ce que cela en vaut la peine ? Croyez bien que je n'ai rien contre les arts populaires, mais les gens ne savent pas ce qu'ils font et se laissent vaincre par l'addiction plutôt que de se laisser convaincre par leur intérêt pour les objets. Moi-même, je travaille dans une galerie d'estampes. Quoi de plus populaire que les estampes ? Et pourtant, elles sont aujourd'hui élevées au rang d'artefact artistique. Celles qui ont été réalisées autrefois pour des usages luxueux, pour célébrer des événements ou des personnalités de marque, ont gardé leur prestige. Mais celles qui étaient destinées au colportage, qui devaient rejoindre les modestes maisonnées, ont aujourd'hui encore plus de valeur : leur histoire chaotique a naturellement éliminé un grand nombre d'exemplaires et ceux qui subsistent sont d'autant plus rares et d'autant plus précieux à nos yeux. Nous sommes malheureusement peu nombreux, aujourd'hui, à envisager les choses comme cela. La spéculation a pris le pas sur le véritable intérêt que les collectionneurs devraient porter à leurs biens, un intérêt poétique. Il faut "ressentir" les œuvres. La collection doit lui "ajouter" une dimension créatrice en la faisant résonner avec d'autres, et avec le caractère unique de l'amateur qui l'a choisie, elle, et non une autre. Seuls les grands collectionneurs parviennent à cet équilibre et font les "grandes collections". Je pensais que vous le saviez, ou du moins que vous pouviez en être touchée. Lorsque je vous ai vue regarder l'œuvre de Jean-Jacques de Boissieu, un artiste auquel on s'intéresse peu aujourd'hui, je me suis dit que cette visite pourrait vous intéresser. Mais je vous assomme avec mes bavardages. Pardon, c'est idiot. »

Elle fut émue par son discours qui, pour une fois, ne semblait pas préparé, et qui faisait écho à sa propre perception de l'acte collectionneur, à sa propre démarche. C'est là que Zoé baissa la garde.

« Julien, je ne doute pas de votre intérêt pour cette démarche, et je suis fâchée de vous avoir déçue. Je ne pensais pas avoir fait l'objet d'une observation si intime. Nous avons sans doute encore un peu de temps. Dans ce que vous m'avez montré, il est évident que chaque œuvre, chaque objet a été soigneusement choisi par votre maître. J'ai été frappée par l'uniformité de qualité de la collection, mais aussi par la disparité de valeur, j'entends par là la valeur pécuniaire, sur le marché de l'art, des différentes pièces. Certaines sont manifestement très onéreuses, d'autres pas. C'est visible dans cette salle des anamorphoses. »

Elle se trouvait devant une estampe à transformation représentant une caricature de Napoléon, d'une réalisation exceptionnelle, mais dont la valeur devait se chiffrer à quelques centaines d'euros.

« Si je comprends bien, les œuvres sont "élues" au sein de la collection et incarnent une facette de la personnalité de votre maître qui confère à sa collection, et à chaque pièce qui la compose, une valeur métempsycosiste. »

Ce fut le mot de trop.

« Vous ne pouvez pas exprimer cette idée, ressentir cette vérité, sans être vous-même une collectionneuse acharnée. N'est-ce pas ? »

Un mince sourire planait sur le visage barré de la fine moustache. Après l'agitation du discours précédent, où l'émotion et la sincérité affleuraient, il venait de reprendre le contrôle. Elle s'avoua vaincue, mais tenta d'atténuer l'aveu qu'elle prononça pour la première fois.

« Oui, à mes heures perdues, mais en toute modestie.

– Il n'y a pas de modestie dans le domaine, vous le savez parfaitement, puisque, comme vous l'avez dit, la valeur des choses ne réside pas dans leur prix mais dans la place qu'on leur donne au sein de sa psyché. Et quoi de plus précieux que le réseau de sensations, de sentiments, de souvenirs, d'élans conscients et inconscients qui forment une personnalité unique ? Donc, vous êtes une collectionneuse... modeste. Et cachottière. »

La boîte de Pandore était ouverte, elle tenta de la refermer mais c'était trop tard. La conversation avait pris un tour redoutable. Pourquoi s'était-il mis à disserter sur tout cela alors qu'elle demandait à partir ? Il lui avait tendu un piège en voulant entrer en résonance avec ce qu'il pouvait imaginer de ses réflexions sur le sujet, il l'avait flattée, elle s'était sentie valorisée, « bonne élève », et avait lâché le morceau. Elle s'en voulait.

« Je ne suis pas là pour vous parler de moi, ni de ce que je fais de mes loisirs, nous n'en sommes pas là. » Elle regretta aussitôt cette dernière phrase, d'autant plus que Julien avait perdu tout sex-appeal pour elle, surtout depuis qu'elle avait compris qu'il la manipulait. « Si vous le souhaitez, poursuivons, mes amis m'attendront.

– Ou peut-être ne vous attendent-ils pas... Mais en tout état de cause, je suis heureux de vous faire découvrir la suite du parcours », reprit-il, rassuré, redevenu calme et professionnel comme il l'était à la galerie et depuis leur entrée dans l'immeuble du comte. « Après vous », dit-il en l'invitant à poursuivre.

ꕥ

21

Pour sortir de la salle des anamorphoses, ils passèrent par l'une d'elles, une projection qui donnait l'illusion d'un vaste couloir diffusée sur un simple mur percé d'une porte blanche, invisible à quelques pas. Elle ressentit un léger malaise, provoqué par cette impression de sauter dans le vide, de s'être laissée surprendre par les distances et le temps, mais elle reprit ses esprits sous la caresse d'une légère brise et d'un air plus vif. Après une série de trois salles aveugles, ils venaient de déboucher sur une terrasse en plein air. La nuit était maintenant tombée et l'esplanade était doucement éclairée par les lumières tamisées de la ville et par une lune bordée d'un halo brumeux. La luminosité, indirecte, baignait la terrasse étagée de pierre d'un bleu liquide, laissant apparaître les volumes architecturés de cet espace composite. Une multitude de petites plateformes offraient des points de vue séparés par quelques degrés et des paliers communs. Nulle symétrie dans cet ensemble de niveaux. La construction, certainement savante, s'attachait à restituer au contraire le fouillis imprévu de l'urbanisme anarchique élaboré au fil du temps de certaines villes du sud de l'Italie, où le visiteur curieux levant les yeux peinait à suivre le dédale de coursives, de loggias, de terrasses courant indifféremment le long des bâtiments, donnant aux rues un parallèle céleste qui permettait aux chats et aux aigrefins agiles de parcourir la ville sans poser pied à terre. L'œil se perdait dans des recoins improbables, inaccessibles, grimpant des escaliers sans destination à la Piranèse. Ce chemin chaotique était ponctué d'arches, de colonnes, de piédestaux, de fontaines, de stèles. Des éléments sculptés monumentaux parsemaient ce parcours improbable : des bustes tronqués, des chevaux, des fragments en tous genres laissant voir le bas d'une toge, un nu mutilé de ses membres, allongé, un bras brandissant une arme, un pied chaussé d'une sandale ailée, une frise ornementale, le tout au milieu d'une flore sauvage et d'herbes folles se frayant un passage entre les pierres.

« Comment votre maître a-t-il pu restituer en plein Paris, au sein du Paris haussmannien, l'atmosphère du Forum romain, jusqu'au dallage de pavés usés envahi par la végétation ? Seuls les siècles peuvent ainsi transformer un lieu, le patiner en "vestiges", et comment trouver un endroit suffisamment spacieux pour une telle reconstitution ?

– Vous avez compris l'esprit de la "terrasse des Antiques". Mon maître a acheté tout cela il y a plusieurs décennies, dans une ville proche de Naples qui souhaitait se défaire de restes déterrés près de la cité balnéaire de Baïes. Contrairement à son habitude, il a donc acquis en bloc un ensemble et renoncé au plaisir de collectionner petit à petit ce qui devait constituer une section de son musée personnel. L'occasion était trop belle et la qualité de la proposition exceptionnelle. Sans lui, l'ensemble partait en caisses pour les États-Unis. Il a donc tenté ici de retranscrire l'atmosphère de ruines antiques, non restaurées, non complétées, mais dans l'état d'inachèvement propre aux chantiers de fouilles, dont certains, il faut bien le dire, ont été dépecés, pillés au cours des siècles. Il ne voulait pas que ces pièces soient abusivement restaurées comme peuvent l'être certains ensembles architecturaux transplantés dans des musées américains, dont on a forcé l'interprétation pour restituer les éléments dans leur entièreté supposée. Les statues resteront comme cela : amputées par le temps, ou à l'état d'ébauche, inachevées par l'artiste surpris par la mort, tout dépend de l'humeur du visiteur. »

Ils se trouvaient devant la tête coupée d'une femme, la face hurlante, les yeux exorbités tournés vers le ciel, fixant les astres avec fureur. Elle faisait face à un corps nu, alangui, auquel manquait la tête, image d'une inquiétante étrangeté. Plus loin, le bras tendu d'un athlète, monumental, les muscles saillants en tension, sortait de terre, le doigt pointé vers la nuit. Un amour aux ailes coupées cherchait sa Psyché vers la Seine, les yeux dans le gris.

« Pourquoi ces statues sont-elles toutes incomplètes ? demanda-t-elle.

– C'est la garantie de leur authenticité. Personne n'a voulu ici ajouter les pièces irrémédiablement perdues de ce puzzle. On a cherché non pas une cohérence particulière de chaque sculpture, mais une lisibilité globale, archéologique, de l'ensemble, de ce qui pourrait être vu comme un chantier de fouilles à ciel ouvert.

– Transplanté à Paris.

– Pourquoi pas ? Les sculptures exhumées des vestiges antiques sont bien exposées dans des musées, comme des œuvres détachées de leur contexte monumental. Or, elles ont fait partie d'ensembles urbanistiques, comme aujourd'hui, avec un peu moins d'inspiration, nos fontaines Wallace ou nos lampadaires. Ce jardin suspendu, ou cette terrasse des Antiques donnent l'idée de ce que les artistes européens venaient chercher en Italie, dans le fameux « voyage à Rome » qu'ils entreprenaient pour parfaire leur formation et leur œil, au XIXe siècle. Un regard inspiré de l'Antiquité, de ce classicisme des formes, mais aussi de la liberté de composition qu'ils trouvaient au détour d'un paysage champêtre, d'une rivière tranquille, ornés d'une ruine aussi bien que de la marche paysanne de villageois aux habits bariolés. C'est cette force d'inspiration mêlant l'art et la nature que mon maître a voulu restituer dans cet ensemble. »

Quelques arbres ponctuaient le parcours. Un olivier au tronc énorme attira l'attention de Zoé, d'un diamètre d'un mètre cinquante, quasiment aussi haut que large, surmonté de quelques branches feuillues qui paraissaient assez ridicules par rapport à l'épaisseur de la base. Celle-ci était vérolée de trous, de nœuds, comme mangée à l'acide. L'arbre semblait quasiment en suspension, soulevé de terre, rattaché au sol par des racines tortueuses imbriquées dans un mur de cailloux, lesquels semblaient absorbés par le cœur du colosse, mus par une force d'arrachement surnaturelle. Cette « digestion » du minéral par l'arbre devait lui donner sa force et sa solidité, en dépit de la faiblesse du feuillage supérieur. À force de tailles, de coupes et de domestication par l'homme des multiples rejets annuels qui tendaient à dissocier le tronc, à le diviser, et que la main avait rassemblés, coupés pour garder le corps de l'arbre en bloc. Le bois avait absorbé toute la puissance du végétal et diffusait aux fruits un suc inestimable et concentré.

« Il s'agit d'un arbre millénaire, plus vieux que les vestiges conservés ici. Il a été transplanté, lui aussi, avec son environnement de terre et de pierres, depuis la Grèce. »

Il dominait ses semblables, des orangers, des citronniers, des mandariniers, des cédratiers qui ne pouvaient être aussi vieux, avoir autant vécu et voyagé que l'olivier grêlé. Les odeurs de fruits, de fleurs et d'herbes chatouillaient les narines : les agrumes, le bois d'olivier, mais aussi la lavande, la citronnelle, la verveine odorante, le jasmin, le romarin, le thym. Les lauriers-roses de couleurs blanche, rose et rouge accompagnaient les solanums bleus.

Ivre d'arômes, Zoé sentait la tête lui tourner. S'appuyant sur une pierre, elle leva les yeux vers le point de fuite de ce jardin suspendu et crut percevoir un mouvement sur la terrasse. Elle tourna la tête vers Julien, rêveur, le regard convergeant vers l'apparition. Elle s'était donc trompée ? Il avait, dans ses songes de pierres et d'odeurs, des intérêts plus terre à terre ? Elle se sentait piquée, ne sachant décidément jamais à quoi s'en tenir avec ce jeune homme.

« Il y a quelqu'un ? lui demanda-t-elle.

– Allez vérifier et vous ne trouverez personne. »

Zoé le prit au mot et traversa les quelques terrasses. Vue de loin, une dernière œuvre cachait la perspective de cheminées parisiennes, un bas-relief de pierre, pour une fois, parfaitement conservé, d'un mètre de hauteur environ, inscrit dans un portique. Une jeune femme drapée de voiles marchait, relevant les pans de son vêtement glissant délicatement sur son corps juvénile. La détermination se lisait sur son visage absorbé par le mouvement, la jambe droite en avant, la gauche en arrière, quasiment à la verticale, les pieds nus. Elle allait, sans se soucier du temps, semblant vouloir parcourir, à partir de ce bout de ciel, la capitale parisienne en aval de son audacieuse foulée.

Zoé resta un instant pensive devant le tableau de pierre. Julien l'avait rejointe et, pour une fois, semblait se détendre. Il s'était assis sur un pilier, les mains appuyées sur les genoux, et considérait lui aussi le bas-relief si vivant que la femme semblait prête à sortir de sa prison de pierre.

« Gradiva, celle qui marche », dit-il songeur.

La moustache avait cessé de remuer, le visage était calme. Il poussa un soupir.

Le point de vue était enchanteur, les sens étaient éveillés par les fragrances, l'œil se perdait le long des terrasses, des escaliers compliqués laissant apparaître des sculptures antiques tronquées qui prenaient des allures surréalistes dans ce décor extraordinaire, et la douce chaleur émanait des pierres restituant, la nuit tombée, la chaleur emmagasinée pendant la journée.

Zoé se retourna vers l'entrée du jardin et, soigneusement, étudiant chaque pierre du chemin herbeux, elle parcourut lentement les terrasses en savourant l'instant, un pied devant l'autre, la cheville souple, légère, naturelle. Elle sentit dans son dos un regard quittant, peut-être à regret, une femme pour une autre.

Les étudiants de l'école des Beaux-Arts, voisine, auraient certainement souhaité avoir accès à cette version délocalisée et hors du temps de ce « voyage à Rome », de ce « coin de Pompéi », au cœur de Paris.

Les fameux « vieux réflexes » de l'étudiante en histoire de l'art, justement, ressurgirent de son émerveillement.

« Votre maître n'a-t-il pas peur que les pièces soient endommagées par les intempéries, la pollution ? C'est bien pour cela que les archéologues les ont habituellement déposées dans des musées, en vue de les protéger. »

Julien ne répondit pas mais actionna une poignée qui se trouvait à quelques mètres d'une porte de pierre ornée d'un masque de comédie, la bouche large et souriante. Le ciel s'assombrit de tous côtés. Des panneaux triangulaires vinrent rapidement obturer l'espace, chassant la Voie lactée par un oculus central. La lueur des étoiles était affaiblie mais toujours visible ; le dôme formait une verrière protégeant les vestiges tout en laissant la végétation prospérer à la lumière naturelle. La vitesse de fermeture était impressionnante et le mécanisme n'avait fait aucun bruit. La luminosité bleutée avait diminué et l'environnement sonore de la ville s'était assourdi. On retrouvait soudain l'atmosphère monacale d'un péristyle recueilli.

« Cette structure est aquasensible, photosensible et écosensible. Je viens de l'actionner volontairement mais elle se referme et s'ouvre naturellement en fonction des conditions climatiques, atmosphériques, des indices de pollution, dans le double objectif de préserver les éléments archéologiques et de maintenir un équilibre entre la végétation présente, ses besoins en eau et en photosynthèse et l'architecture. Elle protège cet écosystème délicat, elle pare aux intempéries tout en irriguant, elle favorise la croissance végétale tout en la maîtrisant pour qu'elle ne devienne pas invasive. »

Un esprit génial avait conçu ce système d'une telle perfection et d'une telle complexité – elle ne doutait pas qu'il devait être parfaitement fonctionnel – que, réalisé à grande échelle, il aurait pu protéger des sites historiques menacés. Son esprit critique, qu'elle avait su maintenir en éveil jusque-là, ses souvenirs d'étudiante, de bonne élève diligente, pointant les possibles dysfonctionnements, les contradictions esthétiques, morales et déontologiques étaient cette fois subjugués et comme endormis par les prouesses mises en œuvre dans cette partie du musée personnel, mais aussi dans chacun des partis-pris successifs. L'originalité de la démarche du collectionneur lui semblait indépassable.

Les mots étaient inutiles et le jeune homme qui lui servait de guide la regardait avec l'air satisfait et grave, sûr de lui, tout à coup plus calme, de celui qui considère que la partie est gagnée, mais que l'adversaire n'en a pas encore compris tous les enjeux.

Le plafond de verre teinté laissait transparaître la lueur faible de quelques étoiles. Cette nouvelle luminosité accentuait la noirceur des feuillages, contrastant avec les pierres polies réverbérantes. Une multitude de petits points brillants parsemaient ce jardin soudainement assombri.

« Des lucioles se sont installées ici, profitant de la protection nocturne de notre dôme qui atténue la lumière artificielle de la ville, du microclimat de la serre et de l'absence de pesticides qui profite à ces insectes. Paradoxalement, les reines des champs se sont parfaitement acclimatées à ce jardin secret mais urbain. »

Les points scintillants indiquaient l'extrémité des hautes herbes, s'alignaient le long des jeunes ramures odorantes et truffaient les murets moussus.

Julien la prit par le bras et la dirigea doucement vers la porte de pierre à proximité de laquelle il avait actionné le dôme.

22

La porte pivota lentement sous la pression de sa main. Tandis que Zoé était encore envoûtée par le noir de la serre, un rayon de lumière vif et croissant trancha la nuit de part et d'autre du chemin de pierre. Julien la poussa sans ménagement, la sortant de sa torpeur bienfaisante, pour la jeter dans un nouvel environnement tout en contrastes. Ce changement la laissa étourdie, hagarde, dans le jaune cru étincelant d'une nouvelle pièce. Elle était non seulement éclairée, avec une brutalité peu habituelle en regard de ce qu'elle avait pu observer dans le reste de la visite, mais bruissait de toute une vie qui semblait en contradiction avec l'esprit du lieu, dédié à la contemplation, au calme, du moins pour ce qu'elle en avait vu. Des bruits mécaniques, des sifflements, des tintements métalliques, des souffles de vapeur et d'ébullition, la déroutèrent encore un peu plus. Elle mit quelques minutes à s'habituer à ces changements ; tout son équilibre, jusque-là préservé, et même conforté par les œuvres et leur présentation, était bouleversé, déphasé, comme si la gravité terrestre s'était tout à coup inversée. Ses organes renversés furent à leur tour éveillés par des odeurs mystérieuses qu'elle n'avait pu percevoir dès son entrée, toute retournée qu'elle était. Des odeurs d'épices, d'agrumes, mais aussi de santal, de cèdre, de patchouli, de musc. Ces mélanges étaient déroutants, stimulant à la fois la tête et l'estomac si bien qu'on ne savait vers quel coin de la pièce se tourner pour privilégier l'un ou l'autre. Quelle heure pouvait-il être : peut-être vingt-trois heures ? À raison d'une demi-heure par pièce visitée, ce devait être à peu près cela. Les émotions, un peu d'appréhension tout de même, l'avaient fatiguée malgré l'excitation, et elle ressentit tout à coup un besoin de repos. Elle avait alors pris connaissance de l'ensemble de la pièce, grande, haute, ouverte sur l'extérieur côté Seine, sur un magnifique panorama dominant le nord de la capitale. Les baies vitrées étaient larges et les murs quasi absents de ce côté, tandis que l'espace intérieur était segmenté par des cloisons ouvertes, méandriques, architecturant le large volume, en masquant certaines parties. Elle pénétra dans une alvéole en retrait et tomba en arrêt devant une large baignoire fumante dégageant des vapeurs ambrées et odorantes. Les bords de celle-ci étaient couverts de flacons, de récipients en tous genres emplis de liquides colorés, surmontés de bouchons de verre soufflé ou de cristal gravé, d'ustensiles de bain. Toute cette case était dédiée au soin du corps. Des piles de serviettes moelleuses garnissaient les étagères des placards ouverts et le sol était couvert d'une moquette plus épaisse qu'un tapis berbère. Le mobilier, les murs étaient d'un gris bleuté tandis que les poils épais de la moquette tiraient vers le violet. Elle figurait de subtils arceaux et cercles concentriques à la manière des ondes dessinées par la pluie sur un lac, en fondu, du mauve foncé au violine. Un lustre et des appliques renvoyaient une lumière délicate et miroitante dans toute la pièce : les pampilles en tombaient verticalement en dégradé. L'eau chaude aux vapeurs blanches coulait en petit jet tintinnabulant depuis l'index de bronze d'un jeune garçon mélancolique, ailé de feuilles de chou, le corps fin et élégant, tandis qu'à l'autre bout du bassin l'eau vive jaillissait en gouttelettes cristallines des becs de trois oiseaux sculptés, penchés sur le rebord de la vasque, comme prêts à boire. La baignoire de céramique, qui s'apparentait à une fontaine, était elle-même prise dans des rameaux entrelacés et cuivrés aux motifs de lierre et de liseron. Un lavabo de pierre grise, large, peu profond, dessinait dans le fond à peine incurvé une Vénus en bas-relief, nue, les yeux mi-clos, les cheveux en arabesques se lovant entre les seins et les cuisses, la taille désaxée profilant un déhanchement interminable, du nombril jusqu'aux pieds. Deux robinets arrosaient le cœur et l'attache délicate des jambes. Un vaste miroir surmontait cette sculpture, renvoyant son image et celle du panorama incroyable de la ville de nuit. Elle se laissa aller à suivre son regard dans la vitre, et même à l'apprécier devant tant de beauté nocturne. Le visage anguleux de Julien, légèrement narquois, la moustache frémissante, se tenait dans un coin. Elle l'avait presque oublié et s'imaginait, seule, plonger dans cette eau parfumée. Douchée par son regard, elle se ressaisit :

« Un mobilier Claude et François-Xavier Lalanne ? demanda-t-elle.

– Tout à fait. Voulez-vous vous baigner dans le réseau végétal et animal de leur imagination ? Mon maître met cette salle de bain à disposition de ses visiteurs. »

S'il y avait bien une chose à laquelle elle ne s'attendait pas, c'est qu'on lui propose de prendre un bain dans une salle d'eau sublime ayant vue sur tout Paris. À nouveau, Julien lui paraissait plus sympathique, détendu. Peut-être plus sûr de lui aussi, sur l'issue de la visite ? Cette idée d'une éventuelle « histoire » lui revenait malgré l'attitude détachée du jeune homme. Elle ne doutait pas qu'il bravait des interdits, et qu'il pouvait en être effrayé. Était-ce à dessein de la conquérir ? Julien se dévoilait-il enfin ? Elle était partagée entre sa méfiance pour ce jeune homme énigmatique, qui lui avait semblé avenant au premier abord, au point qu'elle lui avait accordé sa confiance sans appréhension, puis qui s'était réfugié dans une attitude froide et distante, jusqu'à lui paraître légèrement inquiétant. À moins que ce qu'elle prenait pour de la froideur ne fût de la tristesse et ne tînt au rôle qu'il jouait. Elle se rappela alors combien Julien ressemblait à l'estampe de Jean-Jacques de Boissieu : un pauvre acteur, sans âme, s'agitant devant un pauvre public. Si la visite était extraordinaire, elle en était prisonnière et en avait conscience. Au-delà des portes qui s'étaient refermées sur son passage, il la tenait, par le privilège qu'il lui accordait de cette balade qui lui semblait interdite, à bien des égards. Où voulait-il en venir ?

Et elle, avait-elle une intention quelconque ? Avait-elle accepté une simple visite ou ce qu'elle devinait comme pouvant être plus qu'une visite ? C'était déjà une aventure, une aventure sensorielle et sensuelle.

Le jeune homme énigmatique, s'il l'avait voulu, aurait pu être un partenaire d'érotisme. L'idée ne lui déplaisait pas. Elle aurait pu faire craquer cette coque bringuebalante qu'il arborait, sûr de lui, mais manifestement confit de secrets, d'une déférence excessive vis-à-vis de son maître absent, voire obséquieux. Car c'était plus que de la servilité admirative, c'était, elle le sentait, de l'ordre de la possession, ne serait-ce que par le titre par lequel il l'appelait, sans aucune obligation puisqu'ils étaient seuls, elle et lui. Voulait-elle posséder et se laisser posséder par le possédé ?

La vision de la fontaine-baignoire, les senteurs, la chaleur humide l'invitaient à se laisser gagner par la sensualité, néanmoins la situation lui semblait difficile à tenir sans dévoiler immédiatement des intentions trop évidentes car Julien ne semblait pas vouloir partir.

« Vous pouvez trouver une tenue de bain derrière le paravent de laque. Si vous voulez profiter de la suite de la visite, je vous invite à l'enfiler. »

Reculait-il une fois de plus devant l'ambiguïté de la situation, en maintenant un équilibre impossible ? Se faisait-elle des idées ? Elle ne percevait là-dedans aucun guet-apens mais ressentit la jubilation inquiète du funambule. L'équilibre pouvait se rompre à tout moment, la faisant basculer soit dans le désenchantement escorté d'un peu de honte, soit dans une échappée sensuelle ; dans tous les cas, une culbute radicale.

Zoé décida de faire confiance - au point où elle en était - au protocole de visite, car il en avait bien été question. Elle se ressaisit et se glissa derrière le paravent, se défit de ses vêtements et enfila un maillot de bain composé de deux pièces extrêmement simples : un bandeau de poitrine et un slip taille basse descendant sous les fesses, à la manière, lui aussi, d'un bandeau.

Quand elle sortit de derrière le paravent, laissant ses affaires sur place, Julien avait disparu. Elle entra dans l'eau sans appréhension, émerveillée par les odeurs délicates et variées qui parvenaient à ses narines, des fragrances pour le corps, naturelles, rappelant les fleurs, les agrumes, sans aucune des notes artificielles, fabriquées, qui caractérisaient les parfums modernes. Une mousse légère parcourait le flot en tournoyant et s'échappait derrière le jeune homme aux ailes de choux, contournant la pointe de ses pieds délicats posés sur leur socle. Il semblait prêt à prendre son envol, mais l'eau le retenait de son petit tourbillon émulsionné. Les volutes et les bulles s'échappaient vers l'arrière, que masquait la base de la sculpture plongée dans l'eau. Elle s'approcha et découvrit un couloir d'eau, une rivière interne, étroite, mais dont elle sentit le léger courant. La baignoire n'était donc qu'une entrée, une antichambre au parcours aquatique. Quelques brasses la propulsèrent dans le corridor agité de vaguelettes massant les jambes. La lumière bleutée laissait voir derrière des vitres protectrices, de chaque côté de la piscine, des tableaux évocateurs : des baigneuses de Bonnard, des bassins turquoise de Hockney, des tubs de Degas, des Suzanne aux formes généreuses cherchant à échapper aux vieillards, peintes par Tintoret, Rubens, Rembrandt, des plages de Boudin, de Monet, avec leurs ombrelles et leurs robes blanches, des paysages lacustres de Corot, des Vénus sortant des flots escortées de divinités marines, des scènes domestiques de soin des corps à la sensualité concentrée. Ces chefs-d'œuvre étaient aussi inattendus que le dispositif de leur découverte. Elle se laissait aller à la beauté tout en guettant l'arrivée de Julien, qui, pensait-elle, se devait d'apparaître vêtu de sa seule moustache, fendant les flots avec vigueur, vu la situation équivoque dans laquelle il venait de la mettre – cela lui semblait inévitable et on ne pouvait pas dire qu'elle avait contribué à le décourager.

Cependant, il tardait, et elle en profita pour admirer cette nouvelle exposition tout en poursuivant son parcours : aux lignes droites d'une dizaine de mètres succédaient des coudes, des virages, des retours sinueux. Elle avait totalement perdu la notion de l'espace et ne pouvait distinguer où elle se situait dans la pièce labyrinthique. Le courant était tantôt fort, tantôt tranquille. Une rampe métallique semée d'animaux et de fleurs sculptés – batraciens, nymphéas, lentilles d'eau, poissons lovés dans les courbes –, accordée aux motifs de la baignoire, l'aidait tantôt à avancer, tantôt à lutter contre l'eau et contre son désir de s'attarder ou de se précipiter vers le tableau suivant.

Tout à coup, une ombre noire surgit du fond du bassin. Elle sursauta d'effroi, guettant tout en se reculant vers la rampe. La paroi vitrée jouxtait le bord du couloir et elle ne pouvait s'en extraire en grimpant, n'ayant aucune prise. La forme avait l'air d'attendre et tremblait au gré de l'onde, devant elle. Elle fit marche arrière, revenant sur ses pas lentement mais sans être suivie. Elle en fut rassurée et observa plus attentivement la chimère qui semblait lestée au fond de l'eau, à quelques mètres d'elle. S'agissait-il d'un spécimen vivant ? Croiser des animaux marins ne lui paraissait pas plus impossible que de se trouver là en maillot de bain, chez un inconnu, admirant des œuvres telles qu'elle n'en avait jamais vu présentées. Mais la silhouette ne bougeait pas. Son regard se posa alors sur une paire de lunettes marines négligemment abandonnées sur le rebord du bassin. Elle s'en saisit, les plaça sur son visage et plongea hardiment. La forme ne bougea pas plus – une chose aussi placide ne pouvait pas être bien dangereuse, pensa-t-elle. S'approchant d'elle, immergée d'un bon mètre, elle comprit pourquoi la bête était aussi flegmatique malgré les remous qu'elle produisait en nageant : son calme s'inscrivait dans les tessons d'une mosaïque. Un dauphin noir, svelte, la queue en trident et l'aileron épineux, avait d'abord attiré son attention, mais son regard se porta autour et elle constata qu'elle avait jusque-là marché sur des mosaïques romaines, sans s'en apercevoir, obnubilée qu'elle était par les tableaux qu'elle distinguait au mur. Poissons, pieuvres, serpents de mer entrelaçaient nageoires et queues sinueuses autour de motifs géométriques architecturant le pavement. Elle refit le trajet sous l'eau, en sens inverse, et s'émerveilla de cette mise en situation unique. Le comte était décidément un collectionneur audacieux pour oser présenter des œuvres d'une telle valeur immergées. Leur état de conservation était parfait, autant qu'elle pouvait en juger.

Le temps passait et Julien ne se montrait pas. Elle se décida alors à poursuivre le parcours, s'acheminant vers un dernier bassin de forme ronde, empli d'une eau parfaitement calme. La mosaïque du sol était cette fois colorée, à motifs symétriques et géométriques. Sur les parois environnantes, elles aussi sphériques, de minuscules tessons produisaient l'illusion d'une pluie fine, tombant en gouttes d'or le long des murs. Elle s'extirpa de ce ventre chaud en montant quelques marches. Des habits l'attendaient dans un vestiaire composé sobrement d'un banc de marbre, de patères et d'un miroir vénitien.

À dire vrai, elle aurait eu du mal à remettre ses propres habits tant ils lui paraissaient frustes après la somptuosité de cette visite marine. La tenue était composée d'un pantalon large de soie ocre, d'une veste brodée de fils d'or, rouges, orangés et marron, en forme de T, noué à la taille à la manière d'un kimono masculin croisé, laissant sur la poitrine une mince échancrure. Elle se sentit tout de suite à l'aise dans ces vêtements larges mais seyants. Une paire de *geta* à deux dents – sorte de socques japonais – accompagnait l'ensemble, ainsi qu'une étole qu'elle noua en coiffe sur ses cheveux. Elle fut elle-même surprise de savoir se vêtir sans difficulté avec des atours étrangers, inhabituels, exotiques, et de constater dans le miroir combien ils lui convenaient, mettaient en valeur sa silhouette en laissant deviner ses formes sans les souligner. Des vêtements d'intérieur confortables mais subtilement élégants.

Assise sur le banc de marbre, son sentiment allait au-delà de l'étonnement et de l'émerveillement. Elle attendait la suite avec avidité et se sentait délicieusement en danger, prête à tout. Elle se préparait à lâcher prise vis-à-vis de la réalité qui avait été la sienne jusque-là et espérait ne pas voir s'achever le voyage. La conscience endormie, enchantée par la demeure-collection, par l'œuvre du comte, conduite par l'énigmatique Julien, elle oubliait le temps et se laissait bercer comme dans un hamac dont elle ne maîtriserait ni la hauteur, ni la solidité des attaches.

23

La seule issue possible était une ouverture ronde bordée d'une frise en tessons, située à l'une des extrémités du vestiaire. Zoé la franchit et fut aussitôt happée par des odeurs délicieuses d'épices et de mijotages. Une immense table de chêne massif occupait une pièce rectangulaire, bordée sur tout un côté de l'équipement d'une cuisine traditionnelle, avec une cuisinière à bois, un vaste évier à deux vasques, ainsi que toutes sortes d'ustensiles en cuivre et en fonte, des plats larges, des saladiers en bois d'olivier, des louches en argent. Julien s'activait aux fourneaux et avait mis le couvert pour deux.

« Rebecca nous a cuisiné un de ses fameux ragoûts. J'imagine que vous devez avoir faim après être restée si longtemps dans l'eau ? » dit-il d'un ton neutre, tout en scrutant son état.

Il avait forcément remarqué à ses traits détendus et à son teint rose que l'expérience avait été remarquable, mais il prenait cela comme une évidence. La routine ? Était-elle la première que Julien enchantait de cette visite ? Mais pourquoi arborait-il donc cet air abattu ? S'attendait-il à être éconduit ? Julien se servait-il régulièrement de la collection du comte pour attirer des jeunes femmes dans ses filets ? Elle ne pouvait le croire tant son attitude était aux antipodes de celle d'un séducteur depuis qu'ils avaient pénétré dans l'immeuble.

Julien avait le don pour doucher son exaltation, ce qui eut pour effet de faire retomber son état, et peut-être était-ce souhaitable, pensa-t-elle. La stratégie de son accompagnateur était peu claire : tantôt, il la regardait avec les yeux d'un jeune homme, tantôt avec ceux d'un obséquieux et lugubre serviteur. Elle se sentait tantôt princesse, tantôt prisonnière. L'ennuyait-elle ? Avait-il formulé l'invitation sans en évaluer les conséquences et le regrettait-il ?

Elle se demandait également pourquoi Rebecca, à laquelle il avait soigneusement masqué la présence de son invitée, dans sa chambre, en tirant le rideau, avait cuisiné pour deux, à leur intention, avait-il suggéré. Cette incohérence, la première dans l'attitude de Julien, la frappa. Lui si précautionneux, lui qui semblait si souvent avoir appris un discours, comment avait-il pu laisser passer celle-là ? Zoé en fut perplexe, voire un peu inquiète : n'était-ce pas à dessein que Julien lui avait révélé que, sous couvert d'une visite impromptue, elle était attendue ? Elle renonça néanmoins à lui faire part de ses doutes.

Julien séducteur, Julien serviteur, Julien conspirateur, Julien ange gardien ? Quoi qu'il en soit, l'idée de le voir apparaître dans la piscine avait un temps excité son imagination, mais le ton sentencieux avec lequel il l'invitait à partager son repas ne laissait rien présager de bien amusant. Ses narines étaient agréablement chatouillées par des odeurs étonnantes.

« Ragoût végétarien de chouchou aux épices, arrosé de sa sauce au gingembre et poivre des gorilles », annonça-t-il.

Il lui servit le plat accompagné de riz pilaf et d'un verre de thé et ils plongèrent tous deux le nez dans leurs assiettes. C'était délicieux et elle retrouva la sérénité qui l'habitait quelques minutes auparavant, dressant haut sa tête enturbannée avec le sentiment retrouvé d'une certaine fierté de se trouver là et de se sentir à sa place dans ce lieu improbable.

« Les bains vous ont semblé revigorants ? lui demanda-t-il.

– Je dirais apaisants, plutôt, d'autant plus que le paysage était à la hauteur du reste du musée, encore une fois.

– N'est-ce pas ?

– Votre Maître ne serait-il pas gêné qu'une étrangère utilise sa piscine personnelle ?

– Non, je vous l'ai dit. Il ne s'en formaliserait pas si tant est que l'étrangère apprécie l'expérience dans toutes ses dimensions. » Devant son air interrogateur, il poursuivit : « Vous avez bien fait de regarder au fond de l'eau ; la plongée était essentielle. »

Elle aurait dû s'en douter, il avait un moyen de l'espionner, c'est pourquoi il avait pu la laisser seule pendant la traversée.

« Et j'imagine qu'ici nous sommes dans la salle des avant-gardes ? »

Sur les murs, des tableaux impressionnistes, cubistes, surréalistes, abstraits.

« Plus précisément dans la “cuisine des premières fois” : toutes les œuvres que vous voyez sont parmi les premières à avoir exprimé une nouvelle conception de l’art, celle des débuts, avant toute conceptualisation théorique, et bien sûr toute reconnaissance officielle. Mon maître est allé chercher, aux origines des mouvements, des moments de bascule qui permettent à l’art d’enfanter une pensée inédite et un œil neuf. »

Les œuvres de toutes époques se côtoyaient : gravures rupestres, fresques de Piero della Francesca, toiles de Monet, Picasso, Kandinsky, Klee, sculptures de Duchamp, certaines parmi les plus connues, couvraient les murs de la pièce. Il avait sans doute fallu des années de recherches pour les repérer, les identifier et les rassembler.

« Quel est le lien entre cette collection de “premières fois” et la fonction de cette pièce, la cuisine ? Pourquoi avoir choisi ce lieu et non un autre ?

– Mon maître conçoit la cuisine comme un art à part entière. Sachez que cette fricassée de légumes que vous dégustez sans vous poser plus de questions est un plat inédit. Rebecca est une incomparable cuisinière dont le génie inventif permet de nouvelles associations d’aliments tous les jours, des plats directement sortis de son imagination, de son humeur, qui feraient l’affaire de chefs étoilés, mais qui ne seront jamais reproduits. Elle parvient en effet à combiner à chaque repas des préparations uniques ; mon maître n’accepterait pas de manger deux fois la même chose. C’est pourquoi ces œuvres de “premières” sont disposées dans le lieu de toutes les premières fois : les saveurs étonnantes inventées par notre cheffe pour le quotidien de la maisonnée, car le personnel jouit également de cette créativité incomparable. Ce livre précise chaque jour le plat confectionné et sa composition », dit-il en se saisissant d'un gros cahier à la couverture noire, aux pages couvertes d'une écriture large. L'encre et l'appui que le scribe avait pris sur les pages, les gravant presque au fil de l'écriture, avaient fait gonfler les feuillets et déformer le corps de l'ouvrage. « Ainsi, Rebecca est sûre de ne jamais servir la même préparation à ses convives, au cas où son imagination fertile la guiderait sur des terres déjà défrichées. »

Zoé regarda son assiette d'un tout autre œil, appréciant d'autant plus la saveur générale qu'elle savait ne jamais pouvoir goûter une seconde fois. Elle repensait aux repas de famille de son enfance et s'étonnait qu'on pût avoir une telle exigence. Le plaisir de la bouche ne venait-il pas souvent de la répétition, des retrouvailles du palais avec un goût de l'enfance ? Quel plus grand plaisir que la tarte de sa mère alliant à la pâte brisée quelques morceaux de pommes jetés sans ménagement dans le plat fin et déformé à force d'être rétamé. À moitié brûlée, et donc caramélisée, elle n'en était que meilleure, et c'est ce goût imparfait mais répété qui en faisait le délice.

« Le travail de Rebecca doit être particulièrement difficile, enchaîna-t-elle. S'interdire la répétition est presque impossible.

– Cela demande un certain état d'esprit, mais je dois dire qu'elle y excelle, alors que pour tout autre, ce pourrait être une torture, effectivement. Dans cet art comme dans un autre, l'imagination est fondamentale, autant que la technique. Les artistes ne font rien de bon s'ils n'en sont pas dotés.

– Rebecca étant une artiste de l'art culinaire, votre maître est son mécène ; elle peut grâce à lui donner libre cours à son génie créateur.

– Si ce n'est qu'il en jouit exclusivement, ou presque. Ses exigences en font un art de l'instant, voué à disparaître sitôt réalisé.

– Définiriez-vous le comte comme un consommateur d'art, et en l'occurrence d'artistes ? »

Julien replongea les yeux dans son plat pour en absorber les dernières miettes. Ils affichaient un regain de mélancolie.

« Cette question vous indispose ? reprit-elle. Êtes-vous nombreux à travailler pour le comte ?

– Je n'ai pas à vous donner ce genre de détails.

– Et pourtant, vous ne vous privez pas de me faire visiter la demeure du comte à son insu. Cela n'a pas l'air de vous indisposer ? »

Une fois de plus, elle hésita à mentionner Rebecca, censée ignorer sa présence dans la mise en scène du début, mais qui avait concocté un souper fin pour deux. Zoé sentit qu'elle était prise dans les rets de Julien, à moins qu'il n'agît lui-même contre sa volonté, car ne jouait-il pas un autre rôle que celui de concierge dans cette maisonnée ?

Quand Julien la regarda d'un air farouche et se renfrogna, elle sentit qu'elle avait touché un point sensible, mais lequel ? Qu'elle ait insinué qu'il se livrait à des actes réprouvés par son maître révéré ? Que ce dernier fût un « consommateur » d'art ? On pouvait pourtant définir ainsi tout collectionneur. Ou qu'il fût un consommateur d'artistes, comme Rebecca, cuisinière virtuose mais réduite à créer pour un seul amateur, ce qu'on pouvait considérer comme un état de servitude, car à ce niveau l'artiste-cuisinier désire avant tout partager ? Elle ne doutait plus, désormais, que les divers employés du comte que Julien avait brièvement évoqués fussent des artistes à leur façon. Comment un tel maniaque de l'art pouvait-il engager simplement quelqu'un sur ses compétences alors qu'il plaçait l'exigence à un tel niveau, jusque dans son assiette ? Elle devinait que Julien détenait lui-même sans doute un talent indispensable au comte. Il lui appartenait peut-être, à elle, Zoé, de le découvrir.

Quand ils eurent saucé et nettoyé leurs assiettes presque parfaitement, Julien se dirigea à nouveau vers la cuisine. Elle eut le temps de se concentrer sur les œuvres de la pièce avant qu'il ne servît à table deux ramequins d'une panna cotta aux fleurs de violettes fraîches très légèrement confites à froid dans un jus de citron sucré. Le parfum en était enivrant. Le thé à la bergamote répondait agréablement à ces saveurs.

« Si vous avez fini, continuons », dit-il, la dernière bouchée avalée. Une nouvelle fois, impossible de se laisser un peu aller et, en l'occurrence, de siroter une dernière gorgée de thé.

L'enchaînement du bain et du délicieux repas avait quelque peu endormi son attention ; elle fut réveillée sitôt le pas de la porte franchi par ce qu'elle perçut dans l'obscurité.

24

Un visage grimaçant lui faisait face, les cheveux rassemblés en touffes épaisses se prolongeant dans la barbe abondante et longue, les oreilles larges, ornées de breloques en coquillages, les sourcils épais et noirs, les dents saillantes en chicots formés de haricots rouges, la face de laine peinte de couleurs vives et les orbites vides. Pourtant, le regard habitait cette trogne effrayante, mais d'un regard en creux, animé de l'intérieur par un esprit d'un autre temps. La bouche relevée sur les dents rouges souriait au démon.

Le contraste avec la douceur de l'épisode précédent choquait tous ses sens éveillés brutalement. Des odeurs pimentées, irritantes, lui picotèrent les narines. Un son faible mais régulier de percussions tribales enveloppait l'espace et guida Zoé vers une seconde pièce tandis que la première disparaissait dans l'ombre. Une scie lancinante accompagna la vision d'un enfer de Jérôme Bosch : des corps encastrés, démembrés, nus et fragiles, sortant d'un œuf aux arêtes coupantes, plongeant dans des eaux froides habitées de monstres prêts à sectionner, mutiler, manger vivant, hommes-tonneaux, hommes-couteaux, ventres gonflés, membres démultipliés, nez-hautbois, sexe-mutant, main fourrageant les organes, arrachant les langues. Le peintre du sacré et du démoniaque provoquait effroi et curiosité malsaine – jusqu'où l'âme humaine pouvait aller dans l'imagination et la visualisation de la torture des corps ? La surprise de trouver là un de ces chefs-d'œuvre inestimables succédait au plaisir angoissant de l'observation. Mais d'aigres violons de salon la tirèrent de sa rêverie et elle se dirigea vers la prochaine œuvre éclairée, une nouvelle fois, par un dispositif qui la conduisait au fil de la visite : scène mondaine dérangeante d'Otto Dix, la danse de couples incertains, aux corps mis en tension par des muscles saillants, inhabituels, sous les rangs de perles, les soies brillantes, l'ambiguïté des genres. La série se poursuivit au fil des présentations, de riches reliquaires contenant leur tribut aux écorchés aux chairs bleues, des crânes incrustés de pierreries aux momies recroquevillées sous leurs bandes, la musique d'orgue, de flûtes, de percussions, accompagnant les corps embaumés, exhumés et magnifiés par l'art.

Julien la suivait, en retrait, observant son regard halluciné, captivé par la suite de visions. Il n'avait pas besoin de lui dire qu'on s'acheminait vers la fin car chaque pièce rythmait une apocalypse à venir. L'idée même d'un parcours avait perdu tout son sens ; elle errait d'œuvre en œuvre, progressant dans ce qui semblait être une spirale d'âmes suppliciées, errantes, enveloppes mortelles s'échappant de terre vers une improbable rédemption.

La ligne tortueuse se resserrait jusqu'à ce qu'elle fût amenée à tourner autour d'un dernier objet lumineux, une caisse de verre irradiant de clarté, ou plutôt ce qui semblait être un sarcophage transparent aux faces taillées dans un cristal aux arêtes de plomb. Elle s'approcha. Un corps masculin étendu sur le dos, nu, occupait la cabine, imberbe et glabre, sa peau fine et blanche entièrement couverte des plus beaux tatouages qu'elle eût jamais vus. Dans un style japonisant, les motifs s'entrelaçaient, figurant un monde peuplé de femmes, d'hommes et de bêtes, balayé par les mers déferlant dans des langues de terre bousculées par les vents, les pluies, le soleil et la nuit. Elle suivit toutes les lignes de lecture une à une et leurs chemins de tempête qui faisaient de ce corps un chaos primitif assourdissant de vie et de passion.

Combien de temps s'abîma-t-elle devant cette œuvre ultime, elle ne put le dire. Le corps portait les marques de l'âge, les replis de peau, l'embonpoint, en témoignaient. Vivant ou mort, éveillé ou endormi ? Le spectacle était fascinant dans ses limites, dans son ambiguïté, dans son incertitude. Toute la salle, dédiée aux corps suppliciés, aboutissait à cette peau humaine gravée dans ses moindres recoins, martelée d'encres jusqu'à la saturation. Le sarcophage ne lui permettait pas de toucher ce corps qui semblait l'aboutissement de la collection.

Quand elle leva les yeux, elle remarqua que l'espace l'appelait vers une pièce éclairée qu'elle n'avait pas remarquée jusque-là, l'effet d'un flash dans la nuit, éblouissant et attirant. Le sarcophage s'était éteint, si bien que, tel un papillon de nuit, elle ne pouvait que se diriger vers l'ouverture rectangulaire qui lui brûlait les yeux d'une nitescence froide.

Elle entra dans une pièce entièrement blanche et mit un temps certain à s'adapter. Ses pupilles réticentes parvinrent difficilement à réduire leur obturation. Elle en perdait le sens des volumes et des distances. Au bout d'un temps, elle parvint néanmoins à se situer : elle se trouvait à l'entrée d'une pièce d'une soixantaine de mètres carrés dont les parois étaient toutes occupées par des meubles à plans d'une blancheur clinique, à l'exception d'une autre porte, en face de celle où elle se trouvait, dont l'encadrement était aussi noir que l'ouverture avait été aveuglante. Le sol, également blanc, était parcouru de rails aux aiguillages compliqués. Un tabouret recouvert de cuir blanc semblait l'inviter à s'asseoir, mais elle n'eut pas à s'avancer puisque celui-ci vint se placer devant elle par le biais d'un mécanisme invisible qui le fit glisser sans bruit dans les costières du plancher. Elle se tourna pour prendre place et fit pivoter le tabouret pour se retrouver face à la pièce. Elle sentait des vibrations dans tout son corps, communiquées par le siège qui tendait à basculer légèrement d'un côté et de l'autre sous son poids, puis il s'immobilisa et commença à parcourir la pièce, d'embranchement en ligne droite et de demi-tour en arc de cercle. Il s'immobilisa puis ajusta sa hauteur ; les socques enfilés à ses pieds pendaient d'une trentaine de centimètres au-dessus du sol. Un tiroir fut éjecté du mur face à elle, laissant entrevoir une épaisseur de papier de soie. Elle était ainsi invitée à soulever la protection et à dégager une planche montée d'un passe-partout qu'elle saisit entre ses mains. Aussitôt, le tiroir se referma et le tabouret s'actionna pour la diriger sans ménagement vers la sortie. En quelques secondes, elle fut à l'autre extrémité du cabinet, au bord du labyrinthe de rails, entre les montants de la porte, et fut en quelque sorte expulsée de la pièce qui se referma derrière elle. La lumière du lieu où elle se trouvait monta lentement avant qu'elle eût réalisé qu'elle tenait entre ses mains une estampe qu'elle avait à peine aperçue.

L'endroit était modestement et bourgeoisement meublé : un canapé mou au velours usé, une table basse et quelques consoles portant des lampes aux abat-jours de toile jaunie, un grand paravent couvert de chinoiseries communes.

Julien se trouvait là – l'avait-il suivi ou avait-elle déambulé seule, elle ne pouvait le dire –, il lui prit son paquet qu'il déposa aussitôt dans un carton à dessins, sans y jeter un coup d'œil. D'un geste, il lui indiqua ses habits posés sur une chaise et l'invita à se changer derrière le paravent tandis qu'il ficelait les liens du carton à dessins. Elle ne se fit pas prier et abandonna socques et kimono, soudain devenus un encombrant déguisement, pour retrouver ses vêtements ordinaires. Elle eut soudain l'impression d'un vestiaire au sortir du grand bain et se dépêcha d'en finir pour revenir à la vie réelle. Lorsqu'elle se glissa dans la pièce, Julien lui tendit le portefeuille, lui ouvrit une porte et la referma derrière elle, sans un mot, et sans qu'elle eût le temps de se retourner.

Une fois dehors, seule, elle attendit, les pieds posés sur un paillasson usé, prenant lentement conscience d'avoir été transplantée dans le couloir absolument banal du dernier étage d'un immeuble parisien. Elle avait été chassée d'un lieu magique comme une malpropre. Elle resta là un moment, choquée des dernières images qu'elle avait vues et de l'interruption brutale de ce monde pour un retour à la réalité nécessaire mais douloureux. Elle se retourna. La porte, ordinaire, ne se distinguait pas de celles des autres chambres de service, probablement situées dans un immeuble différent de celui par lequel elle était entrée. De faibles bruits parvenaient à ses oreilles ; un rire, une conversation étouffée, le son d'une radio. Elle se dirigea à la lueur des ampoules nues vers un étroit escalier qu'elle emprunta, descendant lentement les étages dont elle perdit le compte, navigant entre son rêve et la cage de service lézardée. En bas, le porche était sombre, laissant filtrer la lueur de la rue aux coins de la porte d'entrée. Le déclic mécanique de la porte automatique la fit sursauter. Elle sentit aussitôt le souffle de la ville reprendre ses droits et sortit sur le quai, devant le Louvre. Bruits de circulation, éclairage public, et sa pochette dans les bras qu'elle serrait, crispée mais soulagée par l'air frais qui balayait les bords de Seine, retrouvant le souffle qui semblait lui avoir manqué au cours de ce marathon. Le carton rêche entre ses doigts commença à lui peser. Elle jeta un coup d'œil sur le papier marbré. Une élégante étiquette portait l'inscription suivante, imprimée d'une police cursive et déliée : « Avec les compliments du comte de Soleinne ».

Elle héla un taxi, donna son adresse et sombra dans le sommeil.

25

La lueur triste d'un jour froid éveilla Zoé. Elle reconnut le dimanche aux bruits assourdis d'un quotidien au ralenti. Cette nuit trop pleine d'images l'avait assommée et elle resta longtemps allongée sous ses draps dans la chaleur moite et confortable du demi-sommeil. Le malaise finit par se dissiper. Que penser ? La nuit avait été courte et riche comme une vie. Et pourtant, ce qui constituait désormais l'une des expériences les plus excitantes qui lui avaient été données de vivre n'avait pas produit l'exaltation qu'elle aurait pu attendre. Certaines expéditions enrichissent le voyageur, le comblent : il est heureux de retrouver sa famille, son chez-lui, après une cavale joyeuse qu'il se rappellera avec bonheur, avec le sentiment d'avoir fait le tour d'un lieu, d'une parcelle de notre monde, au moins celle-là, mais de n'être jamais mieux que, précisément, là où il vit. D'autres le laissent insatisfait, nerveux, déçu : il faudrait vivre là-bas, ou y retourner souvent, pour être tout à fait heureux, pour déceler tous les mystères de l'endroit fabuleux, pour s'approprier un pays qui semble fait pour lui. C'était un peu le sentiment de Zoé, ce matin-là. L'aventure fantastique la laissait frustrée plutôt que rassasiée. Par contraste, elle mettait en exergue sa vie terne, ses moyens dérisoires. La déception dominait cette matinée, plus que la jalousie qu'elle aurait pu éprouver pour une existence de rêve. La triste figure de Julien faisait surface de temps à autre, au cours de ses réflexions. Elle n'avait pu l'observer à loisir dans les deux dernières salles, celle qu'elle ne pouvait nommer autrement que « la salle des monstres » et celle du cabinet des estampes, ni même dans le vestiaire sordide d'où il l'avait faite sortir brusquement. Elle se rappelait avoir erré dans un état second, mue par une force extérieure, sa volonté endormie, dans la dernière partie du parcours - Julien avait-il versé une drogue dans son thé ? La vision du corps tatoué - vrai ou faux, vivant, endormi ou mort - éclairait toute la visite d'une nuance particulièrement morbide, effrayante. Elle s'interrogeait sur le comte, cette figure de collectionneur de l'extrême. Qui était-il et que cherchait-il à travers sa collection ? L'affirmation d'un goût propre, personnel et unique, qui anime tout collectionneur, était poussée jusqu'à l'inimaginable.

Dans le malaise qui l'habitait, plus que tout, le sentiment désagréable d'avoir fait l'objet d'une mystification ou d'une manipulation la perturbait. Elle, si maîtresse d'elle-même, s'était faite avoir comme une novice, elle devait se rendre à l'évidence, mais elle ne savait même pas de quelle nature était la manœuvre, si elle comprenait des dangers ou des pièges.

Zoé mit un temps infini à émerger, comme après une nuit de cauchemars, et, dans le petit matin, elle s'efforça de somnoler encore pour effacer par des rêves doux les visions douloureuses survenues dans ses songes.

Elle se leva vers midi, déjeuna d'un œuf à la coque et d'un bol de thé. Ses yeux tombèrent alors sur le carton à dessins, posé contre une chaise, preuve irréfutable de la réalité de ce qu'elle avait vécu. En arrivant chez elle, elle n'avait pas même pensé à ouvrir le présent tant la fatigue l'accablait. De toute l'aventure de la veille, la dernière salle restait la plus énigmatique : tant de choses qu'elle n'avait pu voir la laissaient encore avide de cette longue visite et affamée d'un avoir non honoré. Ce qui devait l'intéresser le plus, le cabinet d'art graphique, s'était refermé sur son passage sans dévoiler le contenu de ses tiroirs.

Elle ouvrit son propre cabinet, double miniature, amoindri, misérable, de cette promesse graphique de la veille. Pour la première fois, toute cette beauté qu'elle avait amassée, dont elle avait pris soin, lui paraissait négligeable et de peu de prix. Un sentiment de dégoût l'habita tandis qu'elle faisait glisser quelques tiroirs. Était-ce cela, la fin d'une collection ? Qu'est-ce qui pouvait faire disparaître l'enthousiasme, l'appétence, la curiosité, l'envie qui animaient tout collectionneur ? Son plaisir sans pareil, quand il parvenait à dénicher une pièce rare ? Sa satisfaction de voir sa collection évoluer au fil de ses envies ? Son désir d'affirmer son goût unique, quand tant de gens se contentaient de posséder des biens interchangeables ? Elle en revint, une fois de plus, à penser à la collection du comte, immense et ramifiée. Lui n'avait sans doute jamais éprouvé ce sentiment, développant à l'envi de nouvelles sections quand il était las d'une thématique, ou, selon les dires de Julien, quand il avait acquis la certitude d'être arrivé au bout de quelque chose.

À nouveau, le réel, décevant, la débordait. Pour la première fois depuis la découverte de *Celle qui fait celle qui lit Musset*, Zoé se trouvait sans ressource pour faire éclore de nouveaux désirs. Les conséquences de la nuit qu'elle avait passée chez le comte étaient pour le moins inattendues.

Elle sortit faire quelques courses : supérette, boulangerie, fleuriste pour un bouquet d'anémones, bleues, rouges et blanches, petit luxe qui égaierait sa cuisine. Elle repoussait le moment attendu et craint. Au bout de ce délai, la déception ou l'émerveillement, la perplexité ou la clé ? Elle traîna encore un peu entre les tâches ménagères et quelques formalités administratives dont elle devait s'acquitter, et enfin, vers dix-sept heures, quand le jour commençait à tomber sur les toits gris, elle saisit le portefeuille.

Elle s'attacha à s'occuper de son contenu avec un soin tout professionnel. La table de bois vernis contrastait avec la matité du papier marbré à dominante rouge et la toile rugueuse renforçant charnière et coins. Elle considéra ce matériel luxueux, puis d'un coup se décida. Elle défit les liens de sergé blanc en les faisant glisser des attaches métalliques, ouvrit le battant supérieur, dégagea les rabats de toile et fit apparaître l'estampe sous son passe-partout.

D'un format paysage, la gravure se déployait largement jusqu'en ses coins arrondis. Une belle maison, cossue, à l'architecture composite, dissymétrique, occupait la planche jusqu'aux confins d'un ciel nuageux et dans les marges d'une végétation envahissante. Composée d'un corps central surmonté d'un pignon ovoïde s'achevant en un paratonnerre plus effilé qu'un fleuret, le toit se prolongeait dans deux ailes latérales plus basses d'un étage, chacune comprenant une haute fenêtre à croisillons, celle de gauche ouverte sur un petit balcon et prolongée en chien assis, tandis que celle de droite venait mourir sous les tuiles courtes du toit bordé de lambrequins découpés en frise géométrique. La façade faisait s'alterner un crépi crème et des ornements de pierres blanches en quinconce. La couleur claire du mur dominait la gravure, en son centre, dirigeait l'œil, tandis que les bordures étaient travaillées dans les noirs et les gris jusqu'à saturation. Au premier regard, la maison était d'allure bourgeoise, mais la bizarrerie des deux fenêtres asymétriques venait perturber cette fausse tranquillité de campagne. L'huis du corps central, de forme gothique, ajouré d'un motif dentelé, était orné de vitraux sombres. Le rez-de-chaussée suivait un ordre similaire avec deux croisées latérales et une porte centrale à trois vantaux. Sur la droite, plusieurs cheminées surmontaient le toit et crachaient une légère fumée se perdant dans les volutes du ciel, laissant apercevoir la bâtisse d'un lointain voisin, tandis qu'à gauche du pignon, une terrasse couvrait la toiture. À l'extrême droite, un pigeonnier arrondi, au toit de chaume débordant sur les murs cylindriques, dominait l'air gris agité de volatiles et venait surplomber un buisson touffu d'arbres imbriqués et de seringats fleuris.

À l'opposé, un corps de bâtiment complexe, fruit de l'imagination torturée d'un architecte qui n'avait pas su choisir entre les styles, multipliait tourelles, hourds et donjon de château fort d'un côté, délicate toiture d'un pavillon de bain de mer de l'autre, le tout relié par un encorbellement de corbeaux Renaissance. Un balcon brioché boursouflait la façade, ajoutant à l'ensemble une touche baroque. Le tout semblait sortir, là encore, d'un ensemble de feuillus anarchiques, masquant à demi un bâtiment bas à la façade ajourée d'ouvertures dentelées et sculptées, peut-être une chapelle à l'abandon envahie et rongée par un lierre reprenant ses droits. La propriété apparaissait derrière une large grille en fer forgé à piques encastrée dans un muret de pierre. Nul portillon ne semblait permettre de pénétrer en la demeure. La maison était assurément le sujet de la planche ; sa complexité était le fruit de l'imagination débridée du graveur. Sous sa bigarrure étrange, elle semblait immuable, grignotée non par le temps, mais par la verdure d'un jardin sans entretien qui resserrait son étreinte autour des pierres ; mais si la grille en était dévorée, elle n'osait pas atteindre encore la maison et se contentait de l'entourer d'une caresse menaçante.

Une vie en demi-teinte, fantomatique, mais généreuse, se surimposait sur le bâtiment. Des êtres transparents, laissant apparaître huis, joints de pierres, éléments de ferronnerie, étaient visibles aux fenêtres, sur les balcons et la terrasse : femmes enturbannées, sentinelles en pourpoints, observateurs enchapeautés. Deux mamamouchis de fantaisie encadraient le pignon de la façade éclairée d'une fenêtre ovale : sculptures grandeur nature ou véritables saltimbanques arrimés aux consoles du toit, on ne pouvait le dire.

Le premier plan, à l'avant de la grille, bruissait d'une vie de ferme et de basse-cour. Une fileuse tenant haut sa quenouille conduisait sur le chemin herbeux son enfant et ses ouailles : ânes, chiens, bœufs, oies, chèvres et moutons, canards, poules, coq et poussins piaillant. La grâce de la pastourelle tranquille, menant son monde le long de la clôture, ne se troublait pas de voir s'entremêler les bêtes, la pierre et le vert, car certains quadrupèdes, par le jeu des transparences, des porosités et d'une attirance magique, avaient franchi les barreaux pour se perdre dans le sous-bois intérieur de la maison mystérieuse, si bien que partout où elle était, la vie semblait aspirée par la demeure. Il n'était point besoin de portillon pour y pénétrer, l'être venant à elle s'y trouvait transplanté par absorption et les animaux paissaient paisiblement comme dans une prairie, sans souci ni de barrières ni d'obstacles, les franchissant sans avoir à lever pattes ni sabots. Sans doute l'artiste avait-il commencé par dessiner la maison et les arbres avant que de peupler ce monde inanimé. Ainsi, chaque être se trouvait traversé par l'architecture imposante et déambulait dans sa perspective propre, en toute autonomie. Le fantasme guidait le peuple en la demeure, et la fantaisie du peintre avait voulu dans cette ruralité gauloise un monde tout oriental, tandis que l'agreste tribu de la bergère allait brouter une herbe chargée d'épices.

À mi-hauteur de la façade, le long de la gouttière de part et d'autre du balcon central, on lisait : *RoDolPhe BresDin - 1871.*

Elle resta là, à contempler l'image, analysant la technique d'eau-forte, puissante, et cette combinaison étrange de parfaite maîtrise et de maladresse dans le traitement des personnages, qui, comme sur un dessin d'enfant, laissaient voir les plans successifs sans faire écran par leurs corps aux perspectives qui auraient dû s'en trouver cachées. Et ce nom, aux consonnes augmentées de majuscules, ainsi rendu illisible et imprononçable autrement que par un souffle.

Comme la conservatrice qu'elle aurait pu être, Zoé passa le reste de l'après-midi à chercher des informations sur cet artiste misérable et nomade, troquant sa cabane en Corrèze pour la tente canadienne, passant des forêts du nord hérissées le long du ciel aux cavernes végétales du Brésil sans jour ni nuit, au cours de périples improbables, allant de déconvenue en déception, mais insatiable de voyages, de grands espaces et d'une nature indomptable. L'errance - ou la fuite - était la seule focale de cette vie de pauvreté et d'ascétisme. Inventeur, entrepreneur dans l'âme mais toujours malheureux en affaires, Rodolphe Bresdin était un autodidacte, méprisé dans son art par les circuits officiels, car sans maître et sans lettre de recommandation, mais exerçant admiration et fascination sur Théophile Gautier, Charles Baudelaire, Odilon Redon ou Champfleury. Ce dernier avait d'ailleurs décrit son ami en artiste maudit, cultivant légumes et élevant des lapins dans un grenier parisien à la toiture défaillante, aménagé en paradis champêtre et autarcique. La nouvelle avait pour titre le surnom de Bresdin, Chien-Caillou, déformation du nom d'un personnage de second plan de la plupart des romans de James Fenimore Cooper – l'Indien Delaware Chingachgook –, littérature dont Bresdin s'était nourri, peut-être la seule, d'ailleurs, qu'il eût jamais lue. Chien-Caillou dessinait avant tout, mais, regrettant de devoir se défaire de ses planches pour les vendre, avait commencé à les graver, à l'eau-forte d'abord, puis au moyen d'un procédé de report sur pierre lithographique. Incapable de reproduire la réalité, il travaillait à l'imagination et inventait de toutes pièces des stratigraphies végétales à la vie débordante, des paysages désolés de bois mort, où se mêlaient, avec naïveté et magie, la vie et la mort.

Zoé prolongea ses recherches jusque tard dans la soirée. Vers les dix heures, elle s'aperçut qu'elle avait manqué l'heure du dîner et se réchauffa une soupe de carottes à laquelle elle ajouta cumin et feuilles de coriandre, avec un morceau de pain. Elle poursuivit avec une orange aux quartiers trempés dans un mélange de sucre et de cannelle, dessert que lui confectionnait Jacob pour son goûter. Le mets, rassurant, lui permit de se remettre les idées en place. Elle rangea, mis son réveil et se coucha. L'eau-forte de Rodolphe Bresdin était restée posée sur son meuble à plan, dans son cabinet.

26

Zoé endormie, la maison lui apparut. Les herbes folles du chemin caressaient les pattes poilues ou emplumées bêlant, mugissant, caquetant une chanson qui sentait le foin coupé et la fraîcheur d'une terre de mousses et de champignons. Le garçonnet n'était pas en reste et pleurnichait, de faim semblait-il. Un petit chien blanc à taches brunes lui tourna autour un moment, puis tenta de rabattre une nuée de cailles dodues vers la barrière. Les poules, les canards et les oies pénétrèrent les premiers au-delà de la clôture, avec la facilité du passe-muraille. Le cou en avant disparaissait pour ne laisser voir que le bouchon de l'arrière-train qui s'agitait comiquement, puis les pattes franchissaient le muret de pierres avant que le croupion et les dernières plumes ne disparussent subitement. Le volatile reconstitué continuait alors son chemin intra-muros, cherchant vers et insectes dans le sous-bois. Le troupeau de volailles s'égayait ainsi entre les arbustes lorsqu'elle siffla et appela pour encourager le bétail à passer. Une petite ritournelle lui vint, entremêlée de sons glissant dans les aigus, comme un hululement d'incitation, à laquelle les animaux répondirent sur des tons différents, formant un chœur dissonant de rumination et de meuglements. L'âne fidèle fut le dernier à franchir le mur, agitant ses oreilles derrière les barreaux et brayant après sa maîtresse. Le mioche était le plus bruyant et laissait entendre les plaintes d'un estomac crispé et douloureux.

Elle sortit quelques baies de son tablier et une miche de pain, les lui donna, une fois sûre que le reste du troupeau ne regardait pas en arrière. Il parut satisfait et se dépêcha sans mot dire d'engloutir les fruits, d'avaler une bouchée de pain avant d'enfouir le reste du croûton dans sa poche. Il n'était point besoin de lui préciser de se cacher des animaux ; il avait appris à ses dépens que tout glouton public voit son trésor se réduire. Elle lui ouvrit la voie, enjambant le muret. Les barreaux se disloquèrent sur son passage pour se reformer ensuite. Le garçon s'assit à califourchon sur la pierre et fit passer une jambe après l'autre.

Prenant la tête de la petite troupe et rassemblant les uns et les autres en les rabattant vers l'entrée de la maison, elle leur fit contourner le corps de logis pour rejoindre la bâtisse de pierre à l'abandon, un peu en arrière. La pierre grise était rongée par les mousses et les champignons jaunes, ocres, beiges, abondant en partie basse, virant au noir dans les parties supérieures. Une haute porte en bois vermoulu, grand ouverte, donnait sur la nef d'une chapelle s'achevant en abside. Les vitraux, de part et d'autre, et sur le chevet, étaient en partie brisés, laissant voir un jour blanc et vert de feuillage, de place en place, parmi les carreaux bruns, rouges, violets, bleus, jaunes et orangés. Les brisures et l'éclat brusque des tessons lumineux, provenant de l'extérieur, déstructuraient les motifs, rendant les tableaux abstraits et illisibles, tout en créant une atmosphère de pieuse allégresse. Les frises gothiques perdaient leur sévérité et les sculptures de saintes et de saints regardèrent avec bienveillance ce zoo de campagne pénétrer sans façon dans l'édifice. Les bancs avaient été repoussés vers les côtés, laissant libre une allée centrale élargie et formant des enclos d'étable le long des murs de la nef. Les animaux y prirent place, poussés par le gamin qui remplit les auges et les abreuvoirs d'une pitance rationnée. Les bénitiers, l'autel retourné, servaient de récipients, et les poules se perchaient joyeusement sur les lustres vernis par la cire des bougies dont quelques bouts noircis restaient visibles à la cime des chandeliers. Le môme ragaillardi par son goûter mettait du cœur à l'ouvrage, et les uns et les autres ne tardèrent pas à faire taire la bruyante cacophonie pour se concentrer sur leurs précieux rogatons. Lui-même s'assit à l'entrée de l'église reconvertie, s'enveloppa dans une chasuble de soie brodée d'or et ne tarda pas à s'assoupir.

Elle sortit, son fuseau toujours haut tel un cierge brandi, et se dirigea vers la porte d'entrée. Elle poussa le vantail central qui céda en faisant grincer ses gonds. L'obscurité la saisit et elle mit quelque temps à s'adapter. Enfin, les volumes d'un large escalier de pierre lui apparurent, au fond de la pièce où elle se trouvait, elle-même bordée de deux autres pièces latérales dont les portes étaient ouvertes, mais elles aussi plongées dans la pénombre, de lourds rideaux masquant les ouvertures. L'escalier à volées droites desservait les niveaux de la maison. Elle passa le premier pour se rendre au deuxième. L'escalier s'amenuisait sous les combles, après l'étage noble, et lorsqu'elle atteignit le palier supérieur, elle se trouva face à une petite porte, unique issue. La poignée en rinceau de fer couina sous la pression, elle franchit le seuil de bois et entra dans une minuscule pièce, plus haute que large, garnie de tomettes rouges, les murs blanchis à la chaux. Devant elle, le mur s'ouvrait sur une fenêtre aux vitraux jaunes, blancs et or, baignant la pièce d'une douce lumière chaude. Des deux côtés, les murs se rejoignaient au faîte tandis que le pignon de façade offrait une large surface plane en ellipse.

Un coup de vent ouvrit la fenêtre et une étrange logorrhée parvint à ses oreilles avant qu'elle ne distinguât des étoffes chatoyantes, voletant devant les carreaux de verre. Deux bonshommes massifs en vêtements bouffants tentaient de pénétrer dans la pièce malgré l'étroitesse de l'ouverture.

« *Lass mi passare first giorno !*

– *Oh no, no, no, my turn sinon appelare maestro por ti boustiffayer la face !*

– *Et ma non troppo ! Ayons la visitande piquinote ! Tu vas l'effrayande.* »

L'un d'entre eux parvint à se hisser à l'intérieur ; ses amples vêtements firent l'effet d'un parachute à l'atterrissage : ils vrillèrent sur eux-mêmes, avant de reprendre subitement et pour quelques secondes leur boursouflure sous le souffle de l'aspiration, puis ils s'étalèrent uniformément autour du corps de leur propriétaire. Le deuxième le suivit de près, produisant l'effet d'une méduse, ramassant ses bras pour la propulsion avant de reprendre son volume au repos. La pièce fut aussitôt meublée de coussins moelleux, de tapis épais aux couleurs chatoyantes. Les deux personnages aériens s'installèrent confortablement en soupirant d'aise, calant leur postérieur, leur flanc et leurs coudes sur les volumes qui finirent par épouser parfaitement leurs corps alanguis. Un narguilé apparut dans une volute bleue, et ils commencèrent à fumer tour à tour, poussant de petits soupirs.

« *Eh la piquinote ! Nostre ove est quiet sweet home. Volare fumare with us ?*

– *La piquinote est good and wise ! Non possibile fumare nostre tabacco, acremonious tabacco !*

– *Si, si, come la piquinote gusto le tabacco ! E Voluptuoso nostre tabacco, dream with old guardians e gusto il fumare dei cielo !* »

Les étoffes volaient autour d'elle, les deux hommes barbus lévitaient légèrement, s'échangeant leurs turbans d'un coup de sourcil tout en l'hypnotisant de leur sabir. Elle brandit sa quenouille et donna deux petits coups, dans la cuisse de l'un et dans le ventre de l'autre. Les baudruches se dégonflèrent aussitôt avec un petit souffle ridicule et se traînèrent au sol, fripés et minables. Leurs formes prospères s'étaient soudain muées en membres décharnés de vieillards.

« *No, la piquinote, pity pity piquinote.*

– Assez, les mamamouchis, dit-elle. Arrêtez de m'emberlificoter avec vos rêves fumeux ! Et dites-moi plutôt où il est !

–Ah ! Il maestro ! La piquinote wants to meet il maestro dela casa ! Grande maestro ! Ogrissimo maestro. Fratello, have you seen il maestro es giorno ?

–Il cielo est grey and blue ma non ha vu il maestro in giardino, non piu in forest.

–Vous ne servez donc à rien, les fainéants ! Le maître vous engraisse pour surveiller les entrées et vous n'êtes pas capables de savoir où lui-même vaque !

–Ma il maestro est il maestro e tu e la piquinote, not il maestro. Le mamamouchis dove give accounts to il maestro et no la piquinote ! La piquinote servare il maestro et le mamamouchis. Ave proposare fumare il gusto tobacco dei mamamouchis, et la piquinote estafilade le mamamouchis trahitore, trahitore !

–Assez ! Ça suffit, arrêtez tout de suite sinon je vous accroche au paratonnerre, et vous serez condamnés à voler sans repos au risque de vous piquer le derrière !

–No, no, no, la piquinote ! La rambarde e buona, no parafulmine ! E troppo piquante !

–Je ne peux rien tirer de vous aujourd'hui, rejoignez votre vigie ! Allez ouste ! »

Les deux êtres s'extirpèrent à nouveau de la pièce et le décorum fut réduit en fumée, laissant la pièce à sa nudité première. La fenêtre claqua derrière eux, faisant vibrer le verre des carreaux.

Ils avaient réveillé la colère en elle et elle se laissa tomber sur le sol, une moue sur le visage. Un sentiment d'impuissance et de tristesse la submergea et elle resta longtemps ainsi à observer chaque lézarde des murs, chaque irrégularité des tomettes, chaque carreau des fenêtres. Les verres colorés, marqués de bulles, produisaient des reflets changeants sur les surfaces, des aplats troublés par des pics, des mers enflammées de vagues neigeuses. Les deux esprits poursuivaient dehors leurs divagations sibyllines, entrecoupées de longs silences et de soufflets d'ailes immenses. Au fil de sa méditation, la lumière de la pièce avait pris des teintes orangées ; encore quelques minutes et le rose du ciel se consumerait en flamboiement avant de se ternir. Elle attendit ce moment puis se leva, sortit de la pièce et descendit l'escalier. Des voix lui parvenaient, des bruits ménagers, mais elle retrouva le hall, puis le jardin, contourna la maison pour entrer dans l'église. Elle referma avec peine les portes mangées de mousses, dont les jours laissaient filtrer le froid et les courants d'air. Tout était calme à l'intérieur, les bêtes au repos bougeaient à peine. Le garçon s'était endormi non loin du bétail pour profiter de la chaleur. Elle rejoignit une petite alcôve sur la droite du transept, où quelques bottes de foin formaient un mobilier de fortune. Elle saisit son fuseau, les poignées de laine rangées dans la poche de son tablier, et, à la lueur des vitraux embrasés, se mit à filer, à former et tordre le lien pour l'enrouler, sans y jeter un coup d'œil, se laissant doucement bercer au rythme du crépuscule et du moulin de ses doigts. Elle continua tard, dans le noir, guidée par ses mains cadencées.

27

Le lundi, Zoé consulta ses dossiers, répondit à ses messages, assista à deux réunions et les heures passèrent vite, mais avec ennui. Elle pouvait s'intéresser à son travail, mais la nouveauté avait fait place, depuis quelque temps, à la répétition, et elle pouvait aussi bien s'abstraire en partie de ses occupations professionnelles tout en remplissant parfaitement ses missions. Cet état la surprenait : devait-elle s'en réjouir – car elle avait la disponibilité d'esprit pour se consacrer à autre chose – ou le déplorer ? La société tout entière semblait lui indiquer qu'il fallait « aller plus loin », « se dépasser », « faire preuve d'ambition » : tout état de satisfaction, même passager, était en effet suspect, comme un prélude au train-train, au manque de motivation et d'efficacité. Les salariés « submergés de travail », ne comptant pas leurs heures, étaient valorisés pour leur esprit de sacrifice. Quand l'un d'eux « faisait un burn-out », la maladie était considérée comme inévitable au vu de l'évolution du parcours professionnel, des charges endossées, et on plaignait la victime sans s'interroger sur l'enchaînement qui avait mené le salarié à se laisser pressuriser, parfois par la hiérarchie, mais parfois aussi par sa propre ambition de plaire, d'obtenir une promotion, d'apparaître comme un bon élément. La responsabilité collective de l'entreprise et du type de management était rarement mise en question, sauf dans des cas particulièrement graves.

Zoé parvenait à échapper à ces excès, sans doute parce que son travail ne la passionnait pas particulièrement, mais elle pouvait faire illusion, c'est-à-dire apparaître comme une salariée zélée malgré son manque d'intérêt ; de fait, elle accomplissait toujours parfaitement ses missions et ne rechignait devant aucune tâche, sans s'en inventer de nouvelles. Comme à son habitude, elle partit « à l'heure », neuf heures après son arrivée du matin – huit heures de travail et une heure de pause –, vers dix-sept heures trente, et commença sa déambulation habituelle dans le Paris des galeries d'art. Le lundi n'était pas un jour propice, beaucoup de boutiques étant fermées, aussi se dirigea-t-elle vers Drouot, juste avant la fermeture à dix-huit heures. Elle eut le temps de parcourir quelques salles d'exposition pour les ventes du lendemain mais se trouva vite désœuvrée, aussi rebroussa-t-elle chemin, rue de Richelieu, pour prendre une place à la bibliothèque de l'Institut national d'histoire de l'art. Au rayon gravures, elle prit tous les ouvrages sur Rodolphe Bresdin pour les consulter : quelques rares publications d'époque, dont le catalogue de la première exposition qui avait été organisée par Odilon Redon pour son maître, une biographie de référence déjà ancienne et deux catalogues d'expositions datant d'une vingtaine d'années. Elle remarqua que son estampe n'était pas considérée comme l'une des pièces principales de l'œuvre de l'artiste ; en tous cas n'était-elle pas reproduite. Les notices étaient brèves et peu descriptives. Des estampes monumentales, comme *Le Bon Samaritain*, ou d'autres très énigmatiques et annonciatrices de courants artistiques futurs, comme *La Comédie de la mort*, avaient davantage retenu l'attention des historiens. Pourtant, au fil des heures, elle était de plus en plus contente de son cadeau, sans doute le plus beau qu'elle eût reçu. Elle s'aperçut qu'elle y avait pensé toute la journée, sans vraiment y prendre garde, comme un petit écrin protecteur de sa vie présente, confortable, bienfaisant et douillet, dans lequel il serait rassurant de se retrouver le soir venu.

À l'heure de la fermeture, elle rangea les livres dans le rayon, rentra chez elle, plus pleine de ces quelques heures passées en compagnie du graveur que des huit heures de travail qui avaient précédé.

Elle rentra chez elle, dîna rapidement, prit un bain parfumé à la fleur d'oranger et se glissa dans son cabinet. La gravure était toujours posée sur le meuble à plan, elle lui trouva un tiroir, une pochette en papier neutre, rangea le magnifique portefeuille et sa dédicace dans un porte-carton. Elle prit un livre, s'installa confortablement dans son lit pour parcourir quelques chapitres, mais sombra rapidement dans le sommeil.

Le rêve reprit en plein cœur de la nuit, lorsqu'elle s'éveilla dans le ressac de courants d'air opposés. D'un côté de l'édifice, le souffle chaud des vaches produisait un appel apaisant, régulier, familier ; de l'autre, le vent puissant traversait la porte pour venir tournoyer en ondes froides dans la petite chapelle dans laquelle elle était couchée. La paille sèche ne suffisait pas à amortir ce lit secoué d'humeurs organiques et météorologiques. À tâtons, elle chercha ses sabots de bois et les fit claquer sur la pierre. Le granit lui répondit d'un écho à plusieurs bandes. Le souffle des bêtes enfla légèrement. Le froid était saisissant, une fois qu'elle eût quitté sa couche rudimentaire. Elle pensa qu'elle n'y pourrait survivre et resta debout un moment sans savoir quoi faire. Fallait-il, comme l'enfant, qu'elle se couchât contre le flanc d'une bête, protégée du gel, mais reléguée au rang animal ? Devait-elle sortir et affronter les bourrasques pour entrer dans la maison, si on voulait bien la laisser faire ? Mais quel réconfort pourrait apporter cette demeure habitée de songes ? Pour se réchauffer, elle commença à arpenter le pavement, faisant résonner les murs, carillonner les chandeliers, tintinnabuler les vitraux morts dans le noir de la nuit. Le troupeau ronfla alors d'un seul souffle comme pour répondre au chœur de pierres. Elle recommença, imprimant à ses pieds des rythmes de danseuse, faisant vibrer le sol, et à chaque pas répondaient l'écho de la grande carcasse de granit et l'orchestre des bêtes. La chaleur se propagea jusqu'à ses chevilles, ce qui l'encouragea à sauter plus haut pour faire claquer le bois sur le sol, à virevolter en petits pas rapides, jouant de la pointe et du talon pour varier les sonorités plus ou moins sourdes ou éclatantes, et tout lui répondait, règnes animal et minéral. La grande bourrasque ardente et humide ne tarda pas à faire suinter les murs : le chaud avait gagné sur le froid. Lorsqu'elle fut fatiguée de sa tarentelle nocturne, elle cessa ses claquettes et constata que le souffle s'alimentait seul, telle la machine d'un vapeur lancé à plein régime. Le vent se déchaînait dehors et fouettait les parois extérieures de branches souples et obéissantes, mais elle avait protégé son petit monde. Les poussins étaient blottis contre leur mère, le veau auprès de la vache, l'âne et les moutons entouraient de leurs toisons les plus fragiles et l'enfant esseulé se mêlait si bien à cette troupe paisible qu'il ronflait et chauffait à lui seul un bon mètre carré. Et toute cette mécanique humaine avait imprimé une autre vague rassurante, allant et venant dans l'église, havre ardent. Elle poursuivit quelque temps sa cadence au son étouffé du fuseau, puis se laissa tomber dans le sommeil alors que la cloche sonnait les matines.

28

Zoé n'avait jamais parlé à ses proches ou à ses amis de la proximité grandissante de ses songes avec ses recherches artistiques. Elle pensait que c'était naturel, étant donné l'intensité avec laquelle son esprit était occupé par ses visites de musée d'abord, puis la constitution de sa collection qu'elle feuilletait régulièrement comme un recueil d'histoires. C'était sa façon à elle d'apprécier les images, de les interpréter, et cette approche la comblait, la plupart du temps. Elle avait su trouver une issue à l'impasse des cauchemars, qui, maintenant qu'elle y pensait, ressemblaient fort aux caprices goyesques. Aussi fut-elle surprise de constater que, pour la première fois, le rêve n'avait pas surgi à la suite d'une consultation successive de plusieurs images, mais s'était poursuivi sur deux nuits - pourtant sans se répéter, comme si les deux rêves formaient des chapitres - à partir d'une même estampe. Elle ne s'en inquiéta pas. Les songes comportaient certes une bonne dose d'angoisse, mais elle était parvenue à les déjouer chaque fois, l'ennui faisant place au réconfort et la chaleur succédant au froid mortel. Les dénouements s'étaient faits sans heurts et les journées suivantes s'étaient déroulées sans incident psychique.

Depuis quelque temps néanmoins, elle s'interrogeait : le phénomène était-il fréquent ? Particulièrement chez les collectionneurs ou chez la plupart des amateurs d'art ?

Une fois n'est pas coutume, elle ressentit le besoin d'appeler ses parents. En général, c'étaient eux qui prenaient l'initiative, irrégulièrement mais au moins une fois par mois. Aussi furent-ils assez surpris de l'entendre au bout du fil, un mardi soir, quand elle chercha à les joindre après son travail. Zoé appelait du square Louvois, près de la Bourse, un jardin de feuillus ombragé, face à la Bibliothèque nationale de France, proche de son travail. La conversation fut assez banale, comme à leur habitude. Ses sœurs étaient à la maison et se plaignirent chacune de leur travail. Il s'agissait d'emplois alimentaires, aucune des deux n'ayant véritablement trouvé sa voie malgré de longues études. Elles avaient hésité entre plusieurs disciplines, mais sans la détermination de Zoé. Cette dernière culpabilisait de sa réussite face à l'embourbement manifeste de ses sœurs. Ce jour-là, néanmoins, son métier ne lui semblait plus si motivant et elle partagea quelques réflexions avec les jumelles, les encourageant à se trouver un loisir qui leur plairait, se mettre au yoga, s'engager dans une chorale ou autre.

Ce qui la frappa surtout, dans la conversation, ce fut un mot de sa mère à propos du voisinage : la maison de Jacob avait, une fois de plus, changé de propriétaires. Les nouveaux avaient désiré faire des travaux au rez-de-chaussée. Ils avaient abattu une cloison, ce qui avait entraîné l'effondrement d'une partie du mur arrière. Tout le quartier était en émoi. La maison, ancienne, bâtie en pierre, semblait parfaitement solide et aurait dû supporter cette démolition minime. Le bâtiment était tout en longueur et l'ouverture involontaire avait mis au jour un percement exactement symétrique à la baie vitrée qui donnait sur la rue, si bien que la maison constituait désormais une sorte d'édifice à double entrée. Les nouveaux propriétaires en avaient été effrayés, mais s'étaient finalement décidés à garder ce qui semblait être l'état initial de la maison, aussi curieux fût-il maintenant avec cette symétrie. La demeure avait gagné de l'allure, et certains se rappelaient maintenant que des décennies auparavant, une halle aux bestiaux se tenait régulièrement dans les environs. Le bâtiment avait pu en être l'abri ; il faudrait vérifier au cadastre. Selon sa mère, Jacob était certainement au courant. Sa famille avait habité la maison depuis plus d'un siècle. Qu'est-ce qui avait bien pu le conduire à obturer cette ouverture qui embellissait la maison en la rendant plus lumineuse ? Zoé pensa que, contre ce mur, se dressait une des nombreuses bibliothèques de Jacob. Un jour, par manque de place pour ranger ses précieux ouvrages, il avait dû se résoudre à condamner une des deux entrées pour pouvoir faire place à son refuge intérieur. Elle réalisa que l'événement faisait écho à son rêve, et peut-être à un songe plus ancien.

Elle raccrocha, troublée par la coïncidence. La réflexion la ramena à ses rêves de collectionneuse et elle pensa consulter ses amis Lee et Gabriel. Elle orienta sa déambulation vers les grands boulevards pour aller leur rendre visite. Gabriel l'accueillit avec chaleur. Ses yeux pétillaient de pouvoir lui présenter la nouvelle exposition dont elle avait manqué l'ouverture : des natures mortes de Théodore Rousseau, exécutées tant à l'huile, à l'acrylique, au pastel qu'à l'eau-forte, certains motifs se déclinant sur toutes les techniques. Le conservateur honoraire, qui avait été à la tête de la Réserve des estampes précieuses de la Bibliothèque nationale de France, était en effet un ami proche du couple de galeristes et pratiquait lui-même la peinture et la gravure. En entrant, elle se dit que, pour connaître complètement cet art, il lui aurait fallu, elle aussi, mettre un peu les mains dans les encres et les acides pour en sentir toute la morsure.

La queue de cheval grise de Gabriel allait d'une pièce à l'autre, accompagnant avec souplesse et légèreté les explications savantes, le récit des commentaires, la venue des amis, lors du vernissage. L'inauguration avait été joyeuse – arrosée, comme toujours, mais simplement d'un vin de Loire et de quelques gâteaux salés –, la petite communauté qui entourait Lee et Gabriel s'était rassemblée autour de l'un des leurs, heureuse de fêter son talent.

Elle se souvint alors que Théodore Rousseau dirigeait la thèse de Julien sur « Les Séjours romains des graveurs français du premier XVIIe siècle, Claude Mellan et ses successeurs », et avec quelle déférence le jeune homme avait parlé de son professeur. Rétrospectivement, elle y voyait également un peu de suffisance, alors qu'elle découvrait l'œuvre de l'artiste, savant épicurien puisant à pleine brassée la rigueur et la rusticité de Cézanne et la dérision noire des Flamands. La plupart des natures mortes mêlaient cafetières bouillantes, quarts de vin, fruits ramassés au verger, meubles de campagne et blancs torchons de lin. Une vanité aux yeux caves soulignait moins l'épaisseur du temps qui passe, avançant vers une mort inexorable, que nos efforts vains, oublis, divertissements et plaisirs passagers, visant à retarder cette pensée pour mieux la rejoindre.

Elle fut enchantée de la visite. Gabriel, volubile, décrivait les circonstances d'exécution de telle ou telle composition. Il l'avertit que le dimanche suivant, Théodore Rousseau serait là en personne et exécuterait une œuvre sur place, à la galerie. L'information fut enregistrée. Elle ne pensa pas faire signe à Julien, mais peut-être s'y trouverait-il.

Zoé sentait que la visite de la collection du comte de Soleinne resterait inscrite dans sa vie comme une étape essentielle. Elle en était à la fois reconnaissante envers Julien, mais aussi fâchée de son attitude ambivalente. La brutalité de la conclusion était pour beaucoup dans cette intranquillité agaçante.

La discussion avec Gabriel se prêtait peu à lui parler de ses divagations nocturnes. D'ailleurs, il proposa d'appeler Lee qui se trouvait dans son atelier, à travailler sur un tirage.

L'atelier n'était qu'à quelques mètres de la galerie, au fond de la cour intérieure, mais Gabriel, craignant de déranger Lee, prenait toujours soin de la joindre par téléphone pour lui laisser la possibilité de décliner, si le moment n'était pas propice à interrompre son travail. Il lui parla, comme à son habitude, avec amour et attention.

Lee répondit immédiatement et ils échangèrent quelques paroles témoignant de leur attachement, comme un jeune couple, avant qu'il n'annonçât la venue de leur amie. Lee lâcha ses instruments et pénétra dans la galerie d'un pas rapide. Elle était souvent fatiguée, ses activités artistiques se cumulant avec ses permanences professionnelles, mais elle était toujours heureuse d'accueillir les proches.

« Tiens, je t'ai apporté cette planche, lui dit-elle aussitôt. Elle est perdue, je me suis trompée, mais c'est un essai qui restera unique, pour toi. »

Elle tenait entre ses mains une impression en trois couleurs – rouge, bleu et orangé – une vision du mont Fuji, qui était parfaitement reconnaissable. Zoé s'étonna donc que Lee la considérât comme manquée.

« Non, pas manquée, "perdue", comme c'est une gravure à "planche perdue" : je creuse la plaque de lino au fil des impressions et superpose les couleurs par report, très exactement. Mais là, j'ai creusé où je ne devais pas : je voulais inscrire ici un arbre, une liane ; je ne leur ai pas laissé la place et par inattention, j'ai gravé un aplat. C'est irrattrapable. Tout le tirage est donc à refaire, il n'y a plus qu'à recommencer. Voilà, tu auras donc cette épreuve unique d'une gravure perdue. »

Zoé saisit religieusement le papier que Lee lui reprit immédiatement pour le signer de son sceau coréen et ajouter au crayon : « 1/1 gravure à planche perdue, et vraiment perdue ! »

« Voilà, dit-elle d'un air satisfait avec un grand sourire. Et si on allait dîner ? Je ne ferai plus rien de bon ce soir.

– Si tu veux, lui répondit Gabriel, je ferme la galerie. Tu viens avec nous ? » dit-il à l'adresse de Zoé.

Elle acquiesça, heureuse de la proposition impromptue.

Lee et Gabriel faisaient partie des rares personnes qui l'interrogeaient sur ses occupations professionnelles avec un réel intérêt. Leur attention n'était pas feinte ; ils voyaient dans la description des procédures comptables et des rapports de hiérarchie régnant au sein du cabinet d'avocats un terrain d'observation de la nature humaine, à la fois sur le plan réglementaire, organisationnel, mais aussi politique. Ils s'en étonnaient bien souvent, travaillant eux-mêmes dans une rare symbiose qui se prolongeait dans la sphère personnelle. Et ils en riaient souvent, ce qui contribuait à dédramatiser certains épisodes que Zoé prenait trop à cœur. Avec eux, elle pouvait sans honte parler de son quotidien quand d'autres amis considéraient qu'il n'était pas passionnant, et ne lui posaient tout simplement aucune question.

Avec eux également, elle avait pu évoquer sa collection, mais ils respectaient ce domaine d'intimité sans la pousser aux confidences. Elle réalisa que leur parler de ses rêves pourrait se révéler encore plus intime que de leur parler de sa collection. Peut-être y avait-il un ordre des choses à respecter ? Elle n'osa pas, mais les interrogea sur leur rapport à l'image : comment étaient-ils venus à les apprécier, pour Lee à les réaliser et à désirer les faire partager au point de les vendre ?

Lee trouva la question complexe et alambiquée - elle s'en moqua avec humour et bienveillance. Elle avait toujours ressenti le réel par l'image, là où d'autres s'orientent vers les textes ou la musique. C'était donc naturellement qu'elle avait cherché à fixer certaines impressions qui lui semblaient plus fortes. Du réel naissaient les images et des images elles-mêmes d'autres images ; il est vrai qu'elle pouvait décliner un motif à l'infini. Quant à Gabriel, il avait une approche plus intellectuelle, liée là encore à sa pratique, celle d'entrepreneur et de galeriste : l'image s'inscrivait dans l'œuvre d'un artiste, dans la chronologie d'une évolution graphique, puis la sélection d'œuvres d'un artiste venait à son tour former un maillon d'une histoire plus vaste, celle de la galerie, dont l'activité pouvait, elle aussi, être considérée comme une œuvre, se dit-elle, à l'instar de la collection du comte de Soleinne, même si cette œuvre était amenée à disparaître, à s'effilocher au fil des ventes. Somme toute, les images étaient toujours empreintes d'une narration qui dépassait leurs contours, excédait la proposition stricte de l'artiste pour prendre place dans une subjectivité et donc une histoire particulière. Elle décida d'oublier cette question pour apprécier pleinement la conversation animée, les récits, les souvenirs, les anecdotes cocasses dont ses amis aimaient se divertir.

En sortant du restaurant, elle était parfaitement détendue, heureuse d'avoir bu et mangé joyeusement avec deux personnes étonnantes. Elle prit congé de ses amis et rentra à pied. En arrivant, elle se coucha immédiatement. Rares étaient les soirs où elle ne prenait pas le temps de regarder quelques estampes, mais l'exposition des œuvres de Théodore Rousseau l'avait rassasiée.

Le rêve reprit dans un matin tout neuf, dans la fraîcheur des murs de pierre ensoleillés d'entailles blanches tranchant sur le gris presque noir de l'église endormie. Elle s'éveilla et admira ce kaléidoscope lumineux. Le chœur animal ronflait encore quand le coq sonna l'heure du réveil. Le garçonnet sursauta avant de se remettre à somnoler, mais une jeune chèvre le poussa du museau pour réclamer sa pitance. Elle l'aida à porter le fourrage dans les auges improvisées, puis lui donna un quignon qu'il arrosa de lait frais tiré d'une laitière prête à faire attendre son veau pour remercier le petit nourricier. Elle ouvrit grand les portes de l'église et le soleil pénétra avec fracas, chassant l'ombre du bâtiment. Une fois nourries, les bêtes sortirent, guidées par le petit pâtre et son chien qui tentèrent de les regrouper en un troupeau disparate pour les mener vers des terres à défricher. La nature encerclait toujours la maison et reprenait ses droits la nuit, il fallait alors éclaircir ses abords avant de songer à partir au-delà des frontières mouvantes de la clôture. Dès qu'elle vit que le quotidien reprenait son cours, la fileuse fila vers le bâtiment central, la quenouille toujours à ses côtés.

Elle ouvrit la porte du milieu et se dirigea sur sa gauche. À partir de l'entrée, un étroit escalier descendait vers les caves. Une lampe à huile était suspendue à l'entrée, elle fit flamme et la porta haut devant son visage pour éclairer le plus loin possible les murs noirs d'une suie ancienne et collante. Elle contourna quelques toiles d'araignées, laissant les insectes faire leur travail d'assainissement. Après avoir descendu une vingtaine de marches, elle arriva sur un sol de terre battue et commença à explorer la succession des pièces voûtées. Elle était parfois contrainte de se baisser pour passer le seuil des portes et ne tenait debout qu'au milieu des allées, là où les arches étaient à leur sommet. Les premières resserres disposaient de part et d'autre de cet étroit passage des tréteaux de bois sur lesquels étaient posées des caisses de provisions : les courges rondes, granuleuses et dorées, les tomates boursouflées de soleil, irradiant des reflets cuivrés, les poivrons et les aubergines répondant de leurs teintes allant du jaune au violet. Courgettes, concombres et cornichons exhalaient la fraîcheur et l'amertume des légumes poussés à l'ombre de feuilles amples et charnues, verte protection contre les coups de l'astre. Après les légumes aériens venaient les terriens : les oignons, les poireaux, les pommes de terre, les carottes, les panais, les navets, les radis, dont les fanes surgissaient de l'humble tubercule terreux. Les fruits à coques recouvraient le fond de grands paniers d'osier : les noisettes brunes, les blondes noix, les amandes dans leurs cosses encore vertes, veloutées, soigneusement bordées de quelques feuilles noircies. Puis les fruits cueillis s'exposaient en petites piles, formant des pyramides : les pommes claires se dégradant du rouge au blanc, les poires jaunes et vertes, les abricots orangés, les prunes brunes. Quelques poignées de baies rehaussaient l'étal de points vifs : la fraise des bois écarlate, la rose groseille, la framboise amarante, le noir cassis, la mûre bleue. Les fleurs et feuilles sèches exhalaient le parfum discret de la verveine, du tilleul ou des puissants romarin, thym, marjolaine, laurier, disposés tout autour des pièces pour éloigner les nuisibles, ainsi que quelques épices entêtantes comme le clou de girofle, la baie de genièvre et différents poivres, enfermés dans des boîtes en fer blanc mais dégageant des arômes éloquents. Une table portait des légumineuses et des céréales soigneusement enserrées dans des poches de lin, portant des étiquettes avec les noms des denrées, puis, suspendu au plafond, un généreux jambon dont on devait détacher des lichettes pour assaisonner et saler les plats. Quelques boîtes de café et de thé rappelaient qu'un autre monde lointain avait autrefois existé hors des limites de l'image.

Quand on s'enfonçait encore plus loin dans les boyaux souterrains, les réserves à boire se déployaient avec richesse. Des bouteilles étaient rangées dans des cases le long des murs, grillagées et numérotées. Une poussière grasse s'était déposée sur le verre, les étiquettes étaient rongées par l'humidité jusqu'à devenir illisibles, la cire rouge scellait les goulots. La lueur de la lampe se reflétait successivement sur chaque flacon, les faisant apparaître et disparaître au cours de la visite comme les notes cristallines d'un xylophone.

Toutes ces denrées fraîches, attendant d'être apprêtées puis dévorées, composaient en sous-sol la vaste nature morte d'un marché au grand air, nocturne, éclairé à la lueur d'une luciole luminescente qu'elle promenait au bout de son fuseau.

Elle se découpa une large tranche de jambon, prit quelques fruits secs dans la poche de son tablier, un petit sac de gruau et remonta l'escalier pour retrouver la clarté du jour.

La cuisine se trouvait juste au-dessus des resserres, au rez-de-chaussée. Elle y pénétra, entendit bouillir les marmites, ronronner la cheminée et sa crémaillère à laquelle était suspendu le pot de fonte d'un éternel potage, qu'on alimentait de nouveaux légumes chaque jour, parfois d'un confit de canard, ajoutés au fond de la veille, ce qui donnait à cette grosse soupe un fumet délicieux de mijotage. Mais le plat délicieux n'était pas pour elle, tout juste pouvait-elle voler quelque quignon. Cette fois, elle préféra une petite casserole qui lui servirait à cuire la céréale : avec un verre de lait et quelques fruits secs, elle pourrait agréablement améliorer leur quotidien, au garçon et à elle.

Elle sortit de la maison pour rejoindre aussitôt sa petite troupe qui s'était égaillée en forêt. Elle chargea un mulet de quelques bûches sèches trouvées sous les arbres et dirigea son monde vers une clairière. Là, elle fit un feu au soleil et cuit sa mixture dont le garçon se régala en gloussant de plaisir. Son regard vorace, puis satisfait, la ravit.

29

Lorsque le réveil sonna, Zoé fut étonnée de savourer encore la bouillie qui lui eût parue peu appétissante, hors de cette vie légendaire. Elle eut besoin, pour ce petit-déjeuner, de flocons d'avoine agrémentés de quelques raisins secs, de noisettes et d'un peu de lait assaisonné de miel.

Elle s'habilla et rejoignit à pied son lieu de travail. Elle devait préparer un rapport financier important, dégager le bénéfice en vue d'une présentation aux actionnaires, tâche délicate qui requérait toute son attention. Pour elle, c'était un travail routinier. Au fil des exercices, elle avait mis au point des tableaux reproductibles d'une année sur l'autre, en en changeant les paramètres. Néanmoins l'équipe d'associés avait été remaniée récemment au sein du cabinet et elle devait prendre garde à appliquer les bonnes proportions en fonction de leurs apports. Elle se mit au travail et acheva avant la pause déjeuner. Afin de rester concentrée, elle avait apporté quelques fruits secs et prit son repas dans son bureau, pour vérifier les chiffres une dernière fois sur l'écran de son ordinateur, en début d'après-midi, transmettre le dossier au secrétariat pour impression et pouvoir partir tôt.

Reposée, les idées au clair, elle entreprit la relecture et repéra immédiatement que quelque chose n'allait pas.

Elle ouvrit les tableaux, les déplia entièrement pour en voir tous les paramètres, fit glisser sur l'écran les feuilles de calculs les unes après les autres. Elle envisagea les onglets et leurs lignes de titre, les scruta attentivement pour cette nouvelle lecture, s'efforçant d'y jeter un œil vierge pour mieux en voir les aspérités indésirables. Au-delà des lignes et des colonnes, des centaines de chiffres défilaient sur la nappe luminescente de la machine. Elle agitait nerveusement la souris en passant sur les indices, les index, les listes. Elle ne parvenait pas à pénétrer la signification de cette avalanche noire et n'éprouvait nulle satisfaction à relire ce qui aurait dû lui apparaître comme un travail bien fait. La signification intrinsèque des nombres ainsi étalés devant ses yeux lui échappait ; pour la première fois de sa vie, la rationalité de ces signes auxquels elle avait toujours fait confiance se retirait. À sa main nerveuse répondit la cheville droite croisée sur la cuisse gauche, battant au-dessus du genou.

Elle s'arrêta un moment, émue par l'incompréhension qui la saisissait face à cet empilement de calculs, elle referma le fichier afin de s'assurer qu'elle travaillait bien sur celui qui lui fallait, puis rouvrit le tout avec une attention accrue.

Une première anomalie lui sauta à la figure. Il lui fallut un temps pour en comprendre le sens et se laisser une chance d'en percevoir toutes les conséquences. Ce moment proprement effrayant et inédit la mit dans tous ses états. L'observation dura de longues minutes avant qu'elle s'aperçût que la même erreur s'était répétée sur toutes les feuilles.

Une fois repérée la faute récurrente, elle rectifia machinalement le tableau. La découverte de sa bêtise lui donna des palpitations et la laissa affolée, tenaillée par la panique jusqu'à en perdre la mémoire immédiate, si bien qu'elle dut vérifier plusieurs fois que chaque feuille avait bien été modifiée. Seule, assise à son bureau, elle était aux prises avec un réel aux accélérations effarantes que sa raison ne parvenait plus à contrôler.

Année après année, les chiffres ne l'avaient jamais trahie. Ils défilaient calmement au fil de ses rapports, elle les reconnaissait, les comparait avec exactitude, rigueur. Ils étaient indémodables, identiques depuis la nuit des temps, fidèles, attendus, on pouvait absolument s'y fier. S'ils étaient irréguliers, leurs variations pouvaient être décrites, décodées, expliquées, en toute objectivité, si l'on prenait soin d'être sincère avec eux. Dans le rituel annuel du rapport d'activité auquel elle se livrait immanquablement à la même époque, elle ressentait, au cours du travail, une sérénité particulière, un contrôle absolu sur les opérations les plus complexes, les plus logiques, les plus exactes, les plus imparables, dont elle savait avoir la maîtrise. Car les calculs étaient les mêmes, ou presque, chaque année, et les variations se déchiffraient. Après chacune de ces séances de travail, elle prenait soin d'en faire le bilan, d'enrichir son vade-mecum, de souligner les évolutions, pour elle-même, afin de préparer le travail de l'exercice suivant et l'analyse objective des écarts. Nul hasard dans ce travail rassurant, mais le déroulement absolument logique et attendu d'une méthode éprouvée.

C'était bien la première fois que les chiffres lui jouaient des tours. Elle fit des vérifications, redemanda quelques précisions aux membres de son service, corrigea et contrôla à nouveau. Chaque fois, un montant, une ligne oubliée lui échappait, faussant le résultat. Elle eut beau s'y reprendre encore et encore, les tableaux et les paramètres semblaient lui mentir. Elle n'eut d'autre choix que de demander à son adjoint de refaire l'analyse ; il pointa tout de suite une nouvelle erreur qui permit à l'ensemble de retomber d'aplomb. Elle en fut désemparée : pour la première fois depuis bien longtemps, elle avait failli bêtement, dans l'appréciation de données pourtant parfaitement objectives. Seules l'inattention, l'étourderie pouvaient expliquer ces irrégularités. Cela ne lui ressemblait pas.

Il en résultait un retard préjudiciable au reste de l'équipe, car son secrétaire dut rester tard, le soir, pour réaliser les impressions. Elle se sentit obligée d'attendre elle aussi ; son travail était fait mais elle regrettait qu'autrui fît les frais de sa distraction. Elle finit par lui proposer d'achever le travail d'impression, ce qu'il accepta avec reconnaissance. Mais ce fut une mauvaise idée, car elle connaissait mal le fonctionnement de ce qu'il maîtrisait parfaitement : le copieur. Elle multiplia les bourrages, les erreurs d'assemblage et d'agrafage, elle copia en noir les tableaux et diagrammes qui devaient apparaître en couleur, et passa beaucoup de temps sur ce travail qui, pourtant, ne lui parut pas aussi irréprochable qu'habituellement. Ce fut donc contrariée qu'elle rejoignit son domicile, tardivement.

Zoé marchait, dans la nuit, sur ses espadrilles lacées. Elle manqua un trottoir et se tordit la cheville, sans conséquence, heureusement, mais cela suffit à la faire boitiller pour le reste du chemin, regardant au sol pour éviter les obstacles, si minimes fussent-ils, ce qui lui conférait une allure slalomante. Au bout d'un moment, les talons compensés, pourtant confortables, la gênèrent, et elle se déchaussa. Elle était seule dans les rues désertes de la ville, nul ne pouvait repérer son pas parfaitement silencieux et bancal, une marche arythmique que scandaient les réverbères, la dévoilant par intervalles stroboscopiques. La silhouette hésitante avançait prudemment. L'heure était trop avancée pour que quiconque s'aperçût de sa détresse. Elle le savait et poursuivait son chemin, ivre de chiffres, saoule de ces heures passées à lire sans comprendre. Seuls quelques insomniaques, guettant par leurs fenêtres un signe du sommeil, pourraient apercevoir son pas furtif et maladroit. Une petite femme de rien, peut-être en détresse, se diraient-ils.

Elle pénétra dans la cage d'escalier, oublia la boîte aux lettres et monta les marches, hagarde. Quand elle eut atteint le palier du quatrième, elle s'assit sur la dernière marche pour chercher ses clés dans sa serviette. Elle entra chez elle avec l'envie de se coucher immédiatement et sombra.

La tour étrange et composite, derrière l'église, se dressait plus haut que le bâtiment principal. D'en bas, on distinguait mal l'agencement général. Un nuage d'ailes bigarrées se posait de temps à autre sur le toit mais, sous ce ciel animé, les différentes masses restaient floues dans l'ombre du matin. Elle emprunta le colimaçon qui perforait son centre et commença à gravir les marches tout en se remémorant la multiplicité des volumes discernables de l'extérieur. Elle marqua le pas au premier étage du cylindre, comptant qu'elle pourrait ainsi atteindre le balcon visible du jardin. Rien ne se distinguait sur le mur, lorsqu'un rayon de soleil vint taper sur une pierre et désolidariser un joint qui tomba à ses pieds. Le hasard était clément. Elle poussa la pierre et le mécanisme se déclencha, laissant entendre une musique cacophonique de serrures rouillées, de portes grinçantes, le tout orchestré par le mur de pierres coulissant qui glissa de haut en bas, de droite à gauche, suffisamment pour ménager une ouverture permettant de la laisser passer. Elle s'y faufila tout en prenant soin de coincer son fuseau dans le joint défait, entre deux pierres. Elle ne voulait pas finir claquemurée dans ce tombeau de pierre. Elle se trouvait dans une pièce semi-circulaire, effectivement ouverte sur l'extérieur. Un homme se tenait à la fenêtre, vêtu de noir, un arc à ses côtés. Une fine moustache barrait son visage et lui donnait l'air mélancolique. Il regardait avec attention l'extérieur et ne tourna pas la tête lorsqu'elle fit irruption dans la pièce. Elle attendit un moment ; il était tellement absorbé par son observation qu'il ne bougeait pas, il ne semblait ressentir aucune curiosité pour l'être qui venait le déranger – peut-être savait-il déjà qui avait pénétré dans son repaire car il avait dû la voir entrer dans la tour. Gênée par son absence de réaction, elle se décida à entamer la discussion.

« Bonjour, dit-elle timidement.

– Bonjour, petite, dit-il tout en poursuivant sa contemplation.

– Vous avez changé de pièce ? La dernière fois, il me semble que vous étiez orienté au nord ? J'ai du mal à me repérer, il y a tant de portes, visibles et invisibles.

– Ne te fie pas aux portes, elles savent mentir. Tu es tombée par hasard sur celle-ci qui te mène au donjon, mais tu aurais pu entrer ailleurs et trouver quelqu'un d'autre à ma place.

– Dois-je avoir peur de ceux qui se trouvent derrière les portes ? Je n'ai rencontré personne de méchant jusqu'à présent, et pourtant il me semble avoir visité ce bâtiment de fond en comble. Impossible de me repérer... Je pensais trouver ici le balcon Renaissance, et c'est vous !

– Tu sembles déçue.

– Non, du tout. Vous, au moins, vous ne vous moquez pas et nous pouvons discuter.

– Mais discuter de quoi ? Nous autres prisonniers, nous ne voyons qu'une toute petite partie du monde et revivons éternellement la même portion de temps. Il y aurait tant à découvrir. Nous pourrions changer si l'horizon était un peu moins loin ! Moi, par exemple, tu vois, je suis un archer des temps anciens, mais j'aurais voulu tenir un luth et non une arme, faire entendre des harmoniques et non guetter du matin au soir je ne sais qui, je ne sais quoi, sans objet, sans espoir. Prêt à quoi ? À tuer ? Mais non... personne n'oserait ici. On fait tous semblant. Personne ne veut venir ici, et qui y pointe son nez est fait prisonnier par tous ceux qui voudraient s'en échapper. »

Il s'approcha d'elle et posa son arc contre un mur. Elle le trouvait très beau, dans son justaucorps sombre et son pourpoint ajusté. Plutôt que de guetter à la fenêtre, elle l'aurait imaginé s'échapper d'un saut comme une biche par-dessus un buisson.

« Mais raconte-moi, toi qui es la seule à sortir. Comment c'est, l'extérieur ? Et qu'est-ce qui te lie à cet endroit ? Un soir, tu pourrais faire entrer tout ton petit monde et t'échapper. Pourquoi reviens-tu toujours ? Qu'est-ce qui te tient ?

– Je ne sais pas, dit-elle dans un souffle. Peut-être ai-je peur ? Peut-être faut-il le convaincre plutôt que de partir ? Il est difficile de s'échapper d'un tableau. Où aller ? Dans celui d'à côté ? Mais imaginez que je tombe dans une forêt pleine de serpents mortels ? Je n'y survivrai pas. Je préfère autant rester, ou trouver la véritable issue, celle qui se trouve dans l'image.

– Tu n'es pas la seule à chercher la clé. Je pense qu'ici, personne n'a réussi. Mais cela me fait plaisir de savoir que tu cherches encore. On ne sait jamais, peut-être trouveras-tu, et alors, nous pourrions tous en profiter !

– Il se retrouverait seul ! dit-elle en riant presque de l'idée. Mais vous ne l'auriez pas vu, ces jours-ci ?

– Pourquoi veux-tu le rencontrer ? La confrontation est toujours difficile. Et il se fiche pas mal de ce que tu peux penser.

– Je veux changer d'endroit. Je voudrais pouvoir m'habiller comme une dame, j'en ai assez de devoir trouver des solutions pour ne pas mourir de froid et de faim.

– Ah oui, j'ai entendu ton raffut, cette nuit. C'était bien trouvé ! Avec le blizzard qui a soufflé, j'ai bien pensé qu'il devait faire froid dans ton église. Ce fut un beau concert ; je ne sais s'il a été du goût de tout le monde. Il faut bien vivre. Mais ça l'amuse, mets-toi bien ça dans la tête. Tu as sans doute eu beaucoup de succès cette nuit. Il ne sera pas près de te laisser filer, tant que tu carderas ta laine, et tant que tu auras assez d'imagination pour le distraire... »

Elle réfléchit un temps.

« Vous savez, je vais la perdre, cette fantaisie, cet enchantement qui me fait bouger. Je n'en peux plus de ce garçon qui ne grandit pas, collé à mes basques ! Si au moins il pouvait devenir un compagnon digne de ce nom. Mais il est lui aussi enfermé dans son enveloppe de poupon.

– Petite, il n'est pas encore temps. Reprends ton fuseau, et prends patience.

– Je reviendrai, monsieur l'archer mélancolique.

– Je ne serai pas à la même place, n'oublie pas. »

Il lui sourit tandis qu'elle se dirigeait vers la porte. Elle passa le seuil et retira son fuseau. Le mur se recolla aussitôt dans sa position d'origine, cette fois avec la fluidité d'une anguille glissant dans le ruisseau.

Il lui sembla que l'escalier avait bougé. La luminosité n'était pas la même, la fenêtre n'était plus tout à fait du même motif, le palier s'était rétréci, jusqu'à presque disparaître ; elle se trouvait sur une petite marche qui l'invitait soit à monter, soit à descendre. Elle choisit l'ascension. À l'étage supérieur, une vraie porte l'invitait cette fois à entrer. Elle poussa le battant. La fenêtre, arrondie, était ouverte sur un petit balcon dont on distinguait le volume alvéolé, gaufré, rondouillard. L'aspect replet et confortable de cet avant-poste était en complète contradiction avec les deux personnages qui l'habitaient. À gauche, un dandy romantique observait le manoir, en vigie, un chapeau aux larges bords sur la tête et la redingote ajustée, tout droit sorti d'un tableau de Caspar David Friedrich. À droite, un vieux rabbin en robe ample, coiffé d'un large béret de velours, la barbe blanche, regardait vers l'horizon. Celui-là ressemblait à un Rembrandt marmonnant, psalmodiant dans une langue qu'elle ignorait, gutturale. Les deux hommes étaient sans doute là depuis longtemps, mais n'avaient pu se parler ni se rejoindre. Elle vint se placer entre eux et regarda son petit havre du haut de la tour. D'ici, l'église apparaissait non plus comme une chapelle bretonnante à la pierre mangée d'humidité, mais comme un petit édifice gothique échappé du temps des cathédrales, miniaturisé à l'échelle de la page qui lui avait été attribuée, rongée par une végétation noire qui chaque jour était plus présente.

Elle resta là un moment, sans qu'aucun des deux hommes ne réagît à sa présence. Ils avaient oublié leurs rôles. L'un, admirateur des grands espaces, restait fixé sur le toit de la maison principale et sa terrasse. L'autre, sûr de son Dieu mais sans cure, ne cessait de chercher des yeux l'invisible. Le premier lui semblait plus abordable.

« Monsieur ? Monsieur ! dit-elle, plus fort. Vous m'entendez ? »

Il ne tourna pas la tête. Tous ces gens semblaient totalement absorbés par l'extérieur. Elle était la seule, visiblement, à chercher l'exploration. Pourtant, eux aussi avaient des jambes. Ils pouvaient s'en servir plutôt que de passer leur vie à scruter le ciel. Le troupeau, son berger et sa bergère, accrochés au plancher des vaches, étaient-ils les seuls à pouvoir gravir, escalader, arpenter ? Elle sentait chez l'homme de gauche un désarroi et voulut l'aider. Elle ne savait comment et tenta :

« Monsieur, puis-je vous demander : qu'avez-vous perdu ? »

Il se retourna lentement et articula distinctement, avec calme, mais beaucoup de tension : « La solitude. »

Elle avait touché juste. Elle jeta un coup d'œil au rabbin, toujours murmurant, et comprit la situation. Ces deux-là ne pouvaient pas se parler et vivaient l'enfer de l'autre. Le bougonnement se fit un peu plus fort, avec une pointe de colère dans les aigus.

« Vous ne parlez pas la même langue ?

– Oh, c'est bien pire que ça ! Nous ne partageons rien ! J'ai perdu la ville, les spectacles, les boutiquières élégantes, les actrices, les chevaux, les trains, les calèches, la vitesse de la vie. J'aurais pu m'en remettre, mais j'ai aussi perdu la mer, les montagnes, l'océan hurlant. Cette maison me bouche la vue, et ce voisin me gâche le silence. »

L'homme de droite marmonna encore plus fort et se mit à faire de grands gestes vers l'horizon de la page. Insensiblement, on comprit quelques mots « perdu », « tribus », « Jérusalem », puis de véritables phrases qui finirent par passer le seuil de sa barbe. « A pris le hoshen », « dispersé les pierres », « Siméon, Ruben, Lévi, Dan, Nephtali, Juda, Issachar, Zébulon, Gad, Aser, Joseph, Benjamin... » Il recommençait à énumérer les noms comme un mantra et semblait désespéré.

« Qu'est-ce qu'il dit ? demanda-t-elle.

– Justement, c'est bien là le problème, je ne comprends pas. Si je pouvais l'aider à sortir de son obsession, à engager la conversation, peut-être le temps ne paraîtrait-il pas si long ! L'un avec l'autre, nous pourrions trouver une issue, mais dans ces conditions...

– Vous n'auriez pas vu le maître, ces temps-ci ? Je le cherche, j'ai une question à lui poser.

– Oh, moins je le vois, mieux je me porte ! s'exclama-t-il avec humeur. La dernière fois qu'il est passé me voir, c'était pour m'attribuer ce colocataire encombrant. J'étais bien mieux tout seul. Je vous assure, mieux vaut le croiser le moins possible, vous risqueriez gros. Alors que vous, vous pouvez vous promener. Figurez-vous votre chance.

– Je sais. Mais moi non plus, je n'en peux plus de cette existence ; même l'errance est ennuyeuse. Quant à votre compagnon, je suis intriguée par ce qu'il nous a dit. Je reviendrai, si je trouve un indice, je reviendrai et lui en parlerai. Quelqu'un d'autre pourrait peut-être l'aider, dans cette tour même. Je retourne à mon exploration.

– N'oubliez pas que nous ne serons pas au même endroit.

– Oui, j'ai bien cela en tête. Mon objectif est justement de comprendre le fonctionnement du bâtiment pour pouvoir plus facilement y circuler. À bientôt.

– À bientôt, dit l'homme, lui faisant un signe de la main, tandis que le vieux rabbin était retourné à son marmonnement.

Elle poursuivit sa visite. À l'étage du dessus, le palier donnait sur une fenêtre en vitraux encastrée dans le toit. Elle prit le couloir à sa droite et fit une dizaine de mètres avant d'atteindre le premier étage d'un pigeonnier couvert de chaume. La structure en briques était percée de poutres créant trois niveaux accessibles aux seuls volatiles ; pour atteindre les nids, elle aurait dû faire l'équilibriste sur des planches de bois branlantes, qui risquaient de ployer sous son poids. Certaines briques manquaient dans les murs, formant un damier qui isolait suffisamment l'intérieur des vents, tout en permettant aux oiseaux d'aller et venir. De la paille souillée recouvrait le plancher, trois mètres plus bas, et la puanteur était abominable. Elle ne vit rien qui pourrait la renseigner et rebroussa chemin. À mi-parcours, elle distingua dans l'obscurité une échelle de meunier, très raide. Elle se mit à l'escalader, poussa une vitre maculée et déboucha sur le toit. Entre le pigeonnier et le chien-assis de la fenêtre supérieure, elle circulait sur un étroit chemin de ronde, percé d'une drôle de cheminée anachronique, qui rappelait celles que l'on pouvait voir dans certaines régions industrielles. De l'autre côté, le toit descendait avec un angle plus fort, difficile à arpenter sans prendre de risque. Du point le plus haut, elle aperçut un pan droit plongeant vers la terrasse de la maison, bordé de tuiles rondes. Elle se demanda à partir d'où cet angle de la tour était accessible, car nulle ouverture n'était visible depuis l'escalier central. Tout en redescendant le colimaçon, elle ne put résoudre cette question.

Une fois dans le jardin, elle chercha l'enfant et les bêtes ; ces dernières broutaient les herbes folles et envahissantes, derrière la maison. Elle jeta un coup d'œil au beffroi qui lui sembla avoir tourné sur lui-même : à nouveau, le donjon était visible, alors qu'elle aurait dû se trouver du côté bourgeois. En contournant le bâtiment, elle s'aperçut que, quel que fût l'angle de vue, c'était toujours la même façade qui s'affichait, soit que la tour pivotât, soit qu'un jeu d'optique la trompât : face à elle se dressait le donjon, l'angle d'une maison cossue sur le côté droit. Au-dessus du pigeonnier, les oiseaux volaient bas et les nuages s'amoncelaient, menaçants. Il était temps de sortir : elle siffla son monde, le chien aboya pour aider le mioche à rassembler les animaux et tous s'échappèrent au-delà de la clôture, puis du cadre. L'image se trouva alors très vide, inhabitée ; les personnages visibles ne bougeaient quasiment plus, par gestes saccadés, comme des marionnettes mal articulées, désincarnées.

Elle se réveilla en nage, au milieu de la nuit, et ne put se rendormir, attendant l'heure du réveil avec agacement, impatience et fatigue.

30

Le conseil d'administration du cabinet d'avocats se tint le jeudi matin. Zoé y assistait en tant que directrice financière. C'était un moment particulièrement important pour l'entreprise, bien sûr, mais aussi pour elle, car elle devait présenter le rapport financier, expliquer certains points techniques à des néophytes. Or, les ingénus de la finance avaient souvent des questions inattendues, auxquelles il était difficile de répondre sans entrer dans des détails encore plus complexes.

Pour l'occasion, elle portait un tailleur-pantalon sévère, les cheveux relevés en chignon, de petites lunettes cerclées de noir sur le nez. Elle ne souffrait plus de la cheville, mais eut quelques réticences à enfiler ses traditionnels escarpins à talon, de rigueur en ce genre d'occasion. Les avocats étaient tous en costumes, leurs consœurs portaient elles aussi des tenues élégantes, classiques, tout en se permettant une touche de fantaisie sexy : un décolleté un peu large, les cheveux noués avec art, quelques bijoux peu voyants mais de grand prix. Son allure à elle se devait d'être stricte, sans fioriture.

Le conseil d'administration durait habituellement la matinée. Après l'exposé des orientations récentes du groupe, la présentation des projets et des déploiements attendus dans l'année, on en venait au bilan financier, toujours excellent, mais qu'on scrutait avec attention. La technicité du sujet excitait les participants ; c'était à celui qui découvrirait le détail piquant que nul n'avait vu, l'excentricité comptable, la particularité à relever. Mais dans le fond, ni les uns ni les autres n'y comprenaient grand-chose, et elle devait répondre poliment, rectifier les erreurs d'appréciation et les interprétations abusives, tout en laissant croire à son interlocuteur que, bien sûr, il avait parfaitement raison de souligner ce point paradoxal de la comptabilité de l'entreprise, ce qui démontrait sa perspicacité, dans une discipline fort éloignée de son domaine d'excellence.

Ce matin-là, elle était particulièrement anxieuse, du fait du manque de sommeil, mais aussi des déboires qu'elle avait eus la veille dans la préparation du document. Fort heureusement, personne ne releva que l'impression des dossiers était un peu brouillonne. Habituellement, le document était relié avec soin. Elle maîtrisait mal cette tâche et l'avait réalisée trop vite. Les feuilles se détachaient de la reliure, sortaient du serpentin de plastique, ce qui n'eût jamais été le cas sans la précipitation de la veille et l'absence de son secrétaire pour l'aider.

Elle présenta succinctement le document, puis ce fut le moment des questions. C'est alors qu'elle s'aperçut de l'erreur la plus flagrante : elle avait substitué au nom d'une des collaboratrices, Phoebe

Drolsdrin, celui du héros de ses rêves, Rodolphe Bresdin. L'anagramme était parfaite. Contrairement à ses prédictions, au moment où elle s'en aperçut, l'atmosphère se détendit : les uns et les autres se demandèrent qui pouvait être ce Rodolphe Bresdin, l'associé secret qui avait renfloué les caisses, ce qui expliquait le résultat exceptionnel. Phoebe, une jeune avocate anglaise, ne comprit pas vraiment de quoi il était question et, fort heureusement, n'avait pas cherché son nom parmi les centaines de lignes du tableur. Mais évidemment, l'incident mit la puce à l'oreille des autres collaborateurs, et Nino Ceteledemos se mit à chercher « sa » ligne et « son » actif : il lui fut impossible de les trouver. En revanche, on repéra un certain « comte de Soleinne », inconnu des administrateurs, qui avait visiblement également contribué à la bonne marche des affaires.

Elle avait envie de disparaître sous terre ; elle expliqua qu'elle enquêterait sur ces deux énigmes mais pouvait garantir aux malheureux oubliés que les deux lignes en question correspondaient bien à leurs apports. Elle bafouilla en mettant les erreurs sur le compte des « mystères » de l'informatique, mais cela n'empêcha pas les lourdauds du *board* de plaisanter sur ce mystérieux Rodolphe dont le prénom était bien romantique – on ne lui connaissait, naturellement, aucune affaire de cœur, dans le milieu professionnel, et on l'avait identifiée, depuis bien longtemps, comme la future vieille fille méritante, dévouée à son travail.

En sortant de la salle de réunion, elle se sentit réellement assez mal. Elle retourna dans son bureau en rasant les murs, ses dossiers sous le bras, perdit l'équilibre sur ses talons trop hauts et manqua de se fouler une cheville. Elle finit par arriver, ferma sa porte, s'écroula sur son fauteuil, prit une aspirine et ôta ses chaussures. Elle se mit alors à songer à cette mésaventure.

La veille, dans les affres de la vérification, elle s'était concentrée sur les chiffres, fidèles parmi les fidèles, qui pour la première fois l'avaient trahie. Elle avait lu les tableaux comptables, les avait tournés dans tous les sens, les avait interprétés, mais elle avait tout simplement oublié les mots, les noms, les lettres. Sa lecture s'en était trouvée dérisoirement détériorée. Bien que récalcitrants, les chiffres avaient fini par la suivre, mais elle se sentait la risée des mots.

Par ailleurs, elle avait fait deux erreurs dans un même document, et il se trouvait que ces erreurs n'étaient pas tout à fait innocentes puisqu'il s'agissait de deux anagrammes exactes des noms de deux personnes qui occupaient ses pensées et ses rêves. Et, ce qui était pire encore, l'anagramme ne s'était pas substituée aux noms qui l'occupaient, comme cela aurait pu être le cas, par la force de l'inconscient. Non, il se trouvait justement que les noms de deux collaborateurs du cabinet dans lequel elle travaillait depuis des années étaient précisément les anagrammes de ceux de Rodolphe Bresdin et du comte de Soleinne. Cela était vertigineux et inexplicable. Elle crut alors devenir un peu folle et eut la fugace impression qu'elle était le jouet d'une vaste intrigue.

Elle prétexta un mal de tête épouvantable pour prendre son après-midi. Elle n'avait qu'une envie :

sortir au grand air et, surtout, surtout, ne pas s'enfermer chez elle à proximité d'une certaine gravure ensorcelante. Heureusement, elle avait pris des chaussures confortables dans son sac, redoutant ses talons. Elle commença par aller s'acheter un déjeuner à emporter et se dirigea vers le Palais-Royal. Le jardin était alors exceptionnel, le printemps éclatait de couleurs dans les parterres. C'était le moment qu'elle préférait : pour un temps, il prenait un aspect un peu sauvage dans l'enchaînement des floraisons successives, tandis qu'en hiver, les rosiers bien taillés et les petits massifs de pensées et de cyclamen laissaient voir une terre tirée au cordeau par des jardiniers exemplaires. Les rangées de tilleuls, élagués en marquises, contenaient encore pour quelques jours leurs bourgeons prêts à balayer le jardin de terre battue d'un bouillonnement vert tendre. Elle s'assit sur un banc, dans l'un des espaces accessibles au public, à l'extrémité du parterre et mangea en observant les passants pressés, les employés tout à leur déjeuner, et, surtout, les quelques couples d'amoureux, pour la plupart plutôt âgés – le Palais-Royal n'avait visiblement pas la cote chez les jeunes tourtereaux –, qu'elle imaginait, tantôt volant un moment d'intimité au cœur d'une vie régulière, tantôt prévoyant un temps pour leurs amours illégitimes dans un endroit romantique et secret. Vers treize heures trente, le jardin se vida, chacun retournant à ses occupations professionnelles.

La nature, même domestiquée, lui avait fait du bien. Zoé repensa à la conversation qu'elle avait eue la veille avec sa famille. Les révélations sur la maison de Jacob la troublaient. Elle avait encore ses mystères à révéler, des années après le départ de son occupant. Jacob, lui aussi, était parti alors qu'il avait des secrets à lui révéler. Comment cela avait-il pu se produire ? Comment, enfant, aurait-elle pu le sauver ?

Elle prit son téléphone et appela. Sa mère manqua de s'étrangler en décrochant : Zoé qui appelle deux jours de suite ? Cela ne devait pas aller très fort. Mais l'aînée ne dévoila pas ses préoccupations et prétexta qu'elle souhaitait parler à ses sœurs. Celles-ci, comme à leur habitude, déjeunaient chez leurs parents. Une fois n'est pas coutume, Zoé fut assez directive : elle recommanda à l'une de laisser sur-le-champ son emploi qui ne la satisfaisait pas. Il n'y avait pas de temps à perdre, elle devait entamer une reconversion, faire une formation dans un domaine qui lui avait toujours plu et pour lequel elle était absolument compétente : l'éducation des jeunes enfants. Pour son autre sœur, vendeuse chez un patron qui lui cherchait des noises, Zoé lui dit de quitter le magasin pour un autre établissement : elle était une bonne vendeuse, elle le savait, et ne tarderait pas à faire ses preuves. Elle devait d'ailleurs d'emblée demander un salaire supérieur au vu de son expérience.

La famille n'en revenait pas. La conversation animée se termina avec quelques effusions sentimentales – du jamais vu, ou presque.

Après cet échange inhabituel, Zoé avait tout simplement envie de sauver le monde, appréciable élan après sa matinée calamiteuse. Elle eut encore envie de verdure – pour la nature, elle devrait attendre le week-end. Elle traversa la Seine au niveau du pont des Arts, jeta un coup d'œil involontaire vers le pont du Carrousel, puis longea la rive gauche jusqu'au Jardin des plantes. La fonction de conservatoire de ce jardin rompait forcément avec l'ordonnancement classique du Palais-Royal : il ne s'agissait pas seulement de proposer une composition colorée, équilibrée. Là, il fallait inventorier et réactiver l'ensemble du vivant, qui chaque année et au fil des mois était soigné pour se régénérer dans sa variété, dans sa complexité, dans sa fragilité malgré l'environnement urbain et une implantation artificielle. En dehors des parterres centraux foisonnants, le jardin botanique contenait des milliers d'espèces, et la roseraie des centaines de spécimens odorants, plantés en pleine terre, des chétifs rosiers indiens dotés de quelques longs pétales fuchsia, aux roses les plus charnues, blanches, presque grasses à force d'être fournies. La serre tropicale lui procura un moment de dépaysement climatique. Puis elle sortit du jardin et se dirigea lentement vers son logement, passant encore par une friche urbaine, où une association permettait aux bénévoles de planter librement des espèces, le plus souvent récupérées de rejetons ou bouturées, dans des pots improvisés : paniers africains ayant servi au transport des gombos ou des chouchous, bandes de terre contenues par des planches.

Elle se perdait dans les allées, fascinée par le mélange des plantes, des mauvaises herbes, poussant follement sans ordre ni limite – une petite jungle urbaine, lorsque le bénévole de service lui signala qu'il allait fermer. Elle était entrée par la porte, ouverte, et n'avait pas réalisé qu'il « tenait la permanence ». Elle se dirigea vers la sortie et regarda encore un plant de roses trémières qui s'annonçait vigoureux.

« Vous voulez quelques graines ? lui demanda-t-il. Je peux vous en fournir, nous en avons plein la baraque, l'année dernière elles ont bien donné. Vous pouvez les planter en bac, vous savez, même si vous n'avez pas de balcon, un rebord de fenêtre et un pot de terre un peu profond, cela suffit. »

Elle accepta. Il entra dans une petite cabane d'où il ressortit avec une enveloppe pleine de graines qui sonnaient comme un bâton de pluie lorsqu'elles bougeaient dans la poche en papier. Elle le remercia puis rejoignit la rue. L'homme referma la grille de l'entrée avec un gros antivol et s'éloigna.

Elle finit par rentrer chez elle, sur le coup de dix-neuf heures. Elle ouvrit la fenêtre et s'occupa de ses plantations, vida un grand pot laissé en jachère, son contenu brûlé par le gel de l'hiver, arracha le moignon de géranium qui y gisait, tout sec, remua la terre, l'humidifia, avant d'enterrer ses graines. La terre grise avait repris sa teinte noire, heureuse d'avoir encore une énergie à donner et une promesse de vie à annoncer. Elle se prépara à manger, puis prit un livre, bien décidée à ne pas pénétrer dans son cabinet. Le roman la passionna, si bien qu'elle eut du mal à le lâcher et se coucha tard, repue de mots, sûre de s'évader en un rêve inédit. Mais ses pérégrinations nocturnes la ramenèrent, inlassablement, dans son cocon de papier.

Elle aperçut la jeune bergère et sa troupe. Elle marchait en tête, luttant contre un vent violent dans un paysage entièrement blanc. Tous étaient silencieux et peinaient pour avancer, pieds et pattes enfoncés dans une neige crémeuse. Les traces de pas s'imprimaient, minuscules, à peine plus foncées dans l'étendue blême, formant un grain léger sur la plaque livide d'une terre d'hiver. Cette trouée dans un paysage désolé était terrible dans son inutilité. Que faisait ce petit peuple, acclimaté à la douceur d'une campagne clémente, à avancer péniblement dans ce désert de glace ? Il suivait, fidèle, la pâtre jeune fille à la quenouille qui leur frayait un passage dans l'étendue laiteuse tout en filant la laine. Derrière elle venait le garçon rond, calé sur ses deux jambes, qui élargissait le chemin étroit qu'elle traçait de ses sabots, puis les grosses bêtes habituées aux rudes itinéraires, ânes et baudets, le bétail de plaine, et enfin, les volailles, une fois la route tamisée, le chien tacheté fermant la marche. Nulle embardée dans cette file disciplinée, tous suivaient la meneuse, traçant circonvolutions et volutes inutiles dans ce vaste domaine. Enfin, elle parvint à une extrémité au-delà de laquelle nul chemin ne pouvait être tracé. Le monde s'arrêtait en cette limite, plongeant dans le néant. Elle prit place le long de l'arête, puis l'enfant et les bêtes se rangèrent latéralement, contre le gouffre. On n'entendait que le bruit mat de ses doigts cardant la laine, un son rêche de papier et le crissement du tour, comme une poulie sous la pression de l'écoute. Quand tous furent prêts, elle cessa de filer, laissa le silence s'installer, quelques secondes, puis siffla. À son signal, tous se précipitèrent alors dans le vide, laissant la page blanche. Ce fut alors un chaos de pattes, d'encolures et d'ailes en chute libre, brassant l'air avec rage, se cognant, s'éloignant, se précipitant les uns contre les autres. Le monde se retourna, et avec lui la cacophonie des braiments, meuglements, bêlements. Tous se hissèrent sur l'autre face et émergèrent à l'entrée du domaine, reprenant corps, vie, esprit, s'inscrivant sur les fleurs et les herbes basses, poils et plumes transparents puis de plus en plus denses jusqu'à primer sur la végétation, mais point encore sur la pierre et les lignes du bâtiment. Le garçon pleurnicha, soudain tout petit, incapable de l'aider à organiser ce fouillis. Elle sortit de la poche de son tablier un abricot sec et quelques amandes qui lui restaient. Il reprit espoir à la vue du trésor et sécha ses larmes. La faim gagnait les autres estomacs, insatisfaits de la roquette sauvage, du pissenlit et du thym présents à l'orée du domaine, qui grattaient la gorge quand on les avalait. Elle siffla alors une seconde fois et entonna sa ritournelle, engageant chacun à passer la barrière, ce qui sonnait comme une promesse d'herbe verte et tendre, de graines perdues, soufflées, prêtes à être décortiquées, sous les arbres protecteurs. Elle les laissa s'égailler dans le sous-bois, nul n'étant plus en danger, et s'assit sur le perron, au soleil, relâchant le mouvement de ses doigts jusqu'à l'immobilité. Elle se sentit soudain véritablement bien, baignée par la chaleur douce, écoutant au lointain les cris des animaux au repos, goûtant l'herbe sucrée après l'épreuve vaine d'une route sans dessein. Pourquoi cheminer ainsi, jour après jour, jusqu'à tomber de fatigue et de désespoir ? En quête de quoi ? Qui pourrait le lui dévoiler ? L'exploration insatiable du domaine lui procurerait-elle un jour satisfaction ? La maison, la chapelle, la tour, la clôture constituaient les vestiges d'un monde disparu ou transformé au point d'être englué dans un présent immuable. Nulle sortie de route, nulle échappatoire, l'éternelle solitude malgré des compagnonnages de hasard. Les êtres de papier ne lui suffisaient plus, elle cherchait le maître pour trouver un réel interlocuteur à même de l'affranchir.

31

Ce matin-là, Zoé renonça au café pour un thé à la bergamote, de ceux qu'habituellement on prend non au petit-déjeuner, mais dans l'après-midi. Elle avait besoin de s'hydrater, pour commencer la journée plus sereinement. Le rêve l'avait retournée, une fois de plus. Elle ne s'en souciait pas encore considérablement mais cherchait l'issue. La première fois que ses rêves étaient devenus inquiétants, nuit après nuit, elle avait fini par s'en sortir, un peu par hasard, en suivant son instinct et en se laissant aller à une manie qui était devenue sa vie. Elle sentait que ce nouveau développement appelait un tournant mais n'avait aucune idée de son orientation. En absorbant les fragrances d'agrumes, elle pensa se débarrasser de la gravure, la rapporter au comte de Soleinne par l'intermédiaire de Julien qu'elle pouvait retrouver facilement, mais elle sentait que la solution ne pouvait pas être aussi simple. Néanmoins, avant de partir travailler, elle emballa la feuille, non dans son carton d'origine, mais dans un banal portefeuille vert moucheté de noir, de ceux qu'on achète dans les papeteries d'art. Elle se rendit à pied au cabinet et cacha l'ensemble derrière son bureau, pour ne pas attirer l'attention. Elle ne souhaitait pas susciter la curiosité d'un collaborateur, qui aurait peut-être voulu voir le contenu de l'enveloppe. L'image ne pouvait être partagée sous peine d'une plongée dans son intimité. Il n'en était pas question, de même qu'elle avait toujours soigneusement tenu secrète sa vie privée, ce que sa profession lui permettait facilement. En effet, elle était, seule, savante en son domaine, ce qui lui conférait une aura indiscutable, un peu rebutante, de par l'aridité et la technicité des chiffres qu'elle brassait journellement. On ne pensait pas, au sein du cabinet, qu'elle pût être une personne exceptionnellement cultivée, comme elle l'était. On méprisait, sans en avoir l'air, un intérêt qui ne pouvait être qu'exclusif pour le maniement et l'analyse de données financières, ce que l'on voyait comme une science utile, mais aussi une excentricité exotique, alors que tant d'autres sujets de la vie pouvaient se révéler passionnants. La matière était à l'image de cette jeune femme d'apparence effacée, qui accomplissait parfaitement son travail, presque mécaniquement, et qui pouvait, en temps voulu, « monter au créneau » quand il le fallait, c'est-à-dire quand un dysfonctionnement menaçait l'entreprise. En somme, elle faisait ce qu'on lui demandait, ni plus, ni moins.

Mais les incidents de la veille étaient dans toutes les têtes, et on lui demanda si elle allait bien, si elle s'était remise de sa faiblesse. On s'enquit de la manière dont des erreurs aussi grossières avaient pu se glisser dans le rapport – ce qui n'était jamais arrivé auparavant. Comment expliquer l'intrusion des noms qui avaient été repérés au cours de la séance, et surtout, on se questionnait pour comprendre pourquoi on les avait ignorés avant, alors qu'une simple relecture aurait dû alerter. On ne le lui reprochait pas encore, mais on s'interrogeait avec une pointe d'ironie bienveillante : elle n'avait pas l'air dans son assiette, ces temps-ci. La carapace allait peut-être craquer. On l'observait avec curiosité.

Cette fois encore, elle les déçut presque, par son professionnalisme. Plutôt que d'inventer une raison mystérieuse mais plausible – un problème informatique dans les versions, une altération du fichier dans le passage d'un ordinateur à l'autre, voire un piratage venu de l'extérieur –, elle fit au contraire son mea culpa. Elle était fatiguée ces temps-ci, n'avait pas commencé sa rédaction à temps, avait été pressée. La prochaine fois, elle saurait déléguer certaines tâches à des collaborateurs, ce qui lui permettrait d'assurer une relecture globale plus efficace plutôt que de réaliser l'ensemble seule. Tout dans son attitude semblait prévisible. On regrettait presque qu'elle n'essayât pas un peu de mentir ou de rejeter la faute sur quelqu'un d'autre. Une personne tellement honnête, gentille et ennuyeuse. Aussi, personne ne prit garde au portefeuille qu'elle tenait sous son bras, en sortant, le soir, sauf l'agent d'accueil qui lui demanda ce qu'elle pouvait bien emporter avec elle dans ce grand carton. Des plannings ? Le tableau des comptes qu'elle souhaitait afficher dans sa cuisine ? Les vannes, dites avec un sourire entendu, la firent sourire. Lui aussi était à part dans l'entreprise. Le mépris dans lequel on tenait son emploi, sans en rien exprimer, l'éloignait de toute discussion amicale : on le saluait poliment, mais sans s'attarder et jamais personne ne lui demandait comment il allait, s'il avait une famille, ce qui l'intéressait...

Elle ressentit tout à coup de l'affection pour cet homme qu'elle ne connaissait pas mais qui avait la gentillesse de lui adresser un mot. Elle guetta quelques secondes l'entrée et, s'étant assuré qu'ils étaient seuls, elle défit les liens, ouvrit les battants et découvrit la gravure. Il sembla interloqué, puis intrigué et se mit à regarder l'image avec attention.

« Attention, mademoiselle, c'est joli mais ça a des pouvoirs, vous ne devriez pas regarder de trop prêt.

– Comment cela ?

– Vous ne voyez pas ? C'est habité. Il y a de la magie là-dedans. Rien ne va. Méfiez-vous.

– Me méfier de quoi ? Ce n'est qu'une image.

– Oui, mais pas n'importe laquelle. Je sais les reconnaître, ma grand-mère m'a appris. Quand j'étais petit, elle ne voulait plus entrer dans l'église, elle disait que les tableaux lui parlaient de souffrance, de noirceur, et que cela n'avait rien à voir avec Dieu qu'elle voulait prier dans une chapelle toute blanche. Elle travaillait dans une famille où il y avait des choses de ce genre, mais beaucoup, tellement qu'on ne pouvait s'apercevoir quand il en manquait une. Elle avait pris celles qui ne lui plaisaient pas et les avaient cachées sous l'escalier, là où personne n'allait jamais. Tout le monde était heureux ainsi. Mais un jour, on a voulu refaire la soupente et on a découvert tout ça, et là, le malheur s'est abattu sur ce monde. Alors méfiez-vous.

– Justement, je voulais la rendre à celui qui me l'a donnée.

– Vous faites bien. Je vous le dis, vous faites bien. Je sais les reconnaître.

– Merci, monsieur, et à demain.

– À demain, mademoiselle. »

Cette conversation inattendue la laissa songeuse. Elle fut étonnée d'avoir osé montrer ce qu'elle tenait pour la quintessence de son intimité à un parfait inconnu. Et elle fut touchée par ses paroles, non qu'elle y apportât crédit, mais elle sentait, comme son interlocuteur, le pouvoir des images. Certaines avaient une influence sur nous, ignorée et pourtant prépondérante. Ce n'était pas nouveau, les discours sur l'aliénation par la publicité et les écrans omniprésents dans nos vies lui étaient connus, bien sûr, mais les images d'artistes lui semblaient encore bien plus puissantes, d'une énergie fondamentale qui était capable de changer le cours d'une existence, en bien ou en mal.

Elle partit, son carton sous le bras, et traversa le Palais-Royal, puis la Seine, à nouveau par le pont des Arts, non qu'elle évitât le pont du Carrousel, mais depuis toujours, la passerelle piétonne lui semblait plus charmante. Elle s'engouffra dans le passage qui traversait l'Institut, sur la droite du bâtiment, et se faufila dans la rue de Seine. Elle s'arrêta devant les vitrines d'un certain nombre de galeries, mais elle n'avait pas envie d'entrer, rien ne la frappa. Elle arriva devant celle qu'elle cherchait. Elle sonna, on lui ouvrit. Elle fut déçue de ne pas voir Julien, et eut un peu honte de le demander.

« Il est en congé, lui répondit une jeune femme.
– Quand revient-il ?
– Je ne sais pas, et je ne pense pas que quiconque le sache ici. Il disparaît régulièrement. »

La déception se lisait dans le visage de la femme, peut-être le dépit même, et un peu d'aigreur ; on passait bien des choses à Julien, semblait-il dire. Aussi ne voulut-elle pas en demander plus, mais comme elle allait quitter la boutique, elle pensa à s'enquérir des gravures de Rodolphe Bresdin que la galerie pourrait avoir dans son fonds. La jeune femme alla chercher deux portefeuilles.

L'un très grand, comportait une seule planche, la plus célèbre du graveur, *Le Bon Samaritain*. Elle était abîmée, avait pris l'eau dans un coin, mais le travail était superbe. Mille animaux peuplaient une nature antipodique : des chardons habitués aux landes désolées prospéraient au bord d'une mare dans laquelle s'abreuvaient, côte à côte, un chien au large collier et un loup sortant d'un buisson d'herbes longues. Dans les branches d'un arbre mort, un iguane des Galápagos était né d'un tronc sec ; il était surmonté d'un minuscule singe, tirait une langue assoiffée, tandis qu'au pied des fougères et des massifs de palmes, une touffe de piquants cachait un hérisson. Les rênes comme les longs poils du chameau, monture du Samaritain plein de commisération pour son prochain, se confondaient avec les lianes. Singes, lémuriens et mammifères arboricoles déployaient leurs yeux curieux dans les branches tandis que les oiseaux de toutes sortes tournaient autour de l'eau. Le sujet central se divertissait de cette ménagerie composite et masquée. Et si l'artiste avait tatoué sa marque, un monogramme inversé, sur la fesse blanche du chameau, c'était pour mieux souligner la scène perturbée par ces cent regards environnants.

Dans l'autre portefeuille, de plus petites dimensions, il y avait trois gravures. *La Comédie de la mort* était parmi les plus célèbres de l'artiste. Dans un paysage désolé, une mare, mais morne et vide, d'une acidité mortifère. La vie se tient sur ses bords, grouillante, mettant la mort à l'œuvre : les rongeurs, rats, souris, blanchissent des carcasses humaines ; c'est la fin du parcours. L'étape intermédiaire se terre dans une cavité du tertre, nu, le visage dans les mains, abandonné de Dieu : l'homme sans secours, arrimé à sa prison par une lourde chaîne de bagnard, se voit bientôt cadavre, puis squelette à la merci des viles créatures qui rongent ses prédécesseurs. Tandis que le dernier arrivé, un homme dépenaillé, rongé par l'alcool, s'avachit sur le sol, encore en vie mais s'adonnant au vice, adossé à des branches mortes pleines de démons, de têtes blêmes, de chats-huants déformés jusqu'à prendre l'aspect de créatures boschiennes. Les trois âges de la mort ignorent un Christ impuissant leur désignant le ciel vide d'espoir. La composition est surmontée de deux larrons écorchés dansant une sarabande macabre.

La planche fascinante la tint un moment absorbée, à observer chaque détail comme la scène d'un crime inéluctable, puis elle tourna la page et fut frappée par le contraste. *Mon rêve* : l'artiste s'était représenté peignant un port fantastique où l'on pouvait voir un rivage breton aussi bien que la place Saint-Marc et Constantinople, derrière une forêt hérissée de mâts et de voiles enchevêtrés. Le peintre travaillait sur une rive calme de pêcheurs à pied, alors que l'ensemble respirait le bruit, la confusion, l'agitation. Les jambes à l'air baignant dans l'eau peu profonde, un bâton à la main, le chapeau de paille vissé sur la tête, la barbe longue, appuyant sa planche à dessiner sur le coussin de son ventre, il observait et copiait.

Tandis qu'elle sentait poindre sur l'image le mouvement de la tête de l'artiste, de haut en bas, du proche au lointain, observant le paysage et ses mouvements pour les reproduire, elle passa à la gravure suivante, fuyant ce trop-plein de vie. La pochette portait le titre : *La Maison enchantée*, 1871, lithographie.

Sa surprise fut immense quand elle découvrit l'image, celle-là même qui l'occupait depuis une semaine et qu'elle avait à ses côtés dans son carton. Le titre, dévoilé par la galerie, lui offrit un terrain de réflexion qu'elle remit à plus tard. Elle se concentra dans un premier temps sur la technique, car la sienne était une eau-forte tandis qu'elle avait sous les yeux un report sur pierre lithographique de cette même eau-forte. Les traits lui semblaient un peu plus embrumés que sur sa gravure, très légèrement floutés, ce qui donnait à la réalité étrange de cette scène multiple une tonalité un peu plus sombre. Le plan du premier étage de la demeure était d'un noir plus dense et les femmes qui se tenaient aux fenêtres s'engluaient dans cette encre. Leurs coiffes et leurs heaumes hors d'âge se dressaient sur leurs têtes alanguies et perdues, guettant on ne savait quel visiteur qui n'arriverait pas. C'est alors qu'elle remarqua que, contrairement aux hommes qui habitaient la tour, à gauche, et dont les fenêtres étaient ouvertes, laissant imaginer un intérieur où se réfugier, les femmes étaient, elles, enfermées à l'extérieur, sur un minuscule balcon, alors que les vitres en cul-de-bouteille – lui faisant penser aux winstubs semi-enterrés des petites villes alsaciennes – étaient closes. Ces femmes étaient imbriquées dans le motif de la fenêtre : un bras recouvrait le croisillon tandis que la poitrine était prise dans un autre, la barre de bois passant par-dessus le torse. Une autre extirpait le haut de son corps de la croisée, et certaines n'étaient que des ombres apparaissant en façade derrière le motif géométrique. Elles ne semblaient pas forcément souffrir de cette situation d'enchaînement, d'enchevêtrement, mais une résignation animale se dégageait de leurs expressions esquissées sous la lourde coiffe.

Elle sortit de la galerie, et, machinalement, se dirigea vers le fleuve. Arrivée en bas de la rue de Seine, elle fut tentée de prendre sur la gauche pour suivre le quai. C'est alors qu'elle remarqua le même petit chien blanc, tacheté d'encre sépia, un peu miteux, qui la suivait à nouveau, comme lors de son équipée avec Julien. Cette fois, il la devança et, se retournant, lui montra les dents en grognant, non par colère ou défi, mais pour l'avertir.

Zoé se décida à traverser la Seine et Paris pour rentrer à pied.

Tout en marchant, elle songeait au titre de la composition, *La Maison enchantée*. Il lui semblait que le second terme était galvaudé désormais ; on l'utilisait à tout bout de champ, notamment dans les images de second ordre qui s'étalaient sur les murs des villes ou dans les magazines pour vanter une marque ou un produit. La ménagère était enchantée de son produit nettoyant favori, l'enfant enchantait ses parents en se tartinant de la pâte de chocolat sur son visage hilare, tel parc d'attractions était un lieu d'enchantement pour petits et grands... Alors que l'enchantement devait porter un sens plus lourd, plus secret, plus immanent, bien loin des façades lisses de ces visages souriant exagérément. Il portait aussi une part de magie et de sorcellerie, de forces incontrôlables qui malmènent les êtres, les ballottant dans un hasard dont ils cherchent le sens.

À bien y réfléchir, le titre, après lui avoir paru un peu plat, lui sembla parfaitement convenir à la gravure de Rodolphe Bresdin, tant ses rêves montraient que la maison enchantée se jouait de ces êtres faibles, que ce fût la jeune fille volontariste et prisonnière, les personnages de papier emprisonnés à leurs balcons, impuissants, ou encore les animaux moutonniers. La maison était bien le véritable sujet de l'image, elle concentrait les énergies manipulatrices qui visaient à réduire les êtres à l'état d'objets.

Une fois chez elle, elle rangea son carton et referma à clé son cabinet. Elle se demanda toute la soirée quelle incidence aurait la découverte d'un second exemplaire de la gravure sur sa vie onirique. Sans compter les observations qu'elle avait faites sur les trois autres compositions. Les deux premières s'opposaient tout en se complétant : vie et mort, pitié et condamnation, choix et prison, parabole et abandon de Dieu, nature foisonnante et paysage en déliquescence. La troisième les réconciliait en insérant l'artiste calme au cœur de ce chaos, lui donnant sens. Elle redoutait presque de se coucher tant les conséquences lui semblaient pouvoir être graves, pour son repos mais aussi pour le devenir de ces personnages, pris en tenaille entre ces extrêmes. Dans ce moment, le merveilleux lui semblait plus important à préserver que la vie même. Ce qu'elle avait de plus précieux.

Elle était malgré tout épuisée par le roulis de ses considérations, les vagues d'émotions puisées dans les feuilles de papier, et elle se coucha, comme sous l'effet d'une drogue hypnotique.

Le rêve reprit aussitôt là où il en était resté. Le soleil descendait sur l'horizon, tandis que la pierre des marches refroidissait. Le chien du troupeau était venu jusqu'à elle pour lui lécher les doigts avec douceur. Elle se remit debout. L'animal poussa quelques cris pour la retenir.

« Chien-Caillou, allez, tais-toi, je reviens ! »

Elle poussa la porte de la maison et monta rapidement les degrés jusqu'au premier étage. Sans hésiter, une fois sur le palier, elle poussa la porte de droite, du côté de l'aile gauche du bâtiment. La pièce était pleine de femmes nues, promenant sans pudeur leurs poitrines opulentes, leurs hanches larges et leurs tailles rassemblées en sabliers. Des anatomies contrastées, géométriques, mais différentes les unes des autres par l'épaisseur de leurs extrémités. Certaines femmes portaient au contraire de lourds vêtements couvrant le corps entier, formant un cône. Ces dernières servaient, massaient, frictionnaient, organisaient l'assemblée, gardiennes hiératiques du souffle sensuel. C'était les femmes qu'on voyait aux fenêtres, surveillant et protégeant les pensionnaires qui se livraient à la toilette et à l'entretien des corps dans un hammam que rien ne laissait deviner de l'extérieur, à part peut-être les cheminées fumantes. Des divans humides permettaient de se reposer, de s'entretenir avant l'entrée dans les bains de chaleur croissante. Dans la dernière vasque, à la température à peine supportable, les autres se frottaient au savon noir avant d'attendre en file pour la séance de gommage vigoureux qui les faisait grimacer.

Elle était totalement perdue, ne s'attendant pas à pareil spectacle, n'ayant croisé jusque-là que des esprits et des hommes seuls ou solitaires. Le piaillement des voix haut perchées l'étourdit, la chaleur la prit en une suée violente, après la promenade glacée qui avait précédé. Sa robe et sa coiffe de coton lui parurent soudain insupportables. Les sabots collaient à ses talons moites. Comment les servantes pouvaient-elles supporter ces lourdes étoffes les couvrant de la tête aux pieds ? L'une d'elles s'approcha et appela ses consœurs.

« Venez voir ! La petiote est enfin montée ! » dit-elle, triomphante.

Toutes les femmes vêtues l'entourèrent et l'observèrent avec curiosité en se chuchotant des mots qui suintaient la vapeur.

« Alors, petite, ça y est, tu te décides ? dit une grosse femme à la peau grasse et luisante sous la chaleur de son voile. Tu n'en peux plus de ta vie de miséreuse, non ? Toi aussi, tu veux profiter des bains ?

– Mais si tu y prends goût, il faudra te livrer ! Nous t'observons depuis longtemps, tu es courageuse, tu as tenu longtemps. Allez, ce n'est pas si grave, et cela passe vite. Tu n'auras plus à te geler dans ta chapelle traversée par tous les vents.

– Ici, on te soignera, et on t'engraissera, regarde comme tu es maigre. Nous allons te préparer de fameux ragoûts de pigeons dorés, de fruits et de légumes fondants », dit une gourmande.

L'une d'elles, plus âgée, intervint alors avec sévérité, fendant le cercle qu'elles formaient autour de la nouvelle venue.

« Laissez-nous. Je vais m'entretenir avec elle. »

La femme la considéra longuement, lui tournant autour, la dévisageant, la jaugeant, détaillant chaque parcelle de son corps. La cheville et les attaches des poignets étaient fines, la posture laissait le ventre légèrement sorti en avant sous la cambrure des reins, formant un S, avec la poitrine menue, à la manière des tournures anciennes. Son air méfiant laissait voir, malgré tout, un cou élégant. Des mèches folles sortaient de la coiffe.

Elle fut particulièrement troublée par cette observation attentive, qui la rangeait parmi le bétail de la maisonnée. La matrone l'invita finalement à s'asseoir. Elles se mirent de part et d'autre d'une console et une autre leur servit un thé très sucré.

« Que sais-tu de cette maison, petite ? lui demanda-t-elle.

– Pas grand-chose. » Après un temps, elle reprit, doucement, presque en chuchotant, soudain émue : « Je cherche le maître. »

À ces mots, la femme haussa un sourcil.

« Tu ne devrais pas. Il finira bien par te trouver, surtout si tu viens ici. » Elle parlait d'une voix ferme, un peu plus sonore, celle d'une mise en garde. « Mais que lui veux-tu ?

– Je voudrais... trouver la sortie, ou le sens de tout cela. »

La femme se mit à rire bruyamment, s'esclaffant en couvrant sa bouche de ses larges mains. Tout son buste était agité de secousses et son corps s'arrondissait, chaloupé par les gloussements, faisant fondre l'enveloppe hiératique que formaient le heaume et la chasuble. Maintenant recroquevillée sur la vieillesse d'un corps relâché, elle finit par reprendre la parole en souriant d'un air narquois, fatiguée de son effort et d'une trop longue abstinence de gaieté.

« Il va apprécier ta naïveté, petite. Mais crois-moi, ne le cherche pas, il te trouvera bien assez tôt, surtout si tu rôdes dans nos parages parfumés. Il te suivra à la trace, car s'il aime la fraîcheur des peaux exposées au vent, il les adore huilées de lavande et de géranium. »

À ces mots, une porte-fenêtre s'ouvrit largement à l'arrière du bâtiment et plusieurs hommes pénétrèrent brusquement dans la pièce en parlant bruyamment. Ils descendaient de la terrasse, empruntant un escalier extérieur, vêtus de costumes Renaissance, avec des pourpoints à crevés gonflés de velours et de lingeries d'un blanc éclatant. Les culottes, de velours également, moulaient les cuisses et un cache-sexe renforçait exagérément le renflement de l'entrejambe. La lourdeur et la chaleur de leurs vêtements les incommodèrent aussitôt. Le silence se fit et les femmes, comme des prêtresses païennes, se mirent en file indienne, la poitrine en avant, le corps exagérément tendu au-dessus des reins pour s'exposer avantageusement.

Elle détourna le regard, incommodée par la scène. Le son des peaux claquant sous la paume impudique, les pas précipités, les petits cris des filles et les souffles mâles lui suffirent. Très vite, le silence se fit et les femmes seules regagnèrent leurs bancs, se couvrant de légers voiles.

« Ne t'inquiète pas, reprit la femme en chasuble. Il ne viendra pas ce soir. Si tu veux, profite des bains. »

Elle se leva et appela d'un geste ses camarades. Avec calme et précaution, elles l'aidèrent à ôter ses vêtements. À regret, elle laissa sa quenouille dans le vestiaire, mais l'eau parfumée était délicieuse et elle eut un sentiment de bien-être inédit. Quand elle eut mariné suffisamment longtemps, les femmes l'oignirent de différentes huiles, la rhabillèrent et la laissèrent partir, non sans lui avoir donné un autre verre de thé.

Une fois sur le palier, elle eut l'impression de sortir d'un songe et se précipita dehors pour retrouver sa troupe et la mettre à l'abri. Il faisait nuit maintenant. Chien-Caillou aboya joyeusement tout en la reniflant d'un air méfiant. Tous se dirigèrent, à la lueur de l'étoile du Berger, qui, seule, chatoyait.

Elle referma soigneusement les portes de l'église.

32

Zoé se réveilla vers quatre heures du matin et ne parvint pas à se rendormir. Agitée par le songe, elle décida d'en sortir en allumant la lampe de chevet pour lire quelques pages d'un roman en cours. Cela ne suffit pas à l'apaiser et elle se leva très tôt, se prépara un thé fort, se lava et s'habilla. On était samedi. La journée passa lentement en visites de galeries et d'expositions, mais sans appétence. Elle rôda autour de la galerie de Julien dans l'espoir de l'apercevoir, mais en vain. La jeune fille qui l'avait accueillie la veille ainsi que d'autres employés arpentaient la grande pièce ouverte sur les vitrines. Tous étaient bien trop occupés, en ce jour de week-end, pour la remarquer, et elle ne sonna pas, se contentant d'observer les clients fortunés qui parcouraient les baies donnant sur la rue avant d'entrer, se réservant un plaisir qui ne lui semblait plus accessible depuis qu'une œuvre avait retourné son regard vers sa propre intimité. Vers la fin du jour, elle pensa se rendre à la bibliothèque de l'Institut national d'histoire de l'art pour consulter le rayon sur la gravure. Heureusement, cette institution accueillait ses lecteurs jusque tard, même le week-end, se dévouant aux étudiants pressés d'avancer sur une thèse ou un mémoire à la bibliographie abondante. Au point qu'elle se sentait étrangère et peu légitime entre ces rayonnages débordants d'ouvrages, observant les jeunes gens affairés à leurs études, à travers le plancher en caillebotis de fonte qui laissait entrevoir les différents étages et les tables individuelles occupées, dédiées au savoir laborieux. Elle se comportait davantage en touriste, pensait-elle. Pour une fois, elle se sentait âgée et décentrée par rapport à la population étudiante, pressée, ardente à l'étude et au travail intellectuel. Le lectorat de fin de journée, le week-end, se distinguait nettement de celui du jour et de la semaine, plus dilettante, se consacrant autant à la lecture qu'à une sociabilité étendue, allant de l'échange d'information sur les ouvrages ou les cours dispensés à l'université à une drague intense qui se prolongeait, parfois, entre les travées, en langoureux baisers. Tout cela, elle l'avait observé à de nombreuses reprises, mais ce jour, elle se sentit particulièrement décalée : que faisait-elle là ? Elle ne se consacrait pas à l'étude, ni à l'expertise. Sa promenade n'était pas non plus pur plaisir et curiosité car elle avait du mal à s'arrêter sur un ouvrage et à s'y absorber. Que cherchait-elle réellement ? Elle-même sans doute, dans un environnement qui lui semblait accueillant et libre – on ne lui posait aucune question sur ses recherches, elle pouvait ouvrir n'importe quel ouvrage. Le savoir se trouvait là et elle pourrait, certainement, y trouver sa vérité, avec beaucoup de chance, en tombant sur le bon livre. À cette pensée, elle fut envahie par un sentiment intense de découragement, car comment s'y prendre ? Parmi les milliers de livres, lequel serait capable de lui délivrer un message si rare ? Et surtout, lequel renfermait les si précieuses images qui pourraient la libérer de son obsession onirique, voire peut-être, plus largement, de son introspection dans les œuvres ? Car si satisfaisante qu'elle pût paraître, cette recherche perpétuelle, égocentrique, l'enfermait et l'éloignait des autres.

Il lui fallait trouver une sortie, non pas celle qu'elle avait empruntée pour entrer en collection, celle de la solitude, mais une autre, à l'opposée, une sortie qui, pour l'instant, lui était dissimulée, comme la porte cachée dans le mur de la maison de Jacob, dont lui seul avait sans doute eu connaissance, mais qu'il avait choisi de combler.

Elle se dirigea vers le rayon consacré à la gravure française de la fin du XIXe siècle et chercha les ouvrages sur Rodolphe Bresdin. Au bout de quelques minutes, elle fut surprise de ne pas les voir et se remémora sa visite du début de semaine, afin de visualiser où elle les avait trouvés. Elle longea plusieurs fois la travée avant de constater qu'un vide d'environ trente centimètres de rayonnage devait correspondre aux ouvrages qu'elle recherchait ; un autre lecteur les consultait à l'instant même. Elle fut surprise et intriguée à l'idée de rencontrer et peut-être de partager des observations avec cette personne, non qu'elle envisageât de raconter ses rêves à un inconnu, mais curieuse de savoir ce qui pouvait intéresser autrui dans ces images. Elle commença à parcourir le labyrinthe de bibliothèques, cherchant dans chaque recoin d'étage la pile de livres, posée sur une table, et sa lectrice ou son lecteur. Elle se rappelait que l'ensemble devait se composer de livres reliés de vert, avec des pièces de titre frappées à l'or, mais aussi d'un ouvrage plus récent, simplement broché, dont le dos était rouge vif. Au détour d'une travée, elle remarqua une table isolée à l'extrémité extérieure de la salle. Les livres s'y trouvaient, face à Julien absorbé dans sa lecture.

Elle ne s'étonna pas de le voir là, ni qu'il consultât précisément ces livres, bien que le sujet fût éloigné de ses préoccupations académiques. Elle l'avait cherché pour lui parler de la gravure et la lui rendre. Comme le lui avait conseillé l'homme qui l'avait interpelée à la sortie de son entreprise, elle devait se débarrasser du maléfice enserré dans l'image transmise par ce jeune homme, tantôt séduisant, tantôt antipathique, tantôt vivant, tantôt désincarné. Un jeune homme qui charriait avec sa démarche de pantin une tristesse infinie, la marque du mauvais sort. L'obsession magique était née par lui et le sort jeté sur elle devait provenir tant de l'image que d'une connaissance livresque qu'elle n'avait pu qu'effleurer lors de sa précédente visite à la bibliothèque, mais qu'il devait maîtriser pleinement pour qu'il lui eût transmis cette force. Il devenait clair, en l'observant dans le silence concentré, qu'il était responsable de l'enchantement. Elle ne pouvait continuer à s'y soumettre passivement.

Elle se tenait à quelques mètres de lui et l'observait tourner les pages, prendre des notes, absorbé par sa lecture. Elle avait le sentiment de pénétrer dans son intimité, comme si elle l'eût surpris à la sortie du bain, dans la blancheur d'un jour vierge. Elle eut même l'impression de prendre une revanche et jouissait par avance de son étonnement quand il prendrait conscience de sa présence. Elle resta ainsi de longues minutes quand une voix artificielle retentit dans un haut-parleur, annonçant la fermeture de la bibliothèque. Il redressa la tête et la regarda, pas plus étonné que cela. Elle s'approcha rapidement de la table où il était toujours assis et se planta à ses côtés, le dominant. Il se releva, gêné par la proximité qui lui était imposée. Elle lui saisit la tête des deux mains avec brutalité. Elle le regardait dans les yeux pour le sonder, au plus profond de ses manigances et de ses intentions, si tant est qu'il en eût. Mais non, rien ne filtrait que la petite moustache frémissante.

« Pourquoi moi ? lui souffla-t-elle dans le nez.

- Il vous a choisie.

- C'est faux ! Comment aurait-il pu !

- Prenez cela comme un adoubement, c'est un immense honneur.

- Menteur ! Vous n'êtes qu'un vulgaire rabatteur inféodé, Julien ! À la solde de votre proxénète ! »

Le ton était monté et on les regardait.

Elle hésita quelques secondes, puis l'abandonna, reculant d'un pas. Quelque chose n'était vraiment pas net, dans ce garçon. Puis, sans crier gare, elle attrapa sa moustache, qui lui resta dans les mains comme une queue broussailleuse, flasque et sans vie. Après la stupéfaction, elle se mit à rire, tenant son trophée.

« Un postiche ! Imposteur, faux dandy, grand charlatan ! » cria-t-elle.

Voici ce qu'était ce garçon. Zoé comprit alors à quel point elle s'était fourvoyée.

Profitant de l'aubaine du fou rire et de l'agitation qui convergeait vers eux, Julien abandonna la pile de livres sur place, saisit ses affaires et passa à l'arrière de la travée où elle se trouvait encore. Elle tenta de contourner la rangée d'étagères par l'autre côté pour lui couper la route, mais il avait pris un étroit escalier de fer qui descendait à l'étage inférieur et fila très vite, si vite qu'elle renonça à le suivre. Elle revint lentement sur ses pas, considéra les ouvrages laissés sur la table : nul message ou papier oublié, mais les livres étaient la preuve qu'il avait été là, puis qu'il était parti. Le dernier catalogue consulté était celui au dos rouge, édité à l'occasion d'une exposition sur Rodolphe Bresdin, organisée par la Bibliothèque nationale de France. Le commissaire en était Théodore Rousseau.

Après tout, il était normal que Julien consultât les ouvrages de son directeur de thèse, bien qu'éloignés de son propre sujet de recherche. Et Zoé se souvint que Lee et Gabriel l'avaient invitée, le lendemain, pour venir assister à une performance du même Théodore Rousseau. Le concours de circonstances était étonnant : le conservateur-artiste, dont ils organisaient l'exposition, devait exécuter une œuvre en public – son style contrastait pourtant avec ce qu'elle imaginait, forcément, comme un happening, tel qu'on pouvait en voir dans les galeries et les musées d'art moderne les plus avant-gardistes.

Après une mauvaise nuit et une journée de déambulations, elle n'était pourtant pas fatiguée et peinait à détendre ses muscles contractés. Une fois rentrée chez elle, elle renonça à se préparer à manger et se contenta d'une tartine de beurre, d'un morceau de fromage persillé et d'une pomme. Son estomac accepta difficilement le maigre repas. Elle n'était que nerfs et bouillonnement. Pourtant, l'heure du coucher arrivait et la tension l'accablait ; elle savait qu'elle ne pourrait s'endormir. Elle entra alors dans son cabinet et se laissa aller à une promenade légère dans sa collection, cherchant la toute première qui lui avait porté chance, *Celle qui fait celle qui lit Musset*. La dominatrice, pourfendeuse des couples bien-pensants et des hommes, avaleurs ivres de femmes, l'aiderait à passer la nuit. Elle l'observait ; son œil noir lui redonnait force et courage. Cette nouvelle marche à travers ses images la détendit enfin ; elle fut rassurée de retrouver leur pouvoir, toujours aussi puissant.

Elle s'enfouit dans ses draps et sombra. Le noir, d'abord : une nuit sans rêve, vide, atone. Elle s'y dirigeait à tâtons. Puis, des sons d'instruments lancinants, ininterrompus, voguant entre les notes connues pour s'arrêter dans les entre-deux d'intervalles francs jamais atteints. Des scies et des cordes indiennes accompagnées de percussions irrégulières, surprenantes pour une oreille occidentale. Une musique entraînante, rhapsodique, de plus en plus rapide, pour atteindre une transe phonique. Enfin, une lueur rouge et violette, douce, voluptueuse, s'installa dans un Orient riche d'étoffes, de coussins moelleux, de tapis géométriques et de parfums capiteux. Des murmures de voix féminines l'accompagnaient dans cet antre secret, l'encourageant à avancer dans la chaude atmosphère de sérail. Ses habits de paysanne avaient été lavés, blanchis, repassés, raidis, parfumés. Elle avait l'allure d'une campagnarde du dimanche, fière de son linge simple mais impeccable, de grosse toile de lin rêche mais tenu par l'amidon, reflet d'un ménage irréprochable malgré le dénuement – un luxe de pauvresse. En avançant dans la pénombre, elle s'efforçait de penser à ses bêtes, à son petit compagnon si naïf. Étaient-ils endormis dans l'église ou cheminaient-ils dans la campagne, sur le plateau neigeux ? Désorientée, elle ne savait quelle heure il était : ni la lumière du jour, ni l'éclat de la lune ne parvenaient jusqu'à la pièce tapissée qui ne laissait voir nulle ouverture.

Elle arriva devant un divan profond où siégeait un homme aux épaules particulièrement larges, vêtu d'une robe dont les pans de soie plissée, à la manière des étoffes vénitiennes, étaient étalés avec art de part et d'autre de l'assise. Au son des instruments, il exécutait de ses bras dodus une danse chaloupée d'une grâce étonnante, pour se servir un fruit, le porter à sa bouche, attraper un coussin et le caler sous ses reins, rajuster sa coiffe ou lisser sa barbe. Ce mouvement lent et ininterrompu donnait à ses membres une indépendance par rapport au torse et à la figure immobiles, comme les serpents de Méduse menant leur vie propre autour de la tête fatale. Les deux murènes louvoyantes se relayaient en moulins asymétriques, gracieux, d'une souplesse de gymnaste malgré l'épaisseur du corps. Quand ils n'étaient pas mus par la nécessité d'une action, ils poursuivaient leur route déliée, leur diagonale de ballerine, au son de la musique étrange et discordante.

Elle fixa cet être paradoxal, ne sachant ce qu'on attendait d'elle. Si les voix des bains l'avaient mise en garde et préparée, elle ne pouvait qu'être surprise par l'impotent danseur. La tenue de sa robe de lin empesée l'aida à se tenir droite et fière, dans l'expectative, tout en observant la pièce éclairée par des globes de verre de couleurs.

« Veuillez prendre place, mademoiselle », finit par articuler la créature pachydermique, d'une voix de fausset contrastant étrangement avec la barbe et l'imposante stature.

Les mains fines, allongées, aux ongles ronds et soignés, totalement glabres, dirigèrent vers elle leurs mouvements obsessionnels, l'invitant à s'asseoir sur un pouf, au pied de l'immense robe plissée qui couvrait le divan jusqu'au sol. Elle ne pouvait voir les limites de ce corps étendu et se demanda un moment s'il était pourvu de membres inférieurs, tant il disparaissait dans le monticule d'étoffes, qui lui-même se fondait dans la couche sur laquelle il reposait. Le pouvoir de ses mains serpentant dans l'air était de nature hypnotique ; elles dégageaient une énergie suave en complète contradiction avec la masse adipeuse qui semblait incapable de se mouvoir.

Elle s'assit, posant les mains sur son tablier raide, le dos droit, la coiffe impeccable sur ses cheveux relevés en chignon sévère. Les tissus blancs donnaient un éclat particulier à son teint de lait. Le tableau était des plus curieux : une paysanne vermeerienne au cœur d'un décor oriental, faisant face à un danseur infirme.

Il claqua des doigts. Aussitôt, les mamamouchis apparurent, virevoltant eux aussi au son de la cithare. Ils défilèrent devant eux, disposant avec art un plateau de cuivre, une théière fumante, des pâtisseries et une longue pipe. Puis ils sortirent, non sans avoir jeté des coups d'œil narquois à la bergère endimanchée, se regardant l'un l'autre d'un air entendu.

La voix perchée reprit, après leur départ :

« N'ayez pas peur, chère enfant. Comme vous le voyez, je suis empêché. Je vis ici reclus, dans les vestiges de mon existence fastueuse mais délabrée par l'âge. »

Un bras s'avança, s'étendant au-delà de ce qui semblait physiologiquement possible, pour servir avec adresse, sans bouger le reste du corps, deux verres de thé, le poignet remontant d'un geste adroit la théière à la verticale du récipient, pour aérer le breuvage. L'autre main saisit un verre et s'allongea démesurément vers elle pour le lui tendre. Le corps était donc difforme et extensible, ce qui lui sembla une menace particulière à laquelle elle ne s'était pas attendue. Elle prit la boisson et vit avec soulagement le bras se retirer.

Les petits yeux perdus dans la barbe et la chevelure la contemplaient avec intensité, détaillant ses traits, les formes harmonieuses de son corps alerte. Ce regard caressant la gênait ; aussi prit-elle un soin particulier à siroter son thé, à petites gorgées, concentrée sur l'eau sucrée, tournée de trois quarts, évitant de regarder son interlocuteur qui s'était mis à tirer sur sa longue pipe avec délectation.

« Vous faites toutes cela au début, puis vous vous habituez. Ce n'est pas si terrible. Je ne suis qu'un vieux monsieur étrange qui attend sa dernière visite. »

Elle s'arma de courage et le considéra avec toute la droiture dont elle était capable.

« Apportez-moi encore un peu de vent et de fraîcheur, cela fait si longtemps que je n'ai pas senti l'air dans les feuilles et les branches. Les cris de votre troupeau ne me parviennent même plus. Cette pièce s'est recouverte de tentures au fil des années, et de couche en couche, je ne perçois plus les sons extérieurs. La peau s'épaissit de l'intérieur, si bien qu'il n'y a plus de membrane pour vibrer au chant des oiseaux. Je masque le silence assourdissant derrière cette musique. Car, savez-vous, ici, c'est la maison qui décide. À moi-même, son propriétaire, elle n'obéit plus et n'en fait qu'à sa tête, s'armant d'escaliers, de tourelles, de balcons, sans ordre autre que les poussées anarchiques de son humeur et de son entêtement. Après l'avoir domestiquée, tenue, elle saisit ma faiblesse et me déborde. Et mes gens sont perdus dans des espaces sans destination. »

Rassurée par le ton paternel de la créature, elle osa se tourner complètement pour lui faire face. Que la maison fût enchantée, elle le savait depuis longtemps ; les lieux se ressemblaient si peu d'un jour à l'autre et s'amusaient à lui jouer des tours. Mais elle avait toujours pensé qu'un être magique dominait l'endroit et régnait sur ce petit monde, à la fois borné, mais aussi malléable qu'un morceau de cire chauffé. Elle s'empêchait toutefois d'accorder une confiance trop précipitée à celui qu'elle considérait encore il y a peu comme le maître des lieux.

« Que vous ont dit les femmes ? Elles vous ont mise en garde ? Surtout les vieilles, qui m'ont connu différent. Vous pensiez jusque-là qu'on ne changeait pas dans ce monde, n'est-ce pas ? »

La dernière phrase la plongea dans la perplexité. Elle avait l'impression d'avoir immuablement vécu sa vie de bergère, bravant les éléments, vivant des séquences répétées d'aventures limitées par l'espace et les quelques liens qu'elle avait noués avec des personnages sans passé et sans avenir. Aussi, il lui sembla étrange d'avoir tant tardé à pénétrer dans l'aile gauche du bâtiment central, qu'elle venait de découvrir. Qu'est-ce qui l'avait poussée à se risquer de ce côté-ci ? Elle changeait donc, elle aussi. Elle ne pouvait se rappeler depuis combien de temps elle menait cette existence, ni ce qui l'avait poussée à chercher autre chose.

Il s'était tu, concentré, les yeux posés sur elle, les oreilles tendues vers la musique lancinante, les mains jouant désormais du poignet, tantôt à sa pipe, tantôt frôlant les étoffes de son costume comme un joueur de harpe fait courir ses doigts avec le délié d'un cheval de course. Il entrouvrit les lèvres et lui murmura de se tourner.

C'est donc là que cela commence, pensa-t-elle.

Elle posa son verre de thé sur le plateau, pliant les genoux, en s'efforçant de se tenir la plus droite possible pour maintenir son armure de lin dans sa rigidité et ne pas laisser deviner la souplesse de la taille, avec la fierté d'une déesse de marbre. Ne rien lâcher, chaque muscle en tension.

Elle se releva et tout en gardant la tête haute, fit un demi-tour sur elle-même. Elle entendait un léger souffle accompagner la musique. Tournant le dos au personnage, elle regardait devant elle et observait la scène dans la courbe déformante d'un globe de verre éclairé de rouge. Elle, plus dure qu'une statue. La créature, monticule presque immobile, mais les mains agitées de frémissements imperceptibles. Pourquoi obéir ? Pourquoi se laisser faire ? Pour savoir ?

Après quelques minutes de cette immobilité, elle sentit un frôlement à l'intérieur de sa jambe, le long de sa cheville. Dans le verre de couleur, la créature était parfaitement figée. La sensation était glaçante, mais la chose ne semblait pas vouloir s'aventurer plus haut que la limite de la robe. La caresse se fit un peu plus audacieuse. Elle s'était contentée, dans un premier temps, de rester en surface de l'épiderme, faisant se hérisser le duvet blond. Mais elle perçut ensuite le contact d'une peau humide et douce, tournant autour de l'os saillant à l'intérieur du pied. Les doigts couronnèrent l'attache et commencèrent un mouvement de va-et-vient, tantôt effleurant, tantôt saisissant, passant d'une cheville à l'autre. Le malaise l'étreignait, par peur de ces attouchements autant que par risque de tomber, car elle perdait l'équilibre et ses repères. Elle s'efforça de concentrer son attention sur l'environnement lumineux, pour mieux oublier le souffle lourd qu'elle pensait percevoir dans la nuque. La masse de chairs se tenait éloignée de son corps raide, mais le halètement accompagnant les mains semblait toujours se rapprocher, enrober ses tympans de plus en plus sourds à la musique. Tout autre son que le souffle acide lui arrivait comme de loin, perçu à travers une boule de coton. Elle fixa ses yeux sur les sphères de verre lumineuses, les étoffes indiennes brodées de minuscules miroirs renvoyant la faible lumière par à-coups, des vasques luisantes aux reflets changeants. Son regard fut attiré par une pièce suspendue à un mur, un rectangle métallique argenté, tiré par quatre liens brochés et comportant douze cabochons de pierres de couleurs vives : « Rubis, topaze, émeraude, grenat, saphir, diamant, opale turquoise, cristal, aigue-marine, onyx, jaspe, rubis, topaze, émeraude, grenat, saphir, diamant, opale turquoise, cristal, aigue-marine, onyx, jaspe, rubis, topaze... » se répétait-elle inlassablement. Opaques ou translucides, précieuses ou semi-fines, incrustées dans une plaque ouvragée, elles l'accompagnaient en teintant la lumière, renvoyant des lueurs diaprées. Un instant, elle fut distraite de son observation et perçut les gémissements de plus en plus rapides, les serres humides autour de ses pieds et une odeur sure qui lui prenait la gorge. Tandis qu'un dernier cri secouait la chose, les mains la libérèrent pour la saisir aussitôt au visage et introduire un doigt dans sa bouche. Le relent salé la révolta et elle s'arracha à l'étreinte. Elle saisit l'objet aux douze pierres et se précipita en courant vers la sortie. Un rugissement dont elle ne savait s'il était de plaisir ou de colère la suivit.

33

Sitôt sortie du rêve, Zoé pensa qu'elle devait s'en débarrasser au plus vite. Aussi rejoignit-elle les joggers matinaux du dimanche le temps d'une course vivifiante. Elle eut ainsi la sensation de s'ancrer dans un réel et un souffle sain.

Elle passa un coup de fil à ses parents, à nouveau surpris de son appel. Ses sœurs avaient invité leurs petits amis respectifs à venir déjeuner et on préparait une oie farcie. La période n'était pas particulièrement adaptée à ce type de mets, mais c'était une occasion, le volatile était exceptionnel. Sa mère lui décrivit la bête particulièrement dodue qui rendait déjà un jus doré dans le four. On s'appliquait à l'arroser régulièrement. Zoé eut un haut-le-cœur. Sur ce, ses sœurs entrèrent dans la conversation, particulièrement excitées : toutes deux, sur les conseils de leur aînée, avaient pris leur avenir professionnel à bras le corps. Deux jours avaient suffi pour leur faire prendre conscience de l'impasse dans laquelle elles se trouvaient. Elles avaient réagi. Elles oublièrent de remercier Zoé, mais peu lui importait. Elle était heureuse du résultat. Sa mère et son père lui parlèrent à nouveau, affectueusement, de l'ambiance familiale festive, et, joyeusement, de la bête fondante qu'on s'apprêtait à déguster. Le dégoût la reprit. Zoé prit congé et raccrocha.

Après trois bons quarts d'heure qui lui permirent de retrouver son aplomb, elle joua à la jeune femme soucieuse de sa santé, de son alimentation, déjeunant d'un yaourt et d'un fruit, avec un grand bol de thé fumant, bio, en écoutant Radio classique. Une fois le corps purgé de sa transpiration, elle passa sous la douche, puis adopta une tenue confortable. La matinée passa entre le ménage et quelques courses, mais elle brûlait de se rendre à la galerie de Lee et Gabriel qui ouvrait à quinze heures.

Un quart d'heure avant, son carton sous le bras, elle se mit en route et, une fois devant l'immeuble, elle aperçut une scène étrange : un homme d'une soixantaine d'années se tenait seul dans le local, les cheveux blancs légèrement hirsutes, une barbe de trois jours, d'élégantes lunettes rondes à la monture fine, une chemise, des bretelles, un superbe foulard de soie chamarré et une serviette en papier autour du cou. Car l'homme était attablé devant une large soupière fumante. Il plongeait la cuiller à même le plat pour puiser un bouillon léger. Puis, il pêcha un os à moelle, le posa sur une assiette de fine faïence et en retira délicatement le contenu pour l'étaler sur une tranche de pain grillé. Il saisit une pincée de gros sel dans une salière en cristal et l'émietta du pouce et de l'index au-dessus du toast, qu'il consomma avec une infinie délectation, alternant chaque bouchée avec une gorgée de vin rouge. Ayant fini la première partie de son repas, il l'aperçut derrière la vitre et lui fit signe d'entrer.

« Vous auriez dû toquer, je ne vous avais pas vue. »

Il se leva, un léger sourire aux lèvres, finissant une bouchée, s'essuyant les lèvres.

« Vous me prenez en pleine rêverie gustative, désolé, j'étais totalement absorbé, mais on m'a dit que je devais accueillir les visiteurs, alors entrez, vous êtes chez vous. Je ne vous propose pas de partager mon repas, car je dois m'en occuper d'une autre manière qu'en l'ingérant, à vrai dire, et ces deux choses sont assez contradictoires. Je dois peindre mon pot-au-feu avant de l'ingurgiter. Mais l'os à moelle n'attend pas. Vous permettez, je m'installe. »

Aussitôt, il sortit de sous la petite table un chevalet pliant, qu'il déploya avec agilité, une palette, des couleurs, des pinceaux et un bloc de feuilles épaisses. Il ajusta la composition en replaçant au-dessus des légumes l'os vidé de son contenu et quelques feuilles de poireau contrastant avec le blanc navet et la carotte vive. Le tout dégageait une odeur délicieuse, rehaussée par le fumet de noisette du pain grillé.

Théodore Rousseau se mit à l'ouvrage, traçant les lignes directrices au fusain, puis se saisissant des tubes. Lee ne tarda pas à apparaître.

« Ah, tu es là, lui dit-elle. Vous avez fait connaissance ? Théodore, je te présente une jeune collectionneuse, Zoé, qui est devenue notre amie. Nous lui avions dit de venir aujourd'hui pour te voir travailler. Ça l'intéresse, dit-elle avec un large sourire.

– Oh, travailler, travailler, c'est un bien grand mot. Je viens déjeuner ! Et je dois acquitter mon écot par une peinture. Vous voyez, mademoiselle, cela se passe comme ça ici, à la bonne franquette. Pour nous faire bosser, on nous fait manger. »

Gabriel entra à son tour avec un bol de cornichons et la salua.

« Comment vas-tu ? Tu as passé une bonne semaine ? Alors voilà notre artiste du moment. Théodore, elle est déjà venue. Elle apprécie ton travail. »

Elle n'osa dire qu'elle admirait également ses recherches. Le personnage qu'elle avait sous les yeux était pourtant loin d'être impressionnant. Lee lui enleva discrètement la serviette qu'il avait encore glissée dans son col et épousseta quelques miettes collées à son foulard de soie, tandis qu'il poursuivait son travail d'observation.

Zoé refit un tour dans la galerie et, au bout d'un bon quart d'heure, admira les progrès de la composition. Le peintre était silencieux. Gabriel, assis au bureau, lisait, et Lee avait à nouveau disparu, toujours affairée à une nouvelle tâche, sans doute dans son atelier. Une petite famille entra alors : les parents et un petit garçon de sept ans environ. Les deux jeunes gens visitèrent l'exposition, guidés par Gabriel qui leur présenta Théodore. Ce dernier était concentré et laissait le galeriste commenter son œuvre. Le petit garçon semblait fasciné et demanda à l'artiste :

« Comment tu fais pour que ça ressemble ?

– Ça ressemble, mais pas tout à fait, si tu observes bien. L'essentiel, ce n'est pas de faire exactement ce que tu vois, car tu risques d'être déçu. Mais tu peux faire quelque chose qui approche de ce que tu as sous les yeux. À un moment donné, tu arrêtes de regarder ton modèle et tu améliores ton dessin, d'après ce que tu crois être la réalité. C'est tout. »

L'enfant continuait à regarder, bouche bée. Les parents le tirèrent de sa rêverie pour prendre congé, féliciter et remercier Théodore. Ce dernier se tourna légèrement, dit au revoir au petit garçon, mais continua son travail.

Après l'esquisse au fusain, les couleurs à l'acrylique commencèrent à remplir la page et elle comprit ce qu'il voulait dire : le vert des poireaux était plus vif, la carotte rutilait et les morceaux de viande luisaient de reflets d'or sous le bouillon translucide. Sans oublier la bouteille de vin à moitié entamée et rebouchée d'un liège renflé. Les visiteurs continuaient d'affluer, toujours accueillis avec affabilité par Gabriel, commentant inlassablement, nouant connaissance, pointant dans leurs commentaires les remarques d'intérêt, rebondissant d'une œuvre à l'autre, décrivant tant les thèmes que les techniques. Il fallait beaucoup d'énergie pour tenir ce rôle.

Elle se contentait d'observer, mais sa présence devenait gênante. Elle avait passé plus d'une heure à aller et venir. Après un moment d'affluence, la galerie se vida et Gabriel en profita pour s'absenter.

Elle sortit alors son carton dont on pouvait penser qu'elle l'avait amené pour acheter une estampe et la remporter chez elle. Elle dégagea la gravure de Rodolphe Bresdin et s'adressa à Théodore Rousseau, le tirant de sa concentration.

« Monsieur Rousseau, si je peux vous déranger un instant... Je voudrais vous montrer ceci. »

Le peintre la regarda, étonné, un peu abasourdi qu'elle osât et parvînt à le déranger. Puis il se pencha sur la planche, maintenue sur le carton de protection. Il commença à l'observer attentivement, approchant ses lunettes et fronçant légèrement les sourcils. Puis il regarda ses mains, les essuya et, se ravisant, sortit par le fond de la galerie.

Elle entendit l'eau couler quelques minutes et il réapparut, s'essuyant les mains dans un torchon qu'il jeta sur sa chaise. Il saisit la planche et se mit dans la lumière, dos à la vitrine, passant en revue chaque coin de la gravure, retournant la feuille pour observer le revers, puis la scrutant par transparence dans la lumière. Il rabaissa ses lunettes et regarda par-dessus. Il prit une grande inspiration, posa l'œuvre sur le carton. Il lui sembla alors qu'il l'observait avec autant d'attention, voire de méfiance, que la planche elle-même. Le temps lui parut très long avant qu'il ne s'adressât à elle.

« Où avez-vous trouvé cette œuvre, mademoiselle ? »

Elle hésita mais finit par dire :

« On m'en a fait cadeau.

– Un très beau cadeau !

– Effectivement.

– Savez-vous de quoi il s'agit ? J'imagine que vous ne vous adressez pas à moi, par hasard ? dit-il en la regardant en coin.

– Oui, j'ai lu votre catalogue, et d'autres encore. Il s'agit de *La Maison enchantée* de Rodolphe Bresdin.

– Et vous connaissez... un petit peu... la gravure ? »

Il était clair qu'il la jaugeait, cherchant à savoir à qui il avait affaire.

« Un petit peu, oui.

– Les techniques ? »

Il parlait d'une voix très douce, sincèrement interrogative.

« Oui, enfin, les principales, je pense, même si j'imagine que je peux passer à côté des subtilités des techniques mixtes.

– Oui, mais à l'époque de Bresdin, c'est tout de même assez simple, non ?

– Oui, c'est vrai.

– Alors, avez-vous bien lu mon catalogue ? »

Elle se rappela alors qu'elle l'avait parcouru, mais moins attentivement que les autres ouvrages qu'elle avait consultés. Lui restait en mémoire davantage la fuite de Julien que le propos du livre lui-même. Elle eut alors une illumination qui expliquait l'attitude ambiguë du professeur qui avait quitté ses habits d'artistes en quelques minutes de discussion.

« C'est un faux, c'est cela ? »

L'homme se mit à rire doucement, la regardant toujours en coin. À la fin, son attitude était agaçante, ne pouvait-il en venir au but ? Il posa ses deux mains sur la table de Gabriel, s'appuya sur ses poignets, et se pencha vers elle.

« Non, mademoiselle, ce n'est pas un faux, au contraire, c'est une planche authentique, très rare. Je pensais jusque-là qu'aucun exemplaire du premier état de l'eau-forte de *La Maison enchantée* n'était connu. Même le Cabinet des estampes de la Bibliothèque nationale de France n'en possède pas. Vous avez conscience que cela est très précieux ? »

Elle était partagée entre la surprise de cette information, qu'elle avait manquée dans ses recherches, et l'irritation qu'il la prît pour une élève de première année de l'École du Louvre.

« Je n'en avais pas précisément conscience, mais je m'adresse à vous pour en savoir plus.

– Qu'est-ce que vous voulez savoir de plus ?

– Pourquoi cette gravure est-elle si rare ?

– C'est difficile à dire. On ne sait pas pourquoi Bresdin a si peu tiré ses gravures. Il n'a sans doute pas eu beaucoup de succès et pensait peut-être inutile de dépenser de belles feuilles de papier, de l'encre et son énergie. C'était un inventeur, un aventurier de l'art, il testait des trucs pour reproduire ses œuvres, ses dessins surtout, et espérait faire de l'argent. Mais la prospérité n'est jamais venue. Pour lui, il était sans doute plus avantageux de passer par la presse lithographique : moins cher, plus rapide. C'est pourquoi on connaît aujourd'hui la lithographie de cette planche. Ce qui m'étonne surtout, c'est d'être passé à côté de cet exemplaire, qui a bien dû être vendu à un moment donné pour qu'il se trouve entre vos mains.

– Vous avez dit qu'il s'agissait du premier état ?

– Eh oui ! Vous le sauriez, si vous aviez lu mon catalogue.

– Il y a donc un deuxième état ?

– Naturellement ! Passez me voir, demain, à la Bibliothèque nationale. Je suis à la retraite, mais j'ai toujours mes entrées. Je vous ferai voir le deuxième état. Venez, par exemple, vers 17 heures ? Ça vous va ? »

Elle remercia et se retira rapidement, sans attendre le retour de Gabriel.

34

Zoé rentra chez elle au pas de course, s'attendant à une nuit difficile qu'elle prépara comme un siège : cuisine roborative, alcool fort, méditation. Elle changea ses draps, se borda de tous côtés, et affronta le sommeil avec courage. Tout autre qu'elle aurait été empêché de dormir, mais la force du récit le rendait inéluctable. Le retarder n'aurait certainement pas suffi à le diminuer, peut-être en aurait-il profité pour se déchaîner encore davantage. Aussi se laissa-t-elle aller courageusement à la torpeur, facilitée par le breuvage.

Elle avait revêtu, par-dessus sa chasuble de vierge, le pectoral aux pierres colorées qui brillait telle une cuirasse sur sa poitrine, maintenu dans le dos par les quatre liens en tissu doré. Elle tenait son fuseau à la main, dressé, et gravissait les marches d'un escalier en colimaçon interminable. Régulant son souffle difficilement, elle courait presque, fuyant et cherchant une issue. Elle ne reconnaissait pas les lieux, sans doute sortis de terre sans crier gare à la faveur d'une éruption architecturale. Mais dans quelle partie du domaine se trouvait-elle ? Que craignait-elle pour se hâter à en perdre haleine ? Un danger viscéral, elle le savait sans se rappeler exactement ce qu'il pouvait être. L'escalier était percé de petites fenêtres obturées par la végétation extérieure. Puis, tout à coup, quelques ouvertures sur le ciel apparurent entre les feuilles touffues, et enfin une véritable baie, sur un palier. Un courant d'air souffla dans ses voiles, elle sortit sur un étroit balcon pour respirer au grand air et manqua se heurter à un soldat casqué, en vigie. Elle se trouvait à l'extrémité senestre, donnant sur la forêt touffue. L'homme fut aussi surpris qu'elle mais se précipita vers sa trompe de chasse dont il sonna avec force. Au loin, un mugissement puissant lui répondit, accompagné de l'aboiement de Chien-Caillou – son cher troupeau la suivait dans son ascension – ce qui lui donna le coup de fouet nécessaire pour fuir. Comme la plupart des personnages de l'image, l'homme était bloqué dans sa sphère et ne put l'arrêter. Elle le bouscula et poursuivit sa course, toujours montant, toujours courant. Enfin, une porte marqua l'extrémité de l'escalier. Elle sortit brutalement et faillit perdre l'équilibre : elle se trouvait sur le faîte du toit de tuiles rondes. Une bourrasque la fragilisa mais, les pieds en troisième position, avec l'aplomb d'un danseur de corde, se servant de son fuseau comme balancier, elle parcourut à petits pas les quelques mètres qui la séparaient d'une grosse cheminée double et, s'appuyant dessus, reprit haleine un instant, cachée. Prudemment, elle reprit sa marche d'équilibriste jusqu'au pignon central. Elle enjamba la balustrade qui délimitait la terrasse faîtière. Son fuseau heurta la pierre et elle entendit le grognement des mamamouchis qui rappliquèrent immédiatement. Elle avait oublié qu'ils se trouvaient à quelques mètres de là.

Ces gros lourdauds vont eux aussi donner l'alerte, pensa-t-elle. Depuis ses aventures dans l'antre du maître, ils lui semblaient beaucoup moins sympathiques. Elle gardait en mémoire leurs coups d'œil lourds de sens et sans pitié. Sans doute les plus serviles de ce peuple de prisonniers, et pourtant les plus libres, ayant le loisir d'errer dans les cieux.

L'un d'eux se souleva, avec le gonflant d'une méduse, et l'aperçut. Ses deux joues s'arrondirent, puis il souffla violemment pour la faire tomber, un vent glacé à couper la respiration. L'autre fit de même, éructant un vent brûlant qui la prit entre deux feux. Les deux créatures révélèrent ensuite leur nature transformiste : cobra, dragon, rhinocéros, sanglier, ours, gorille, araignée géante, les animaux se succédaient tout en lui soufflant à la figure leur haleine double. Mais elle sentit le bluff de ces deux froussards ; lorsque l'un s'approcha suffisamment, la menaçant, ouvrant une gueule à doubles rangées de sabres acérés, elle détourna son attention par un grand mouvement de jambe et en profita pour le piquer de sa quenouille. Il fit un petit « pschuitt » tout à fait ridicule et s'éloigna, accompagné de son frère qui le plaignait tout en désertant son poste.

« *L'a osé la piquinote vipare, la pesta nera piquante la chiara boursoufla ! A la guarda, a la guarda ! Garer vostre festrouille ! A la guarda, à la guarda !* »

Ils étaient en train de sonner l'alarme et elle était désormais à découvert. Aussi se redressa-t-elle pour observer les environs. À une quinzaine de mètres, elle vit trois hommes qu'elle reconnut : ils faisaient partie de ceux qui avaient pénétré dans le harem pour assouvir des besoins impérieux, hommes-sexes bourgeonnants sous les costumes historiques. Les six yeux la fixaient avec concupiscence. Les renflements de l'entrejambe, encore plus considérables que dans son souvenir, laissaient augurer la suite, mais elle se sentait invincible et armée. Le tournoi s'engagea. Elle courut avec la violence du combattant se précipitant vers l'adversaire, le bras tendu en avant et le cœur battant sous la cuirasse. Elle engagea le combat, attaquant l'adversaire en son point faible. Le fuseau toucha l'un d'entre eux à l'aine avant de déraper plus bas, vers la grosseur indécente. L'homme gémit. Elle s'en approcha et le saisit à pleines mains, finissant le travail, tandis que les deux autres l'avaient attrapée au torse et à la cheville, l'un collant ses mains sur la poitrine, gêné par la cuirasse rigide, l'autre coinçant sa jambe entre ses cuisses musclées. Toute ruade de sa part excitait leur ardeur. L'homme du haut tentait de défaire les liens d'or de la cuirasse, tandis que celui du bas se délectait de ses secousses. Le troisième gisait, se massant et geignant. Elle perdait du terrain, les mains se faufilaient déjà sous les pierres protectrices. Mais profitant de leur désarroi et de leur affolement dans leur échauffement, elle fit basculer l'ennemi, lui saisit le cou pour guider la tête vers l'entrecuisse du premier battu, qui aussitôt, aveuglé par l'excitation, l'enserra fortement. Elle eut plus de mal à se débarrasser du fétichiste de la cheville, mais le postérieur saillant de l'homme à la tête coincée fut une cible aisée à lui signaler. Dès lors, elle guida sa tête vers la montagne magique, ce qui l'amena à desserrer son étreinte et lui permit de s'échapper. Les trois hommes, désormais encastrés, formaient un long serpent agonisant de désir, et du plus haut ridicule. Mais elle ne prit pas le temps d'en rire.

Elle se précipita vers une tourelle, à l'extrémité de la terrasse, ouvrit la porte et la claqua derrière elle. Elle se trouvait en haut de la tour qui surplombait la chapelle. Chien-Caillou s'y trouvait. D'un mouvement de tête, il lui indiqua le chemin. Elle dévala les escaliers et ouvrit une porte minuscule qu'elle trouva à l'étage inférieur. Sur le seuil de la pièce, elle reprit ses esprits, respira longuement avant de se diriger vers la fenêtre ouverte sur le balcon, celui du vieux rabbin et du dandy romantique. Le premier, toujours marmonnant, lui jeta un coup d'œil rapide, et, contrairement à son habitude, se tourna tout à fait, désignant de la main sa cuirasse aux pierres brillantes. Son balbutiement s'accéléra, s'agita sur un rythme inhabituel, aussi le dandy se retourna-t-il pour considérer ce changement qui venait enfin rompre la lamentation monotone. Tous trois sentirent que quelque chose venait de se passer. Le rabbin tendait la main vers la cuirasse et cria « *hoshen* », d'un ton désespéré et soulagé à la fois. Le dandy l'aida à dénouer les liens et, à regret, elle donna au vieil homme la plaque de métal ouvragée. La couverture de fer, brodée de gemmes protectrices, l'avait aidée dans son récent périple, mais là se jouait quelque chose. Sitôt l'objet passé d'une main à l'autre, le temps fut suspendu un court instant, pendant lequel toute l'agitation extérieure sembla morte. La maison prit son élan et s'ébranla. Ils furent tous trois pris dans un tourbillon de pierres, de murs détachés, d'arbres et de tuiles. La demeure se réveillait et se rebellait, rebattant radicalement les cartes d'une narration inscrite en ses lieux. Elle aperçut, dans le maelström des corps et des pierres à la dérive, l'archer mélancolique, toujours dressé en vigie sur son balcon. Profitant d'une ligne de crête dessinée par des lames de parquet en pagaille, elle courut le rejoindre sur sa nacelle de briques, petite île volante prise dans la bourrasque. Elle s'y sentit immédiatement en sécurité, se blottissant dans les bras du mystérieux jeune homme en justaucorps. Pour la première fois, la moustache souriait largement. Autour d'eux, tout était monstrueux : nuages grondants, chimères de feu, vent emportant tout, les pauvres vaches les quatre fers en l'air, les poussins déjà morts démembrés sous la tempête, bêtes assommées par les projectiles autrefois protecteurs assurant couverture et chauffage, arbres fouetteurs lancés à toute allure, et les femmes du harem, nues dans la tourmente, exposant leurs corps glorieux et fragiles, tandis que les servantes voyaient leurs voiles prendre le vent. Dans l'œil du cyclone, on pouvait apercevoir le maître, ou ce qu'il en restait. Il tentait de rassembler autour de son corps dépenaillé et obscène les ravages de sa difformité, jetant des regards de tous côtés, affolé devant l'emballement général d'un monde à son service, dévolu à ses plaisirs : une maison enchantée soumise à ses caprices mais qui avait fini par donner corps à la révolte.

&

35

Pour Zoé, le lundi fut une interminable journée, tout en ennui et en attente, avant qu'elle ne se présentât aux portes de la Bibliothèque nationale de France, à quelques dizaines de mètres de son travail. Pour une fois, elle n'emprunta pas la porte centrale de la salle Labrouste, qui menait à l'Institut national d'histoire de l'art, et attendit dans l'entrée l'arrivée de Théodore Rousseau.

Ce dernier la salua. Sa tenue de conservateur ne se distinguait pas tant de celle de l'artiste : un foulard de soie était toujours noué autour de cou, bien que différent de celui de la veille ; il portait une casquette et un sac en bandoulière. Il lui fit traverser le hall, l'invita à prendre l'ample escalier gris métallisé, aux courbes élégantes, jouxtant le jardin Vivienne, qui menait à la galerie Mazarin. Théodore Rousseau lui dit quelques mots, sur un ton badin, des trésors disposés dans les vitrines latérales, tandis qu'elle était littéralement éblouie par les fresques de Romanelli récemment restaurées. Au bout de la galerie, ils empruntèrent un escalier étroit jusqu'au troisième étage. Là, il appela une collègue qui vint leur ouvrir les portes d'un magasin. Prévenue à l'avance, elle avait préparé un lourd portefeuille contenant les gravures de Rodolphe Bresdin. La pièce était entièrement tapissée de profondes étagères portant à plat boîtes, larges volumes et cartons débordants de papiers. Chaque ensemble portait une pièce de titre avec les cotes permettant, à partir du catalogue, de localiser les documents. Au centre de la pièce, une table haute et très large permettait de faire glisser les volumes à l'horizontale et de les ouvrir avec tout le confort et la sécurité nécessaires à leur manipulation. Divers fichiers meublaient les espaces non aménagés, laissés libres d'étagères, de cet espace densifié à l'extrême. À partir d'un aménagement rationnel, on avait rempli le volume de la pièce jusqu'à rendre la circulation difficile.

La conservatrice semblait très bien connaître Théodore Rousseau : il n'était manifestement pas dans les habitudes de la bibliothèque d'accueillir du monde dans les « coulisses », mais c'était une évidence pour un ancien collègue tel que lui, qui avait tant apporté, par sa connaissance du fonds des estampes et par sa pratique des différentes techniques.

« Mademoiselle possède une rareté extraordinaire, un unicum de Maître Bresdin, mais elle ne savait pas vraiment ce qu'elle avait entre les mains. Alors je me suis proposé de lui en faire connaître un peu plus. »

Elle fut piquée au vif par la remarque pointant son manque d'érudition ; cependant, malgré sa passion, elle s'était laissée emportée par les suggestions de l'image sans étudier son sujet à fond, il fallait le reconnaître.

« Eh bien, vous êtes servie avec Théodore ! s'exclama la conservatrice. Vous ne pouviez mieux tomber. Bon, je vous laisse. Je suis en salle. Théodore, tu m'appelles quand vous avez fini ? Bonne consultation ! »

La lourde porte de la réserve se referma derrière elle tandis qu'elle rejoignait la salle de lecture.

« Alors voilà. Dans ce portefeuille : l'ensemble de l'œuvre gravé de Rodolphe Bresdin, et ici, la version lithographiée de *La Maison enchantée*, premier état », dit-il après avoir fait défiler quelques feuilles.

Elle reconnut un exemplaire en tous points identique à celui qu'elle avait vu chez le marchand : certaines zones étaient moins nettes que sur la version à l'eau-forte qu'elle détenait, comme elle l'avait déjà remarqué sur la planche à vendre.

Théodore Rousseau poursuivit en tournant la feuille et en découvrant la suivante :

« Et là, Bresdin reprend son eau-forte et la modifie. Pourquoi ? Repentir de l'artiste ? Usure d'une zone qu'il fallait graver à nouveau ? Cette hypothèse est peu probable puisqu'il l'a vraisemblablement tirée à très peu d'exemplaires, dont vous possédez le seul connu aujourd'hui. C'était un artiste fantasque : au jeu des différences, on remarque quelques variations architecturales, la tourelle qui ferme la passerelle est plus épaisse, plus ouvragée, elle équilibre davantage ce corps de bâtiment, mais surtout, il épaissit la végétation qui monte vers le ciel, masquant presque le pigeonnier de droite. Là, il se joue quelque chose. L'image était peut-être pour lui trop civile, trop policée, et Bresdin est un fanatique de la nature sauvage. Il lui fallait cet envahissement d'un pin monté en graine pour boucher ce coin de ciel. C'est plus poétique. »

Il avait donc repris les deux extrémités de la planche : le bord droit, avec une végétation plus haute, et le bord gauche, avec un bâtiment rééquilibré dans son architecture.

« Votre curiosité est satisfaite ? Si d'aventure, vous vouliez vous défaire de votre épreuve, pensez à la Réserve du Département des estampes et de la photographie, je suis sûre que ma collègue sera intéressée. »

Zoé le remercia chaleureusement, promettant d'y penser tout en s'avouant qu'il lui serait difficile de donner ou même de vendre un tel cadeau, qui faisait porter sur elle une charge dont elle n'imaginait pas se délester autrement qu'en le rendant à son précédent propriétaire.

Théodore Rousseau appela la conservatrice qui rangea les œuvres et referma le magasin sous alarme. Il descendit à l'étage pour consulter un ouvrage dans la salle de lecture, prenant congé et la laissant rentrer chez elle.

Elle se demandait, tout en marchant, ce que pourrait provoquer la découverte de cette autre maison enchantée. Elle n'était pas si différente, mais peut-être mieux équilibrée, moins bringuebalante, sertie dans une nature désordonnée mais rassurante. Les éléments ajoutés sur la première version allaient-ils conférer une stabilité au paysage en déroute qu'elle avait quitté au matin ?

Sur le chemin, elle appela ses parents, ses sœurs, Lee et Gabriel. Elle n'avait aucune nouvelle particulière à leur livrer, mais, elle voulait juste entendre les voix proches, amies. Les dialogues du quotidien lui rendirent ses forces tandis qu'elle avançait. Comme avant une dernière épreuve, elle ne savait si elle disait « à demain », ou « au revoir ».

La hâte la fit se coucher très tôt, malgré le ciel encore clair et la vie bruyante de la rue.

Le rêve reprit dans le bruit assourdissant d'un chantier en construction. De l'apocalypse de la veille, il ne restait presque rien et chacun aidait comme il le pouvait : garçon, rabbin, dandy, soldats, mamamouchis, servantes, odalisques, tous participaient au chantier, clouant, maçonnant et couvrant. Elle observait l'animation depuis un œil de bœuf qui perçait la chapelle, sous la toiture. Seul ce corps de bâtiment avait résisté à la destruction générale. L'archer était à ses côtés, assis sur le sol, à ses pieds. Chien-Caillou dormait en rond. Le jeune homme avait trouvé, dans les décombres du déluge, un luth délicat provenant sans doute des appartements féminins, pas trop malmené par les éléments et tombé sous ses doigts par hasard. Les marteaux et masses heurtaient la brique, les tuiles, la tôle, et créaient un martèlement au rythme inexorable qu'il accompagnait de quelques sons légers et doux, d'une harmonie apaisante et régulière.

Elle observait le travail qui semblait reproduire une organisation ancienne, connue et pourtant différente. Quelques paroles accompagnaient les heurts. Des commandements étaient lancés par des voix dominant le chantier. Mais l'ordre était profondément bousculé : les femmes criaient, invectivaient, édifiaient, tout en portant, en manipulant les outils, en construisant, et les hommes exécutaient. Leurs corps de femmes n'étaient plus des chairs nues et offertes, disponibles, mais celles de travailleuses charnues, musclées, denses, drapées dans des étoffes qui laissaient deviner les corps sans les découvrir. Jeunes ou vieilles - car il n'y avait plus de hiérarchie entre les anciennes courtisanes et les novices -, elles étaient habitées d'une même assurance et d'une force à déplacer des montagnes. Et de fait, la demeure se reconstruisait à une vitesse étonnante sous leur direction pertinente et implacable. Les volumes retrouvaient leur place et les hommes les écoutaient.

Elle avait conscience d'avoir provoqué cette ruine et comprenait ainsi sa position en retrait, mais s'interrogeait sur sa place dans l'ordre nouveau. Devait-elle se féliciter d'avoir échappé au regard des autres, qui ne pourraient que l'accuser du désastre, ou regretter de ne pas prendre part à la nouvelle vie ? Le maître était lui aussi invisible. Était-il mort dans la tempête ? Ou avait-il déjà rejoint ses appartements, puisque le bâtiment central était achevé ? Cette dernière hypothèse lui semblait peu vraisemblable, en regard des bouleversements qu'elle pouvait observer. Depuis combien de temps se trouvait-elle là, dans sa position de vigie ? Comment était-elle sortie des décombres ? Elle sentait que nombre de questions trouvaient leur réponse à ses pieds, et bien d'autres encore.

Peu à peu, les martèlements s'espacèrent, s'étageant sur des tonalités différentes, de la brique claire au sourd coup de masse achevant d'encastrer la clôture dans le sol meuble. Les percussions ralentirent, donnant aux sons de plus en plus rares une précision rythmique abstraite, inattendue, jusqu'au dernier coup, et au silence. L'archer même, n'osait plus effleurer ses cordes.

Elle se glissa auprès de lui, saisit son arc et mit le fuseau dans son carquois, tandis qu'il plaçait son luth en bandoulière. Main dans la main, ils descendirent l'escalier de bois, sortirent dans le silence que seuls leurs pas froissaient sur les mousses sèches. Dehors, chacun avait repris sa place, mais l'esprit du lieu avait changé. Sans un mot, ils se dirigèrent à dextre, vers la tour. Il leur fallait expérimenter les nouveaux chemins de la demeure mystérieuse. Ils montèrent l'escalier en observant chaque palier, chaque porte inconnue. Si l'enveloppe extérieure était identique, les dédales intérieurs formaient d'autres volumes comme autant de promesses de rencontres. À l'étage supérieur, ils débouchèrent sur la terrasse, à partir d'un balconnet augmenté d'une toiture épaissie de dentelle métallique, la seule innovation visible à partir de l'ancienne carcasse de pierre, de briques et de tuiles. Ce chevet gothique dardait vers le ciel un obus de fer d'allure à la fois moyenâgeuse et industrielle. Les soldats étaient postés mais leurs culottes dégonflées ne les tourmentaient plus. Ils les regardèrent passer, avec placidité, à senestre, vers le pigeonnier, escalader la balustrade et se lancer avec grâce sur la crête faîtière. Le chemin du retour fut aussi apaisant que l'aller avait été angoissant.

Ils se glissèrent dans la tourelle. Descendant quelques degrés, ils tombèrent sur une masse inerte, molle, le corps vidé et ratatiné. Il était néanmoins reconnaissable à ses habits de riches étoffes, devenus infiniment grands autour du corps atrophié. Deux grands yeux la fixèrent sans appétence, cherchant le souvenir, mais restèrent définitivement vides. Les histoires des femmes dont il s'était repu pendant longtemps l'avaient quitté, et avec elles le désir violent, l'opulence d'un corps rempli des autres. Il s'étalait sur les marches de l'escalier, aussi plat et souple qu'un drap de soie. Ils enjambèrent sans façon ce corps épuisé et se dirigèrent vers le petit balcon. Le maître eut un geste et un gémissement à leur intention, mais ils enjambèrent le parapet. La forêt était partout, plus haute qu'avant la tempête : un magnifique pin leur tendait ses élégantes ramures, à portée de main. De branche en branche, ils rejoignirent la terre ferme, sautant dans les épines odorantes et la caresse des fleurs. Elle le prit par la main, l'entraîna vers la chapelle dont elle ouvrit grand les portes. S'avançant vers le chœur, elle brandit sa quenouille, frappa le sol de pierre, et le chevet s'ouvrit, laissant la lumière pénétrer de tous côtés. Une sortie définitive, pour qui le voudrait. Ils s'élancèrent dans la nature.

36

Pour la première fois depuis dix jours, Zoé se réveilla apaisée. Sa première pensée fut pour Jacob et sa maison, ouverte en ses deux extrémités, enfin libérée du poids des livres et des images. Elle aussi se sentait plus légère. Au bout de quelques minutes passées à fixer son plafond, elle se leva avec une détermination nouvelle.

Pensant à sa collection, elle se dit qu'il était temps de l'exposer. Elle alla chercher la gravure de Lee, son talisman à elle, l'œuvre qui n'aurait pas dû advenir mais dont on lui avait fait cadeau et qui allait la protéger en cette journée particulière. Elle la sortit de sa pochette et la plaça en évidence, dans sa cuisine.

Elle savait précisément ce qu'elle devait faire. En premier lieu, appeler son travail et dire qu'elle ne se présenterait pas ce jour-là. Rester chez elle, et, vers dix heures, aller rôder vers la galerie de Julien, à un horaire où il ne l'attendait pas, avec la gravure replacée dans son étui d'origine, avec sa dédicace. Et cela ne manqua pas, elle l'aperçut à travers la vitrine de la boutique et sonna. Il fut plus que surpris de la voir, presque apeuré. Son nouveau visage de marionnette imberbe s'anima étrangement ; il savait la raison de sa venue. Il avait perdu de sa superbe mais semblait plus de son temps ; il la regardait avec un air trouble. Peut-être se trompait-elle, mais cela ressemblait fort à de l'admiration.

Il sortit de la galerie et, sur le seuil, lui dit :

« Le maître est satisfait de vous.

– J'imagine. Mais je veux que cela finisse. J'ai assez donné.

– Bien. Allons-y. »

Chien-Caillou les attendait, à l'extérieur.

Ils longèrent la Seine jusqu'à l'immeuble de la rue des Saints-Pères, suivis du chien, qui s'arrêta sur le pas de la porte, inhabituellement calme. Zoé le regarda avant d'entrer. L'animal lui rendit son regard de confiance. Ils pénétrèrent dans l'immeuble, grimpant jusqu'à l'étage supérieur. Julien ouvrit la porte de sa chambre-loge ; le rideau donnant sur l'appartement du comte était ouvert. Zoé jeta un coup d'œil dans la pièce et se dirigea vers le lit, laissant Julien interloqué. Sans ménagement, elle grimpa sur le sommier et décrocha l'estampe japonaise. Il eut un mouvement de colère mais elle ne lui laissa pas le temps de l'exprimer par ses platitudes habituelles. Elle tenait sous son bras le cadre et sa propre estampe.

« Julien, j'aurais pensé que votre maître vous eût transmis un Mellan, j'ignorais votre penchant caché pour les estampes japonaises. Sans doute a-t-il jugé que ce goût vous allait mieux, et qu'il était plus propice à des rêves profanes », asséna-t-elle, laissant Julien anéanti.

Elle prit les devants en se dirigeant vers la porte d'entrée du musée. Dans la lumière du matin, pour cette deuxième visite en terrain connu, le lieu lui parut désenchanté. Les œuvres étaient toujours uniques, d'un goût exceptionnel, parfaitement présentées, mais aucune atmosphère magique ne nimbait plus l'ensemble. L'accord parfait qui faisait de la visite un phylactère ininterrompu donnant sens à cette œuvre globale, la collection, s'était étiolé, comme si l'une des oeuvres avait épuisé toutes les autres. Les artifices extraordinaires, senteurs, atmosphères, caractéristiques de l'air, étaient à l'arrêt, et cette seconde traversée fut assez triste, jusqu'au jardin des Antiques. Zoé s'apprêtait à poursuivre son chemin lorsqu'elle se ravisa. Elle parcourut les terrasses, jusqu'à l'extrémité du jardin. Julien, devinant son intention, tenta de l'arrêter.

« Ne faites pas ça, je vous l'interdis. Sa vengeance sera terrible, je vous préviens !

– Aussi terrible que celle qui vous a réduit en esclavage, Julien ? »

Il se recroquevilla sur lui-même, foudroyé, la regardant farouchement. Il tenta de se rengorger et, ridiculement, mu par un vieux réflexe, fit mine de tortiller sa moustache absente.

Elle se tenait maintenant devant le bas-relief de la femme marchant, devant lequel ils s'étaient arrêtés, lors de la première visite.

« Enfin Julien, vous savez bien qu'il s'agit d'une copie ? » lui dit-elle.

Il lui saisit le bras. Elle s'écarta.

Alors il se tint devant l'œuvre, la regarda longuement, puis la saisit des deux mains, avec fermeté, la fit pivoter sur elle-même et la retourna contre le mur de manière à ne plus voir l'image. Son regard quitta la chimère pour la femme.

Ils rebroussèrent chemin et, comme une semaine auparavant, il la regarda escalader terrasses et marches de son pas agile, suivant des yeux la courbure du pied, talon-plat-pointe.

Ils poursuivirent leur chemin jusqu'à la salle dédiée aux monstres. Là, le noir régnait en dehors du sarcophage central, dégageant une lueur irisée. Elle fut naturellement attirée par la cage de verre, sentant là, à sa portée, la présence de l'œuvre la plus monstrueuse. Le corps, mi-mort mi-vivant, gisait toujours, infiniment transformé. Les tatouages qui le couvraient et lui insufflaient le vent, la mer, les femmes, les hommes, les bêtes, la sauvagerie antérieure de ces images enchaînées, avaient fait place à une architecture sage, quoiqu'étrange, où les volumes semblaient aussi déconstruits qu'un Piranèse tout en présentant le calme apparent d'une villégiature. Les volumes épousaient les formes rondes du corps blanc et pointaient leurs dards dressés dans le ciel, sous l'aisselle et vers le sexe. Elle reconnut, avec dégoût, les bêtes, les femmes et les hommes qu'elle avait croisés. Mais le garçon était seul, elle était sortie de l'image, à son grand soulagement. Elle eut envie de porter atteinte à ce corps sans défense et pourtant si arrogant, mais elle se ravisa.

L'ogre repu reposait, attendant sa prochaine victime, qui lui fournirait son lot d'histoires, d'images, de rêves et de fantasmes. L'œuvre gravée de son corps parachevait la collection avec la monstruosité de l'esclavage, de l'addiction et la plénitude de la jouissance assouvie.

Poursuivant son rôle, Julien l'interrompit dans sa contemplation :

« Si vous voulez bien sortir par ici et attendre dans cette antichambre qu'on vous transmette les instructions ? » dit-il en lui indiquant une porte, avec sa déférence habituelle.

Zoé vit tout de suite qu'il ne s'agissait pas de la même porte que lors de sa première visite. Cette dernière s'était ouverte en pleine lumière. Julien l'invitait à sortir, non pas par la dernière salle, le blanc cabinet d'estampes, mais par une autre pièce qu'elle n'avait pas remarquée. Elle se rappela combien elle avait été éblouie par la luminosité qui l'avait aimantée.

Zoé lui adressa un regard farouche, qui le fit frémir.

Résolument, elle se dirigea vers la porte du cabinet des estampes et l'ouvrit. Le tabouret de cuir blanc l'attendait, au même endroit. Il la dirigea vers un tiroir. Le logement fut expulsé de la paroi, il était vide, attendant son butin. Mais elle y glissa le cadre avec l'estampe japonaise de grand prix qui avait été le tribut de Julien à cette collection monstrueuse. Elle garda son portefeuille serré contre elle. Sans attendre le mécanisme, elle se leva, écrasant de ses pieds le labyrinthe de rails et d'aiguillages. Elle sortit, s'étonnant de n'être pas arrêtée.

Zoé se retourna et lança à Julien : « La curiosité malgré tous ses attraits / Coûte souvent bien des regrets. » Puis elle se retourna et sortit, au pas de course.

Julien la suivit, dévalant les escaliers derrière elle, léger, souriant. Chien-Caillou, parfaitement calme, les attendait dehors et les regarda quitter la rue des Saints-Pères avec l'immobilité d'un sphinx. Zoé marchait d'un pas décidé, traversant la Seine, la cour du Louvre, empruntant la rue de Richelieu. Elle s'arrêta devant le numéro 58, entra dans la loge, demanda une feuille de papier et un rouleau de scotch. Elle laissa le portefeuille « à l'intention de Théodore Rousseau » et poursuivit sa route, remontant vers la Seine, au niveau du pont des Arts. Julien lui emboîtait le pas. Elle lui jeta un coup d'œil, considérant son visage étrange qui lui avait paru si vide et s'animait maintenant d'expressions : le défi, l'espièglerie, la curiosité, l'admiration.

Et pourquoi pas, pensa-t-elle.

Le couple, libre, était parvenu près du fleuve, sur le pont de bois. Julien s'arrêta et dit, d'un ton tout à fait particulier : « S'il te plaît, traverse ! » Un sourire complice passa sur les lèvres de Zoé qui défit les lanières de ses espadrilles, se déchaussa et posa ses pieds nus sur les lattes chauffées par le soleil. De la main gauche, elle retroussa légèrement sa robe. Et, sous les yeux rêveurs de Julien, Gradiva-Zoé traversa le pont éclatant de soleil de sa démarche tout ensemble souple et paisible, en passant d'une rive à l'autre.

Liste des œuvres citées

Un certain nombre d'œuvres citées dans le roman existent réellement. D'autres sont d'invention. Il n'est pas nécessaire de les connaître pour lire ce livre mais si le lecteur en est curieux, il pourrait facilement retrouver sur Internet, par ordre d'apparition :

L'œuvre qui révèle à Zoé sa vocation : *Le Triptyque du Maître de Moulins*, attribué à Jean Hey, 1502. Huile sur bois. Vous pouvez toujours le voir à la cathédrale Notre-Dame-de-l'Annonciation de Moulins.

Zoé se perd dans sa contemplation au Louvre, devant une œuvre de Jan van Eyck, L*a Vierge et l'Enfant au chancelier Rolin*, 1re moitié du XVe siècle (1400-1450). Huile sur bois.

Zoé regrette que le *Retable d'Issenheim* de Matthias Grünewald (pour les peintures) et Nicolas de Haguenau (pour les parties sculptées) ne soit plus exposé au couvent des Antonins d'Issenheim, mais au musée Unterlinden de Colmar. Malgré les critiques de notre jeune collectionneuse, l'œuvre réalisée entre 1512 et 1516, est très bien présentée et préservée dans ce musée.

Le terrifiant rêve de Zoé est inspiré d'une peinture de Francisco Goya, *Cronos dévorant ses enfants*, réalisée entre 1819 et 1823. Cette peinture murale ornait la demeure de l'artiste. Elle a été transférée sur toile, et est aujourd'hui visible au musée du Prado, Madrid (Espagne).

Il faut un début à toute collection. Pour Zoé, ce sera une estampe de Félicien Rops, *Celle qui fait celle qui lit Musset*, 1879. Cette héliogravure a paru comme supplément à la revue *L'Art décoratif* en 1879. Il en existe de nombreux exemplaires dont une au musée Félicien-Rops, Namur (Belgique).

Zoé croit reconnaître Julien dans la gravure suivante : Jean-Jacques de Boissieu, *Les Grands Charlatans*, gravé d'après un tableau de Karel Dujardin, 1772. Eau-forte et pointe sèche. Il en existe de nombreux exemplaires dont un au Louvre.

L'estampe japonaise de Julien est bien une œuvre de Kuniyoshi, comme Zoé l'a deviné : *L'empereur retiré Sutoku envoie ses vassaux au secours de Tametomo*, 1851, triptyque d'ôban. Il en existe plusieurs exemplaires.

En entrant dans la salle des anamorphoses, Zoé se souvient de l'une des plus célèbres de la peinture occidentale : Hans Holbein le jeune, *Les Ambassadeurs*, 1533. Huile sur bois. National Gallery, Londres (Grande-Bretagne)

Pour Julien, Zoé est la femme qui marche, à l'instar de *Gradiva*, bas-relief grec du IVe siècle av. J.-C., ainsi nommé dans la nouvelle de Wilhelm Jensen, « La Gradiva » (1903). La sculpture est en marbre, elle est conservée au musée Chiaramonti, Rome

(Italie). Freud en possédait un moulage dans son cabinet de consultation.

Dans la baignoire du comte de Soleinne, la sculpture suivante arrose notre intrépide baigneuse : Claude Lalanne, *L'Olympe*, 1994. Fontaine en bronze. Domaine de Sceaux.

Zoé se voit offrir, par le comte de Soleinne, une estampe rarissime : Rodolphe Bresdin, *La Maison enchantée*, 1871. Épreuve unique du premier état de l'eau-forte, sur vélin blanc. Aujourd'hui, cette épreuve est conservée à la Bibliothèque nationale de France, Département des estampes et de la photographie.

L'artiste a tiré la planche en deux états – c'est-à-dire qu'il a retouché son estampe, il l'a modifiée –, tous deux connus par des reports lithographiques, tirés en de nombreux exemplaires. Théodore Rousseau montre à Zoé un report lithographique du deuxième état, conservé à la Bibliothèque nationale de France, qui lui donne la clé de son rêve. Les deux états mesurent 17,2 × 24,5 cm.

Dans la galerie d'estampes, Zoé consulte les portefeuilles de Rodolphe Bresdin et s'arrête sur quelques œuvres connues – bien plus que *La Maison enchantée*. *Le Bon Samaritain,* 1861. Lithographie à la plume. Il en existe plusieurs états, imprimés en de nombreux exemplaires. *La Comédie de la mort,* 1854. Lithographie à la plume. Il en existe plusieurs états, imprimés en de nombreux exemplaires. *Mon rêve*, 1883. Lithographie parue dans *L'Art moderne*.

Le rêve de Zoé contient plusieurs clés, dont :

Hoshen, ou pectoral du Jugement. Objet liturgique hébraïque. Plaque sertie dans l'or de douze pierres précieuses, gravées du nom des douze tribus d'Israël. Ce pectoral était fixé sur les habits du Grand Prêtre au temps du premier et second Temple de Jérusalem. Il aurait disparu dans le pillage de 164 avant Jésus-Christ, perpétré par les Grecs. Il n'en reste donc rien, que le souvenir, et de nombreuses œuvres d'interprétations, comme dans *La Présentation de Marie au Temple*, œuvre monumentale du Titien, une huile sur toile réalisée entre 1534 et 1538 pour la salle de la Scula Grande di Santa Maria della Carita, à Venise, aujourd'hui englobée dans les Gallerie dell'Accademia de Venise, le musée de la peinture vénitienne.

Remerciements

Je voudrais remercier David Meulemans, expert en maïeutique littéraire, ami très cher.

Je remercie aussi tous ceux qui m'ont aidée, parfois sans le savoir : mes enfants, Jeanne, Vincent et Victor, Hélène Varchavsky, Michel Sanjuan, Sarah Sanjuan, Benjamin Perreau, Anaïs Smart, Joël Huthwohl, Aurélie Thiria-Meulemans, Lise Follier-Morales, Angel Morales, Sara Harvey, Anaïs Tabeling, Gildas Illien, Claire Gannet, Aurélie Ledoux, Thomas Fabre, Florence Klein, Caroline Raynaud, Binta Bader, Maxime Préaud, Anne Lino, Louise Couturier, Yaël Chiara, Isabelle Benoit, Jeanne Labrune, Joost van Lubeeck, Laurence Isnard, Alba Isius, Giulia Squatriti, Pierre-Paul Seince, Julia Legrand, Eva Bensard, Françoise Le Corre, Caroline Dos Santos, Franck Dos Santos, Emmanuel Comtet, Camille Combes-Lafitte, Tanguy Josse, Alyona Chudakova, Delphine Lhotellier, Muriel Soulié, Nathalie Léger, Mélanie Petetin, le chœur Largentière.